MARIA DRIES

DER
KOMMISSAR
UND DIE TOTE VON
SAINT-GEORGES

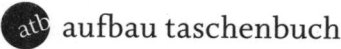 aufbau taschenbuch

MARIA DRIES wurde in Erlangen geboren und hat Sozialpädagogik und Betriebswirtschaftslehre studiert. Heute lebt sie mit ihrer Familie in der Fränkischen Schweiz. Schon seit vielen Jahren verbringt sie die Sommer in der Normandie.

Im Aufbau Taschenbuch sind bisher erschienen:

Die junge Claire verschwindet nach einem Discobesuch spurlos. In derselben Nacht beobachtet ein Fahrgast aus einem Zugfenster, wie ein Mann eine Frau überfällt. Als die Polizei eintrifft, findet sie nichts – bis einige Tage später durch Zufall eine weibliche Leiche entdeckt wird. Es ist Claire. Die Ermittlungen verlaufen im Sand, Verdächtige müssen freigelassen werden, und die Akte wird zu den ungelösten Fällen gelegt. Claires Eltern bitten Philippe Lagarde um Hilfe, der diesmal die Unterstützung seiner Freunde vom Verdon braucht, um sich in dem Gewirr aus falschen Verdächtigungen und Lügen zurechtzufinden.

MARIA DRIES

DER KOMMISSAR UND DIE TOTE VON SAINT-GEORGES

PHILIPPE LAGARDE
ERMITTELT

KRIMINALROMAN

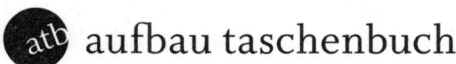

aufbau taschenbuch

MIX
Papier aus verantwor-
tungsvollen Quellen
FSC® C083411

ISBN 978-3-7466-3527-9

Aufbau Taschenbuch ist eine Marke der
Aufbau Verlag GmbH & Co. KG

2. Auflage 2020
© Aufbau Verlag GmbH & Co. KG, Berlin 2020
© Maria Dries, 2020
Umschlaggestaltung © U1berlin, Patrizia Di Stefano
unter Verwendung eines Motivs von
© mauritius images / JAUBERT French Collection / Alamy und
© LoudRedCreative / Getty Images
Gesetzt aus der Caslon durch Greiner & Reichel, Köln
Druck und Binden CPI books GmbH, Leck, Germany
Printed in Germany

www.aufbau-verlag.de

Für meinen geliebten Ehemann Herbert,
meinen besten Freund, Erstlektor,
Diskussionspartner, Manager und Reisebegleiter
bei Recherchen in Frankreich.
Mit Dir ist eine Ära zu Ende gegangen.
Du fehlst!

AUFFORDERUNG ZUR REISE

Kind, Schwester, hold ist's zu träumen,
Wir zögen zu zwein ohne Säumen
Nach jenem herrlichen Land.
In Lieb uns verstehend,
In Liebe vergehend,
Dort wo die Welt dir verwandt.
Wo die feuchten Sonnen,
Von Schleiern umsponnen,
Erwecken so seltsame Glut,
So rätselhaft Sehnen
Wie dein Auge voll Tränen,
Drin verräterisch Leuchten ruht.

Charles Baudelaire
»Die Blumen des Bösen«
»Les Fleurs du Mal«

PROLOG
SONNTAG, DER 28. SEPTEMBER 2014
BASSE-NORMANDIE, HALBINSEL COTENTIN

Zum letzten Mal in diesem Jahr fuhr der beliebte normannische Touristenzug *Train de la Côte des Îles* die neun Kilometer lange Strecke von Barneville-Carteret nach Portbail. Die Schienen verliefen entlang der Küste gegenüber den Kanalinseln Jersey, Guernsey und Sark. Die eingleisige Strecke war nicht elektrifiziert und nur noch in den Sommermonaten in Betrieb. Die Lokomotive mit dem Originalanstrich, grün mit gelben Streifen, zog drei grüne Personenwaggons, die aus den fünfziger Jahren stammten. Die Gleise führten über die Haltepunkte Saint-Jean-de-la-Rivière und Saint-Georges-de-la-Rivière durch eine Heckenlandschaft, Dünen, Felder und Buchenwälder.

Die Personenwaggons waren während dieser abendlichen Sonderfahrt wie immer voll besetzt, es herrschte eine heitere Stimmung, und der Zugführer schien noch langsamer zu fahren als sonst. Fast hätte man während der Fahrt Blumen pflücken und Schafe streicheln können. Im ersten Wagen gab es ein Buffet mit normannischen Delikatessen, darunter Rohmilchkäse, Cidre und Calvados.

Eine junge Frau in blauem Fischerhemd und mit einem rot-weiß karierten Schal saß auf der Holzbank, auf dem Kopf eine schwarze Kappe, und spielte auf einem Akkordeon Seemannslieder. In dem Hut vor ihr auf dem Boden lagen bereits zahlreiche Münzen. Im zweiten Waggon lauschten Touristen den Ausführungen des Reiseleiters, der sie auf Sehenswürdigkeiten aufmerksam machte. Gerade passierten sie das Manoir de Rossignol, das mit seinen Türmchen, Gauben, Kaminen und Pechnasen stolz auf einem Hügel thronte. Strahler tauchten es in goldgelbes Licht, das an das Gefieder einer Nachtigall erinnerte.

Die Dämmerung senkte sich über den Landstrich, und die Dächer und der Kirchturm von Barneville waren nur noch schemenhaft zu erkennen. Die Sonne war hinter dem Horizont verschwunden und glutrot in den Ozean eingetaucht. Durch die halb geöffneten Fenster drang der Geruch von Wildblumen, Gras und Meer herein. Die Dampflok schnaubte.

Im dritten Abteil gab es noch einige freie Plätze, und es war ruhiger. Dort saßen auch Einheimische, die den Bummelzug nutzten, um nach der Arbeit nach Hause zu fahren.

Vincent Guyon stand an einem der Fenster und starrte in die Dämmerung, doch er nahm das Gebüsch und die Bäume, die an ihm vorbeihuschten, gar nicht wahr. Er war tief in Gedanken versunken und fühlte sich hoffnungslos. Normalerweise machte er in den Sommermonaten früher Feierabend. Doch heute hatte ihn sein Chef Monsieur

Lepraël zum Abendessen eingeladen, weil er etwas mit ihm besprechen wollte. Guyon hatte sofort ein ungutes Gefühl beschlichen. Diese Vorahnung hatte sich während des Gesprächs bestätigt. Lepraël war Eigentümer einer Fischfabrik in der Nähe des Cap de Carteret. Der Umsatz hatte inzwischen durch die Konkurrenz größerer Unternehmen seinen Tiefpunkt erreicht. Über die prekäre finanzielle Situation war Guyon sehr gut informiert, schließlich war er der Chefbuchhalter. Lepraël hatte erklärt, dass die bisherigen Sparmaßnahmen nicht gefruchtet hatten. Er würde die Personalabteilung und die Buchhaltung outsourcen müssen, um sein Geschäft wieder auf eine solide Basis zu stellen. Halbherzig hatte er Guyon einen Arbeitsplatz in der Produktion angeboten, aber das kam für ihn nicht infrage.

Guyon fragte sich, wie er in dieser ländlich geprägten Region und in seinem Alter einen neuen Arbeitsplatz finden sollte. Seine Frau verdiente als ungelernte Kraft in einem ambulanten Pflegedienst nicht viel, und ihr Haus war noch lange nicht abbezahlt. Ihr Sohn Paul besuchte noch die Schule, und sie hatten sich immer bemüht, ihm seine Wünsche zu erfüllen: ein neues Moped, ein teurer Computer, das beste Smartphone. Marie-Lise, ihrem Nesthäkchen, reichten ihr Hund und ihr Pferd, um glücklich zu sein.

Vincent Guyon seufzte tief. Was sollte er nur machen?

Claire Lamare stand an der Theke der Disco *Le Phare Jaune, Der Gelbe Leuchtturm*, und trank ihre Cola aus. Die honigblonden Haare fielen weich um ihr herzförmiges Gesicht mit den weit auseinander stehenden veilchenblauen Augen. Es war ihr nicht bewusst, wie schön sie war, und sie machte auch kein großes Aufsehen um ihr äußeres Erscheinungsbild. Sie galt eher als ernsthaft und introvertiert, lernte ehrgeizig für das Baccalauréat, las viel und spielte leidenschaftlich gerne Klavier.

Sie war nur Carine zuliebe mit in die Disco gekommen, und nun knutschte ihre Freundin in einer schwach beleuchteten Sitzecke mit einem Jungen, den Claire noch nie gesehen hatte. Sie langweilte sich, die hartnäckigen Avancen der jungen Männer nervten sie, und die Musik, die aus der Anlage dröhnte, war einfach schrecklich. Sie konnte Rap nicht ausstehen. Schließlich bezahlte sie und trat aus dem Gebäude. Tief sog sie die frische Luft ein und genoss die Stille. Neben der Tür stand Gilles, ein Schulkollege, und rauchte.

»Salut, Claire, willst du schon gehen?«

»Ja, ich bin müde.«

»Soll ich dich nach Hause fahren?«

»Das ist nett von dir, aber ich gehe lieber zu Fuß. Es ist ja nicht weit.«

»Wie du willst. Bis morgen.«

»Bonne nuit, Gilles.«

Kurz winkte sie ihm zu und verschwand bald darauf in der Dämmerung. Von der Disco in Saint-Jean-de-la-Rivière bis zu dem Weiler Villot, wo sie wohnte, waren es, wenn sie über die Landstraße ginge, vier Kilometer, deshalb entschied sie sich für den kürzeren Weg über den Feldweg, der an den Bahngleisen entlangführte. Spätestens in einer halben Stunde würde sie in ihrem Bett liegen und die Lateinvokabeln für die Schulaufgabe am nächsten Tag noch einmal durchgehen.

Eine schmale, abschüssige Straße führte sie aus dem Ort, vorbei an Bauernhöfen, Gemüsegärten und Stallungen. Pferde wieherten leise, und ein Hund hinter einem Zaun bellte sie aggressiv an. Am Ortsende breitete sich Stille aus. Der Feldweg verlief an einem von Weiden und Ahornbäumen gesäumten Bach. Sein leises Gluckern begleitete Claire. Nach und nach wich die Dämmerung der Dunkelheit, nur die schmale Mondsichel, eingebettet in einen Wolkenkranz, und vereinzelte Sterne erhellten die Nacht. Ein leichter Wind brachte das Laub zum Wispern, und aus dem Brombeergestrüpp drang ein raschelndes Geräusch, vermutlich einer der Biber oder Bisamratten, die es in Bachnähe gab. Der süße Duft von Jasmin lag in der Luft.

Claire war die Abkürzung schon oft gelaufen und kannte die Gegend wie ihre Westentasche. Nach mehreren hundert Metern schlug der Wasserlauf einen Haken und entfernte sich von der Bahnlinie. Wiesen und Äcker, von Kanälen durchzogen, breiteten sich aus, dazwischen erhoben sich Bauminseln. An einem Wehr staute sich das Wasser und gurgelte in einen Teich.

Dieses Geräusch überdeckte die Schritte, die sich durch Pappeln und Weißdornbüsche ihren Weg bahnten und zielstrebig auf Claire zuhielten. Erst nachdem Claire das Wehr hinter sich gelassen hatte, konnte sie sie hören. Ganz leise nur, aber sie waren da und schienen näher zu kommen. Schnell blickte sie über die Schulter, konnte aber niemanden sehen. Sie versuchte, sich einzureden, dass sie sich getäuscht haben musste, aber sie wusste, dass sie etwas gehört hatte. Die Schritte eines Menschen, kein Tier. Bestimmt war es ein nächtlicher Spaziergänger, der seinen Hund ausführte. Claire beschleunigte ihre Schritte und spürte, wie ihr Herz klopfte. Ihr wurde bewusst, dass sie hier ganz allein unterwegs war. Die letzten Häuser des Dorfes hatte sie weit hinter sich gelassen. Niemand würde sie hören und ihr zu Hilfe kommen. Als ein Rind in seinem Unterstand blökte, fuhr sie zusammen. Claire spürte eine unbestimmte Bedrohung, die ihr Angst machte, und obwohl die Nachtluft warm war, durchfuhr sie Eiseskälte.

Der Mann brach aus dem Gebüsch und packte sie. Claire schrie entsetzt auf. Er griff nach ihrer Bluse und zerriss den Stoff. Grob umfasste er ihre Brust und stieß ein widerliches Grunzen aus. Claire wehrte sich mit aller Kraft und trat nach ihm, doch er hielt sie fest umklammert. Als sie um Hilfe schrie, hielt er ihr den Mund zu und zischte unverständliche Worte in ihr Ohr. Sie hatte Todesangst und sah sich verzweifelt nach jemandem um, der ihr helfen könnte. Dabei bemerkte sie aus den Augenwinkeln, wie zwei kreisrunde Lichter sich stetig näherten.

Der Lokführer hatte den Blick fest auf die Gleise vor ihm gerichtet. Vor einigen Tagen hatte eine Rotte Wildschweine die Trasse überquert und ihm einen gehörigen Schrecken eingejagt. Beinahe hätte er einen Zusammenstoß nicht mehr verhindern können. Er war froh, dass es seine letzte Fahrt war und er bald in seinen wohlverdienten Feierabend gehen konnte.

Davon, was sich auf dem Feldweg abspielte, bekam er nichts mit. Die Touristen aßen, tranken, unterhielten sich, und einige hatten in die Seemannslieder eingestimmt. Niemand achtete darauf, was draußen geschah. Niemand außer Vincent Guyon.

Als der Lichtkegel der Lok für wenige Sekunden die beiden miteinander ringenden Menschen erfasste, schreckte er aus seinen Gedanken und starrte auf den schwarz gekleideten Mann, der versuchte, einer jungen Frau Gewalt anzutun. Er konnte noch erkennen, dass ihr Oberteil zerrissen war. Die Frau warf einen flehenden Blick auf den Zug, und ihre Blicke trafen sich für einen Moment.

»Lassen Sie die Frau los! Ich rufe die Polizei«, brüllte er aus dem geöffneten Fenster, dann war der Zug schon vorbei. Der verlassene Feldweg lag in der Dunkelheit. Vincent griff nach seinem Handy und stellte fest, dass er keinen Empfang hatte. Hastig bahnte er sich einen Weg durch die Waggons nach vorn und riss die Tür zum Triebwagen auf.

»Halten Sie sofort an!«, verlangte er vom Lokführer, der erschrak.

»Sie können hier nicht einfach hereinkommen.« Er klang verärgert.

»Da draußen wird eine Frau überfallen, ich habe es gesehen. Stoppen Sie den Zug, wir müssen ihr helfen!«

»Was reden Sie denn da? Kann es sein, dass Sie zu viel Calvados getrunken haben? Verlassen Sie sofort den Triebwagen, ich muss hier meine Arbeit machen.«

»Ich habe nichts getrunken, ich bitte Sie, halten Sie an.«

Seine eindringliche Stimme ließ den Zugleiter zögern. »Ich kann hier nicht anhalten. Es ist strengstens untersagt, auf offener Strecke stehen zu bleiben. Wenn ein Kontrollwagen kommt, kann es einen Unfall geben.«

»Dann rufen Sie die Polizei!«

»Wir befinden uns hier in einem Funkloch.«

»Aber irgendetwas müssen wir doch tun.«

»Wir legen einen Stopp in Saint-Georges ein, bis dorthin sind es nur noch wenige Minuten. Dann rufen wir über das Festnetz die Polizei.«

»*Mon Dieu*, dann kann es schon zu spät sein.«

Die Gendarmerie von Barneville-Carteret traf bereits zwanzig Minuten später an der Stelle ein, wo Vincent Guyon die Frau gesehen zu haben glaubte. Er konnte sich an ein Steinkreuz unter einem gewaltigen Laubbaum erinnern. Doch als die beiden Gendarmen eintrafen, war dort niemand, weder ein verletztes Opfer noch eine Leiche. Sie informierten die Feuerwehren von Saint-Jean und Saint-Georges sowie das technische Hilfswerk, das in Le Mesnil stationiert war, und forderten Unterstützung an.

Sie leuchteten den Feldweg aus und suchten ihn Schritt für Schritt ab. Man fand ein Armband, dessen Gummi zerrissen war. Bunte Glasperlen lagen verstreut auf der Erde, dazwischen ein kleiner Schutzengel aus massivem Silber. Im hohen Gras am Wegesrand wurde ein Klappmesser gefunden. Die Kollegen teilten sich in Trupps auf und durchsuchten mit Taschenlampen und Stirnleuchten das weitläufige Gelände, liefen in beide Richtungen am Bach entlang, suchten auf sumpfigen Wiesen und kämpften sich durch dorniges Buschwerk. Feuerwehrmänner in Wathosen stapften durch das gestaute Wasser am Wehr und in den flachen Teich.

Anschließend nahmen sie sich den dichten Schilfteppich vor. Dort schlug ihnen auf einmal bestialischer Gestank entgegen. Im Schlick zwischen den Halmen lag ein verendetes Reh, dessen Verwesung schon fortgeschritten war.

Die Suchmannschaften waren die ganze Nacht unterwegs, doch von der Frau fehlte jede Spur. Als der Morgen dämmerte, beschlossen sie weitere Unterstützung anzufordern.

Gegen Mitternacht hatte Claires Vater, Alphonse Lamare, in heller Aufregung bei der Polizei angerufen und seine Tochter als vermisst gemeldet. Nachdem sie am darauffolgenden Morgen noch immer nicht nach Hause gekommen war, waren alle Beteiligten in größter Sorge. Bei einer Befragung der Eltern durch die Polizei bestätigten sie, dass ihre Tochter ein Armband getragen hatte, auf das neben bunten Perlen zwei Schutzengel gefädelt waren, einer aus Silber, der andere aus Rosenquarz.

Weiter sagten sie aus, dass Claire kein Klappmesser besessen hatte. Nach diesem Gespräch brach Claires Mutter Ernestine zusammen und musste mit dem Rettungswagen ins Krankenhaus gebracht werden.

Drei Tage, nachdem Vincent Guyon den Überfall beobachtet hatte, lag in den frühen Morgenstunden dichter Nebel über den Wiesen. Die dunklen Zweige der Pappeln stachen in den grauen Himmel. Nieselregen hatte eingesetzt, und es war kalt. Ein Suchtrupp mit einem Hundeführer folgte einem Seitenarm des Baches und kämpfte sich über morastigen Boden durch dichtes Unterholz und Gestrüpp. Der Wasserlauf war eher ein flaches Rinnsal mit Sandbänken und umgestürzten Bäumen, an denen sich das schlammige Wasser staute. Auf beiden Seiten erstreckte sich Brachland, das mit Wasserlöchern und Tümpeln übersät war.

Plötzlich schlug einer der Schäferhunde an und zerrte an der Leine. Er führte die Hundeführerin zu einem Wasserloch, das mit Zweigen und Gras abgedeckt war. Sie bahnte sich einen Weg durch Himbeersträucher, die ihr, obwohl sie sich mit einem Arm schützte, das Gesicht zerkratzten. Doch sie merkte es nicht. In dem Wasserloch sah sie etwas Blaues, das sie trotz ihres Grauens anzog. Sie schickte ein Stoßgebet zum Himmel, dass es sich nicht um die verschwundene Frau handeln möge, sondern nur um eine der unzähligen blauen Kunststofftonnen, die von den Bauern der Region benutzt wurden. Doch als sie am Rand des Tümpels stand, erkannte sie voller Entsetzen, was sie vor sich sah: die blaue Jeans einer Frau, die mit dem Gesicht nach unten im Schlammwasser lag. Ihre honigblonden Haare schwammen wie ein Fächer um ihren Kopf.

Nachdem die Feuerwehr den leblosen Körper geborgen hatte, stand schnell fest, dass es sich um die Leiche von Claire Lamare handelte.

ERSTER TAG

VIER JAHRE SPÄTER

Die gotische Kirche von Saint-Jean-de-la-Rivière und der Friedhof lag mitten in der Ortschaft. Eine prächtige weiße Statue überragte die anderen Grabstätten. In die Marmorsäule war eine Fotografie mit einem goldenen Rahmen eingelassen, die eine junge Frau mit honigblonden Haaren und veilchenblauen Augen zeigte. Sie lächelte. Darunter stand:

Claire Lamare 12. Juni 1994–28. September 2014
Unser Engel hat uns verlassen und wird doch immer
in unseren Herzen sein.

Über den Friedhof fegte ein kalter Westwind und rüttelte an Bäumen und Büschen. Ernestine und Alphonse Lamare standen schweigend am Grab ihrer Tochter. Ernestine hatte einen Strauß weißer Rosen niedergelegt und wischte sich die Tränen aus dem Gesicht.

»›Die Zeit heilt alle Wunden‹ ist der dümmste Spruch, den es gibt. Es hört nie auf, nicht wahr?«

»Natürlich hört es nie auf.«

»Wenn die Polizei wenigstens ihren Mörder gefunden hätte.«

»Ich hätte ihn abgeknallt wie eine Ratte, bevor sie ihn hätten verurteilen können.«

»Ich will wissen, wer unserer Claire das angetan hat. Können wir denn gar nichts mehr tun, Alphonse?«

»Wir haben alles getan, *chérie*, mir fällt nichts mehr ein.«

»Ich habe von einem Kommissar gehört, der in Barfleur wohnt. Philippe Lagarde. Er soll richtig gut sein. Vor einiger Zeit hat er einen äußerst komplizierten Mordfall im Loire-Tal gelöst und vorher eine Mordserie auf den Marcouf-Inseln aufgeklärt. Die Zeitungen haben viel darüber berichtet. Er wird immer hinzugezogen, wenn die anderen nicht mehr weiterwissen.«

»Soll ich ihn mal anrufen?«

»Ja, lass es uns versuchen.«

Am späten Nachmittag ging bei der Gendarmerie von Barfleur ein Anruf ein, den der Chef Roselin Dumas entgegennahm. Alphonse Lamare bat um die Telefonnummer von Philippe Lagarde.

»Er ist bereits im Ruhestand«, erklärte Dumas.

»Ich habe gehört, dass er noch als Sonderermittler arbeitet.«

»Das ist richtig, aber ich kann seine Nummer nicht einfach herausgeben, das verstehen Sie doch sicher.«

»Ich muss ihn in einer sehr wichtigen Angelegenheit sprechen. Machen wir es doch so, Sie geben ihm meine Telefonnummer mit der Bitte, mich zurückzurufen.«

Dumas überlegte. »Was soll ich ihm denn sagen, worum es geht?«

»Sagen Sie, es geht um meine Tochter Claire Lamare.«

Dumas stutzte. Der Name kam ihm bekannt vor.

»Sie wurde vor vier Jahren ermordet, in der Nähe von Saint-Jean-de-la-Rivière. Man hat den Täter nie gefasst. Darüber möchte ich mit ihm sprechen. Ich wäre sehr dankbar, wenn er sich melden würde.«

»Also gut, ich werde Ihr Anliegen weitergeben.«

»*Merci beaucoup.*«

Noch am selben Abend wählte Philippe Lagarde die Nummer. Nach dem zweiten Klingelton war Alphonse Lamare bereits am Telefon.

»Vielen Dank, dass Sie mich zurückrufen«, sagte Lamare. »Hat Monsieur Dumas Ihnen gesagt, worum es geht?«

»Ja, ich kann mich an den Fall erinnern. Die Medien berichteten monatelang darüber.«

»Das ist richtig. Meine Frau und ich wünschen uns nichts sehnlicher, als dass der Mörder unserer Claire gefasst wird.«

»Das kann ich mir vorstellen, aber der Fall ist abgeschlossen, nicht wahr?«

»Ja, das stimmt.«

»Und worüber wollen Sie dann mit mir sprechen?«

»Meine Frau und ich haben von Ihren Fähigkeiten gehört, und wir möchten, dass Sie den Mörder finden.«

»Ich? Hören Sie, ich bin nicht befugt, einen Kriminal-
fall wieder aufzugreifen und offiziell zu ermitteln.«

Der Mann schwieg einen Moment. »Warum besuchen
Sie uns nicht, und wir unterhalten uns persönlich darüber? Am Telefon ist es schwierig.«

Lagarde überlegte kurz, doch es sprach nichts dagegen.
Er wollte den Mann nicht einfach so abfertigen. Er und
seine Frau hatten jahrelang Schreckliches durchgemacht.
Selbst am Telefon waren sein Schmerz und die Trauer
förmlich greifbar.

»Also gut, wann und wo wollen wir uns treffen?«

Lamare wirkte erleichtert. »Was halten Sie von morgen Nachmittag? Wir könnten uns bei mir zu Hause treffen und zusammen Kaffee trinken. Dann sprechen wir in
Ruhe miteinander.«

»Einverstanden.«

»Sehr schön, meine Frau wird sich freuen. Sagen wir
um fünfzehn Uhr? Wir wohnen in Villot, in der Nähe von
Saint-Jean-de-la-Rivière.«

»À demain, Monsieur Lamare.«

»À demain, Monsieur le Commissaire.«

Nach dem Gespräch recherchierte Lagarde ein wenig im Internet und in Polizeidateien über den Mordfall
Claire Lamare. Nach einer Weile schüttelte er ungläubig den Kopf. Bei den Ermittlungen schien vieles schief-
gelaufen zu sein, so wurden zum Beispiel wichtige Zeugen nicht befragt …

Schließlich schaltete er seinen Laptop aus. Er war mit

seiner Lebensgefährtin Odette zum Abendessen verabredet und wollte noch duschen und sich umziehen. Während das warme Wasser auf seinen Körper prasselte, ging ihm das grausame Schicksal von Claire Lamare nicht mehr aus dem Kopf.

ZWEITER TAG

DIE SEEROSEN VON VILLOT

Am nächsten Morgen saß Lagarde auf der Terrasse, trank einen café au lait und aß eine Tartine mit Butter und selbstgemachter Erdbeermarmelade, die ihm seine Nachbarin Angélique geschenkt hatte. Sie war köstlich. Er betrachtete den Ärmelkanal, der sich tiefblau bis zum dunstigen Horizont erstreckte. Einige Segler nutzten den kräftigen Wind und kreuzten weit draußen. Wolken zogen über den Himmel, dazwischen spitzte die Sonne hervor. Ein schöner Tag kündigte sich an. Er überlegte, ob er mit seinem Boot aufs Meer hinausfahren sollte, entschied sich dann aber für eine Tour mit seinem Rennrad.

Vor längerer Zeit war er bei einer Geiselnahme in die Schulter geschossen worden und hatte daraufhin beschlossen, in den vorzeitigen Ruhestand zu gehen. Seit dieser Verletzung konnte er seinen Lieblingssport, das Rudern, nicht mehr ausüben, aber auf das Radfahren musste er nicht verzichten. Hin und wieder wurde er als Sonderermittler bei komplizierten Kriminalfällen hinzugezogen und unterstützte die Kollegen. Darüber hinaus leitete er Seminare an der Polizeiakademie in Rennes und nahm landesweit an Tagungen teil.

Als er sein Frühstück beendet hatte und den Tisch abräumte, huschte Alexandre, ein scheuer, zugelaufener Kater, um die Ecke, prüfte den Inhalt seiner Futternäpfe und schlug mit seinem gestreiften Schwanz auf den Boden. Er maunzte empört. Der Commissaire versorgte ihn mit Wasser, Katzenmilch und Lachspaté, seiner Lieblingsspeise, und redete mit ihm. Dann zog er sich um und holte sein Rennrad aus dem Schuppen. Das eng anliegende Oberteil betonte seinen durchtrainierten Körper. Er trug seine dunklen Haare kurzgeschnitten, sein markantes Gesicht war braungebrannt und attraktiv. Auffällig waren seine saphirblauen Augen, die von Lachfältchen umgeben waren.

Er packte nur sein Portemonnaie und eine große Flasche Wasser in seinen Rucksack. Zu Odettes Leidwesen fuhr er immer ohne Helm. Wenn sie ihn darauf ansprach, grinste er nur und meinte, ein Helm stünde ihm nicht.

Spontan entschied er sich für die Küstenstraße nach Saint-Marcouf und fuhr durch die Marschen, das Ackerland und kleinere Waldgebiete wieder zurück. Er brauchte etwa drei Stunden, er hatte es nicht eilig. In Quettehou machte er eine Pause und aß in einem hübschen Restaurant am Marktplatz *Moules Frites,* dazu trank er ein Glas Muscadet.

Als er wieder nach Hause kam, war es auch schon Zeit, sich frisch zu machen und nach Villot zu dem Treffen mit dem Ehepaar Lamare zu fahren. Da er sich immer noch kein Navi zugelegt hatte, sah er kurz auf die Landkarte, bevor er seinen alten hellblauen Renault Express startete und sich auf den Weg machte. Er musste sich eingestehen, dass ihn der Gedanke an Claire Lamare nicht mehr losgelassen hatte.

Nach einer knappen Stunde erreichte er den Weiler Villot, der im flachen Marschland der Küste lag. Granitsteinhäuser mit weißen Sprossenfenstern und blauen Türen gruppierten sich um eine Seefahrerkapelle, auf deren Frontfassade ein schlichtes Steinkreuz aufragte. In dem kleinen Ort gab es nur einen Bäcker, einen kleinen Lebensmittelladen und eine Bar-Tabac. Vor dem Lokal standen zwei besetzte Bistrotische. Eine Wandergruppe hatte sich niedergelassen und machte sich gerade über riesige Eisbecher her. Am anderen Tisch saßen zwei ältere Männer, tranken Rotwein und diskutierten mit lebhaften Gesten.

Zum Haus der Lamares führte eine Pappelallee, vorbei an Fischweihern, auf denen Seerosen schaukelten. Das Gittertor stand offen, und über einen Kiesweg erreichte Lagarde die Einfahrt. Er parkte neben einem schwarzen BMW, stieg aus und betrachtete das Anwesen.

Das Haus war eher ein kleines Schloss mit eleganten Bogenfenstern, verspielten Rund- und Ecktürmen und einem schwarzgrauen Schieferdach. Weinlaub rankte sich an der Fassade, vor der prächtige blaue und weiße Hortensien blühten. Der Rasen war anscheinend erst kürzlich gemäht worden, es roch frisch nach Gras.

Lagarde klopfte an die Haustür. Alphonse Lamare öffnete ihm und begrüßte ihn mit Handschlag.

»Merci beaucoup, dass Sie gekommen sind«, sagte Lamare mit einem einnehmenden Lächeln. Er war Anfang sechzig, hatte ein sympathisches Gesicht, kurze graue Haare und wache Augen. Er trug einen eleganten Anzug, dazu ein weißes Hemd und Krawatte. Mit einer einladenden Geste sagte er: »Kommen Sie doch bitte herein, wir haben im Wintergarten gedeckt. Heute weht ein frischer Wind.«

Lagarde folgte ihm. Von dem gläsernen, mit Stechpalmen und Bananenstauden begrünten Pavillon aus hatte man eine schöne Aussicht auf eine Weide mit grasenden Kühen. In einem Korbsessel saß eine Frau in einem Chanel-Kostüm, die sich nun erhob und sich als Ernestine Lamare vorstellte. Sie war mit ihren schwarzen, halblangen Haaren, den dunklen Augen und den feinen Gesichtszügen mit den hohen Wangenknochen eine schöne Frau, doch sie strahlte eine Traurigkeit aus, die beinahe greifbar war.

Sie setzten sich um den Tisch, und Monsieur Lamare schenkte Kaffee ein und bot *tarte aux pommes,* gedeckten Apfelkuchen mit Sahne, an. Lagarde nahm gern ein Stück. Dann räusperte sich Lamare und verschränkte die Hände.

»Wenn Sie einverstanden sind, möchte ich gleich zur Sache kommen. Unsere Tochter Claire ist seit vier Jahren tot, und ihr Mörder läuft noch immer frei herum. Dieser Zustand ist für uns absolut unerträglich.«

»Was ist denn damals genau passiert?«

»Claire ist gegen zweiundzwanzig Uhr von der Disco in Saint-Jean-de-la-Rivière nach Hause gegangen. Sie hat eine Abkürzung genommen, an den Bahngleisen entlang.«

Seine Frau fiel ihm ins Wort. »Warum hat sie das nur getan? Es war dunkel, und die Gegend ist einsam, zumindest am späten Abend und nachts. Wenn sie über die Landstraße gelaufen wäre, würde sie jetzt noch leben.«

Ihr Mann sah sie mit liebevoller Geduld an. »Chérie, darüber haben wir doch schon tausendmal gesprochen. Claire wollte einfach eine Abkürzung nehmen.« Er trank einen Schluck Kaffee und fuhr fort. »Dort auf dem Feldweg wurde sie von einem Mann überfallen. Ein Passagier hat es vom vorbeifahrenden Zug aus gesehen und zusammen mit dem Lokführer die Polizei informiert. Allerdings erst in Saint-Georges, weil es an der Bahnlinie ein Funkloch gibt. Dadurch war viel wertvolle Zeit verloren gegangen. Als die Gendarmen den Ort des Überfalls erreichten, fanden sie niemanden vor. Zwei Tage lang waren Suchtrupps unterwegs. Erst am dritten Tag fanden sie Claire in einem Sumpfloch. Sie war tot.« Er schluckte schwer und rang um Fassung. Seine Frau umklammerte ihre Kaffeetasse und starrte abwesend aus dem Fenster.

»Ich mache mir solche Vorwürfe«, flüsterte Monsieur Lamare. »Ich hätte sie von der Disco abholen können, aber sie wollte das nicht. Sie sagte, Gilles, ein Freund von ihr, würde sie mitnehmen, wenn sie ihn darum bäte. Stattdessen ist sie zu Fuß gegangen.«

»War Ihre Tochter häufig in dieser Disco?«

»Nein, sie mochte den Rummel und den Lärm eigentlich nicht so. Sie hat nur manchmal ihre Freundin Carine begleitet. Claire war gerne für sich, hat Klavier gespielt oder gelesen. Sie hat viel für die Schule gelernt, arbeitete zielstrebig auf einen ausgezeichneten Abschluss hin. Danach wollte sie sich in Paris an der Sorbonne bewerben. Sie schwankte noch zwischen Jura und Journalismus.«

»Sie war als Kind einmal schwer krank«, erzählte Madame Lamare plötzlich. »Damals hatte ich solche Angst, dass ich sie verliere, und jetzt ist es tatsächlich passiert.« Wehmütig lächelte sie. »Ich habe sie erst mit fünfunddreißig Jahren bekommen, mein Mann und ich haben nicht mehr mit einer Schwangerschaft gerechnet. Wir haben uns so gefreut. Sie war unser einziges Kind.«

Ihr Mann ergriff das Wort. »Wissen Sie, wir sind keine armen Leute. Ich besitze ein erfolgreiches Softwareunternehmen, das in Kürze an die Börse gehen wird. Selbstverständlich hätte ich Claire ein Auto gekauft, ich hätte das Taxi bezahlt, damit sie sicher nach Hause kommt, aber diese Angebote lehnte sie alle ab, sie wollte selbständig und unabhängig sein.«

»Geld war ihr nicht wichtig«, ergänzte seine Frau.

»Wie ging es dann weiter?«, fragte Lagarde.

Lamare fuhr sich übers Gesicht. »Vielleicht habe ich damals den größten Fehler meines Lebens gemacht. Ich wollte nicht, dass die örtliche police judiciaire ermittelt. Ich hielt sie für unfähig und wollte die besten Kräfte. Ich verfüge über sehr gute Kontakte zum Innenministerium, ein Staatssekretär ist ein Schulfreund von mir. Also wurde die police judiciaire wegen angeblich schleppender Ermittlungsarbeit rasch durch eine Sonderkommission aus Paris ersetzt.«

»Sie war nicht erfolgreich?«

Er lachte bitter. »Erfolgreich? Ganz und gar nicht. Nach einem Jahr wurde die Akte geschlossen und wanderte zu den ungelösten Fällen. Sie waren nicht fähig, den Mörder meiner Tochter zu finden.«

»So wie ich Sie einschätze, haben Sie nichts unversucht gelassen und einen Privatdetektiv beauftragt?«

»Mehrere sogar. Doch niemand hat etwas herausgefunden, zumal die Polizei in dem Fall blockierte.«

Lagarde nickte. »Das ist wirklich tragisch. Ich kann sehr gut verstehen, dass Sie wissen wollen, wer Ihrer Tochter das angetan hat.«

»Ich will ehrlich zu Ihnen sein. Ich habe Erkundigungen über Sie eingezogen. Sie sind gut, richtig gut, Ihr Ruf eilt Ihnen voraus. Wir sind der festen Überzeugung, dass Sie der Einzige sind, der uns noch helfen und den Mörder finden kann.« Verzweifelt sah Lamare ihn an. »Nehmen Sie sich Spezialisten und Helfer, so viele Sie benötigen und für richtig halten. Mieten Sie ein Büro an, was auch immer Sie brauchen. Ich komme für die gesamten Kosten auf. Ich zahle, was Sie wollen. Geld spielt keine Rolle.«

»Bitte helfen Sie uns«, flehte nun auch Madame Lamare.

»Es geht mir nicht ums Geld«, stellte Lagarde klar. »Üblicherweise sollten die zuständigen Organe den Fall aufklären, und sie müssten ihn neu aufrollen. Ich habe keinen Auftrag.«

»Wir haben mit unserem Anwalt gesprochen. Er sieht kein Problem darin, wenn Sie privat ermitteln, in unserem Auftrag. Er kann Ihnen Unterlagen zur Verfügung stellen, denn er hat unsere Interessen gegenüber der Polizei vertreten. Zunächst haben sie sich geweigert, aber dann hat der Innenminister ein Machtwort gesprochen. Er sagte, die Aufklärung des Mordes sei auch im Interesse der öffentlichen Sicherheit, und die Soko habe nichts zu verbergen.«

»Ich bin Polizist, kein Privatdetektiv. Ich brauche das Einverständnis der obersten Polizeibehörde in Paris. Das ist sehr wichtig, weil ich dann Zugriff auf alle Unterlagen habe und mir Indizien aus der Asservatenkammer zur Verfügung stehen. Und ich kann offiziell Zeugen befragen. Wenn ich das Okay habe, soll Ihr Anwalt mir bitte alle verfügbaren Unterlagen zukommen lassen. Ich werde sie unverbindlich durchschauen und mich dann entscheiden. Ist das ein Wort?«

Lamare lächelte erleichtert. »Das ist ein Wort. Ich werde heute noch mit meinem Schulfreund telefonieren.«

Nachdem Lagarde sich von dem Ehepaar verabschiedet hatte, fuhr er in Gedanken versunken zurück nach Barfleur. Der ungeklärte Tod der jungen Frau zog ihn immer mehr in seinen Bann. Wenn er den Fall neu aufrollte, würde er sich nicht nur Freunde machen, aber das spielte keine Rolle. Was ihn beschäftigte, waren die Hürden, denen er begegnen würde, wenn er versuchte, einen Cold Case aufzuklären. Er wusste, wie schwierig das werden konnte. Zeugen waren verschwunden oder erinnerten sich nicht mehr, Spuren waren kalt, Beweise nicht mehr auffindbar. Wenn er sich auf die Sache einließ, stand ihm eine große Herausforderung bevor.

Während er hin und her überlegte, tauchte ein Bild von Claire Lamare auf, das er bei seiner Recherche gefunden hatte. Eine kluge junge Frau mit herausforderndem Blick und vor Lebensfreude sprühenden Augen, die viel zu früh gestorben war. Sollte der Mord an ihr wirklich ungesühnt bleiben?

Das normannische Fachwerkhaus von Angélique und Richard Martinet stand auf einer Düne unweit von Lagardes Zuhause. Sie pflegten eine gute Nachbarschaft und hatten sich schon vor langer Zeit angefreundet. Das Ehepaar war über achtzig Jahre alt, immer guter Dinge und ihrer Umwelt gegenüber warmherzig und aufgeschlossen. Richard hatte Jahrzehnte lang ehrenamtlich bei der Seenotrettung gearbeitet und kannte den Ärmelkanal wie seine Westentasche. Angélique arbeitete gerne in ihrem Garten, kochte Marmelade ein und war Lesepatin in einer Kindertagesstätte in Barfleur. Sie hatten sich im Algerienkrieg kennengelernt, und seitdem waren sie unzertrennlich.

Als Lagarde den Renault vor seinem Haus abgestellt hatte und ausstieg, hörte er eine tiefe Stimme, die seinen Namen rief. Es war Richard, der hinter seinem Zaun stand.

»Bonsoir, Philippe! Hast du Lust, einen Aperitif mit uns zu trinken?«

Lagarde winkte ihm zu. »Gerne, ich bin schon unterwegs.«

Richard wartete auf ihn, dann setzten sie sich unter die alte Zeder, die einen Teil des Gartens beschattete. Angélique warf ihm ein strahlendes Lächeln zu. »Schön, dass du Zeit für einen kleinen Plausch hast.«

Richard zeigte auf die Flasche. »Das ist ein wunderbarer Bordeaux, den musst du unbedingt probieren.« Er schenkte ein, und sie stießen an. »Auf den schönen Abend«, sagte er. »Und auf uns.«

Am Küstenstreifen entlang war der Ozean türkisfarben und verfärbte sich bis zum Horizont kobaltblau, schilfgrün und ultramarin. Darüber schwebte die Sonne als glutroter Feuerball und brachte das Wasser zum Glitzern. Am Strand saßen Jugendliche um ein Treibholzfeuer, andere spielten Volleyball. Ein Spaziergänger ging mit seinem Hund gemächlich am Ufer entlang und bückte sich ab und zu nach einer Muschel. Ein einsamer Surfer wartete auf die nächste Welle, sprang auf sein Board und glitt elegant auf das Ufer zu.

»Geht es euch gut?«, erkundigte sich Lagarde.

»Aber ja.« Richard zwinkerte ihm mit einem Auge zu.

»Unkraut vergeht nicht. Sag mal, dein letzter Fall an der Loire war ja wirklich spektakulär. Wir haben alles in den Medien verfolgt. Ein Bogenschütze! Nicht zu fassen.«

Lagarde nickte und musste über Richards Begeisterung schmunzeln. »Der Fall hatte es wirklich in sich.«

Angélique wechselte das Thema. »Hast du Lust, mit uns Abend zu essen? Es gibt Coq au Vin nach meinem Spezialrezept.«

»Das ist lieb, aber ich habe mir unterwegs ein Steak und ein paar Würstchen gekauft, die will ich später auf den Grill legen. Dazu ein kühles Bier. Ich muss nachdenken.«

Richard sah ihn erschrocken an. »Ist etwas passiert? Geht es Odette nicht gut?«

»Nein, es ist alles in Ordnung. Es geht um etwas anderes.« Er überlegte kurz, hatte aber das Gefühl, seinen Freunden erzählen zu können, was ihn beschäftigte. »Ich war heute Nachmittag bei einem Ehepaar, das in Villot wohnt. Madame und Monsieur Lamare.«

Die beiden horchten auf, als käme auch ihnen der Name bekannt vor. Sie warfen einander einen raschen Blick zu.

»Ihre Tochter Claire wurde vor vier Jahren an der Bahnlinie Barneville-Portbail überfallen. Drei Tage später hat man in der Nähe ihre Leiche gefunden.«

Angélique wurde bleich. »Wir kennen die Familie und haben die Tragödie damals miterlebt. Eigentlich war ich mit Claires Großmutter befreundet. Wir kannten uns schon sehr lange und trafen uns manchmal auf einen Kaffee.« Ihr Blick verlor sich traurig in der Ferne. »Kurz nach dem Tod ihrer Enkelin ist sie gestorben. Ich glaube, dass sie mit diesem quälenden Kummer nicht mehr leben wollte. Sie bekam eine schwere Lungenentzündung, und vier Tage später war sie tot.«

Lagarde hatte das, was sie beschrieb, schon oft beobachtet. Gerade wenn junge Menschen starben, gab es immer Familienmitglieder oder Freunde, die mit dem Verlust nicht weiterleben konnten. Das konnte schnell gehen oder sich über Jahre hinziehen. Nach solchen Grenzerfahrungen war es vielen nicht mehr möglich, in ihr altes Leben zurückzukehren.

Richard schenkte Wein nach. »Warum hast du mit den Lamares gesprochen? Woher kennst du sie überhaupt?«

»Ich kannte sie gar nicht. Monsieur Lamare hat mich gestern angerufen und um ein Gespräch gebeten. Die beiden möchten, dass ich den Fall erneut aufrolle und den Täter finde.«

Richard rieb sich zufrieden die Hände. »Dann wird der Fall ja endlich gelöst.«

»Ich habe mich noch nicht entschieden. Vielleicht wecke ich falsche Hoffnungen und finde den Täter auch nicht, die Verantwortung ist sehr groß.«

»Du hast bereits Hoffnungen geweckt«, erwiderte Angélique entschieden. »Aber wenn es einer schafft, dann du. Du musst ihnen helfen, Philippe, sie können so nicht weiterleben.«

»Jetzt dränge ihn nicht so«, bremste Richard seine Frau. »Philippe wird schon die richtige Entscheidung treffen.«

Lagarde erhob sich. »Das hoffe ich. Dann gehe ich jetzt den Grill anschüren. Merci beaucoup für den Wein, das ist wirklich ein guter Tropfen.«

»Bonsoir, Philippe.«

Das alte Ehepaar sah ihm lange nach.

»Wird er es machen?«, fragte Angélique.

Zärtlich legte Richard seinen Arm um sie. »Ich glaube schon.«

DRITTER TAG

FREUNDE AM VERDON

Alexandre lag am frühen Morgen auf der Gartenmauer und genoss die ersten Sonnenstrahlen. Ab und zu drehte er den pelzigen Kopf und warf einen Blick auf seine Futterecke. Da hatte sich noch nichts getan. Als es an der Haustür klingelte, spitzte er die Ohren.

Lagarde stellte seine Kaffeetasse auf den Küchentisch und öffnete die Tür. Vor ihm stand ein Bote mit einem dicken, verschnürten Paket unter dem Arm. »Bonjour, Monsieur! Ich soll diese Sendung bei Philippe Lagarde abgeben, gegen Unterschrift.«

Lagarde zeigte ihm seinen Personalausweis, den dieser genau studierte, ehe er ihm die Sendung überreichte. Lagarde legte das Paket auf den Tisch und öffnete es. Es waren Kopien der Unterlagen von Lamares Anwalt. Obenauf lag eine cremefarbene Karte aus Büttenpapier, auf der mit blauer Tinte geschrieben war:

Monsieur le Commissaire,
anbei, wie besprochen, die Ermittlungsunterlagen.

Cordialement, auch von meiner Frau
Alphonse Lamare

Lächelnd schüttelte Lagarde den Kopf. Das war aber schnell gegangen.

Doch bevor er einen Blick auf die Papiere werfen konnte, klingelte sein Handy. Es war Frank Lanoux, der Polizeipräsident der Normandie.

»Bonjour, Philippe.«

»Bonjour, Frank.«

»Hör zu, soeben hat mich der Innenminister persönlich angerufen. Er hat gesagt, dass er dieses Hin und Her im Mordfall Claire Lamare satthat. Erst sollte die police judiciaire Cherbourg den Fall abgeben, dann legt eine extra zusammengestellte Sonderkommission kein Ergebnis vor. Darüber hinaus gab es ständig Ärger mit dem Anwalt der Familie Lamare, und jetzt steht dein Name im Raum. Kurz und gut, er lässt dich grüßen und bittet dich mit einer gewissen Resignation, den Fall wieder aufzunehmen. Was meinst du?«

Lagarde grinste. Was für ein Durcheinander, und jetzt verlangte der Innenminister auch noch nach einer schnellen Lösung. »Ich habe mit dem Ehepaar gesprochen, nachdem Alphonse Lamare den Kontakt zu mir gesucht hatte. Seitdem denke ich darüber nach, ob ich den Fall übernehmen soll. Dafür brauche ich zunächst einen offiziellen Auftrag.«

»Den hast du.«

»Okay, ich mache es. Ich weiß noch nicht genau, wie ich mein Ermittlerteam zusammenstellen werde. Es könnte etwas unkonventionell sein.«

»Das habe ich jetzt zwar nicht gehört, aber du hast meine volle Rückendeckung. Wenn ich helfen kann, sag mir bitte Bescheid. Viel Erfolg!«

»Merci, Frank.«

Inzwischen war der Kaffee kalt, und Alexandre saß mit vorwurfsvollem Blick vor der geschlossenen Terrassentür. Lagarde fütterte den Kater, bevor er sich frischen Kaffee einschenkte. Schließlich wählte er die Nummer von Alphonse Lamare, der sofort ans Telefon ging.

»Bonjour, Monsieur Lamare. Vielen Dank für die Unterlagen. Eben rief mich der Polizeipräsident Lanoux an. Ich habe jetzt die offizielle Erlaubnis, den Fall wieder aufzunehmen, und das werde ich auch tun.«

Zunächst herrschte Schweigen, dann antwortete Monsieur Lamare mit erstickter Stimme: »Haben Sie vielen Dank, auch im Namen meiner Frau.«

Lagarde setzte sich auf die Terrasse, trank den Kaffee, den er neu aufgesetzt hatte, und verschaffte sich einen groben Überblick über die Unterlagen. Er schätzte, dass es mindestens siebenhundert Seiten waren, und über die Berichte, die er überflog, konnte er nur den Kopf schütteln. So, wie es aussah, waren manche Spuren einfach nicht weiterverfolgt worden, und die Ermittler hatten nicht einmal mit allen Zeugen gesprochen. Die örtliche Polizei hatte nach Vorschrift gehandelt, die Sonderermittler waren oberflächlich vorgegangen. Es hatte jedoch keinen Sinn, sich mit ihnen anzulegen, das wusste Lagarde. Am besten wäre es, noch einmal ganz von vorn anzufangen und andere Wege zu suchen. Er hatte auch schon eine Idee.

Kurzentschlossen wählte er die Nummer von Etienne Bergerac, einem ehemaligen Elitepolizisten, mit dem er die Ausbildung absolviert hatte und der ihm ein enger Freund war. Etienne hatte sich nach seiner Pensionierung am Lac de Sainte-Croix in der Haute-Provence niedergelassen, zusammen mit Samy Pioline und Pascal Noiret.

Lagarde hörte die dröhnende Stimme seines Freundes.

»Bonjour Etienne, hier ist Philippe.«

»Philippe! Was für eine schöne Überraschung, wie geht es dir?«

»Prima, und dir?«

»Ach, wie immer. Manchmal finde ich das Leben ohne meine Arbeit doch ein wenig langweilig.«

»Was machst du denn gerade?«

»Ich angle.«

»Das ist doch schön.«

»Mal wieder ein bisschen Action wäre mir lieber.«

Das hörte Lagarde gerne. »Was treibt Samy so?«

»Bei ihm und Claudine herrscht dicke Luft. Er will sie unbedingt heiraten, und sie zögert noch.«

»Und Pascal?«

»Er besucht gerade seine Tochter und sein Enkelkind in Boston.«

»Gute Idee.«

»Und was machst du so?«

Lagarde erzählte ihm, was passiert war. Etienne war

bestürzt. »Das arme Mädchen … Und dann findet man nicht einmal den Täter. Cold Cases sind keine leichte Aufgabe, mein Freund, *mon Dieu* …«

»Deshalb brauche ich eure Hilfe, deine und Samys. Pascal ist ja leider nicht da.«

»Wie meinst du das?«

»Ich möchte euch bitten, nach Barfleur zu kommen und mit mir zu ermitteln. Wir sind ein gutes Team. Was meinst du?«

»Das hört sich großartig an! Endlich wieder eine Herausforderung, meine grauen Zellen waren schon kurz vor dem Verstauben.«

Lagarde lachte. »Und Samy?«

»Er wird begeistert sein. Das ewige Holzhacken unterfordert ihn komplett. Wann sollen wir kommen?«

»So bald wie möglich, es ist schon genug Zeit verloren gegangen.«

»Okay, ich spreche mit Samy und suche einen Flug raus, dann melde ich mich wieder.«

»*Formidable!* Bis später.«

Lagarde legte auf, voller Vorfreude darauf, seine alten Freunde wiederzusehen. Er nahm einen Schluck Kaffee und beugte sich wieder über die Akten.

Nicht einmal zwei Stunden später rief Etienne zurück.

»Samy ist dabei«, berichtete er. »Am liebsten wäre er gleich losgefahren. Ich habe schon für morgen früh einen Flug reserviert, von Marseille über Paris nach Cherbourg.

Um kurz nach zehn landen wir. Wir freuen uns sehr, dich wiederzusehen und mit dir in diesem Fall zusammenzuarbeiten. Wie in alten Zeiten!« Etienne klang aufgeregt.

»Super, ich hole euch ab. Bis morgen!«

Lagarde machte sich an die Arbeit und begann die Unterlagen und Berichte zumindest grob zu sortieren. Dann fuhr er nach Barfleur in einen Schreibwarenladen und kopierte sie für seine Freunde. Sein einfacher Drucker wäre der Papierflut nicht gewachsen gewesen. Anschließend aß er eine Kleinigkeit in seinem Lieblingsrestaurant »Au Vent des Îles« an der Hafenpromenade. Da nach der Sommersaison nicht viel los war, gesellte sich der Wirt Gaston zu ihm. Sie tranken einen Pastis zusammen und unterhielten sich über das Angeln und das Wetter. In den nächsten Tagen sollte es stürmisch werden.

Als er wieder zu Hause war, legte Lagarde die drei Stapel Kopien auf seinen Schreibtisch und betrachtete sie mit schiefgelegtem Kopf. So ging das nicht, jemand musste diese ganzen Informationen in Ruhe durchlesen und sorgfältig sortieren, um damit arbeiten zu können. Er brauchte dringend Unterstützung. Entschlossen wählte er eine Nummer und erreichte Roselin Dumas, den Chef der Gendarmerie von Barfleur. »Bonjour, Roselin.«

»Bonjour, Philippe. Wie geht es dir? Gerade heute Morgen habe ich mit Florence über dich gesprochen.« Florence war seine resolute Verlobte, die einen Marktstand in Barfleur betrieb. »Wir könnten wieder einmal zusammen grillen.«

»Das ist eine gute Idee. Am besten bei mir im Garten. Ich werde mir einen Termin überlegen.«

»Prima, Florence wird sich sehr freuen. Was kann ich für dich tun?«

»Es tut mir leid, dass ich so mit der Tür ins Haus falle, aber ich brauche Valérie.«

Sie war Roselins Assistentin und überaus zuverlässig. Sie hatte Lagarde schon einige Male bei Mordermittlungen unterstützt. Roselin begriff sofort. »Es geht um den Claire-Lamare-Fall.«

»Genau. Ich brauche jemanden, der mir hilft, die vielen Berichte zu sichten und zu ordnen. Sie sind die Basis für unsere Ermittlungsarbeit.«

»Ich verstehe. Aus meiner Sicht spricht nichts dagegen. Nach der hektischen Urlaubssaison ist es ruhig geworden, und um Strafzettel zu verteilen, ist sie mir zu schade. Ich werde ihr von deinem Anruf berichten, sie ist gerade auf der Wache. Entscheiden wird sie selbst und dich dann informieren.«

»*Merci.*«

»*De rien.*«

Lagarde kochte noch eine Kanne Kaffee, die er mit auf die Terrasse nahm, und begann mögliche Strategien zu entwerfen. Doch er merkte schnell, dass es nicht einfach war. Es gab unzählige Puzzleteilchen, die sie zu einem Bild zusammensetzen mussten, und das nach vier Jahren. Wo sollten sie anfangen?

Als er eine halbe Stunde über verschiedene Vorgehensweisen und Ansätze nachgedacht hatte, hörte er Schritte auf dem gepflasterten Gartenweg, der um das Haus führte, und schon stand Valérie vor ihm. Sie trug ihre blaue Dienstuniform, und die langen roten Haare fielen in Locken um ihr schmales Gesicht. Ihr blasses Gesicht war mit Sommersprossen übersät. Die grünen Augen glänzten.

»Bonjour, Philippe. Roselin sagt, ich soll dich in einem Mordfall unterstützen? Die tote junge Frau im Wasserloch vor vier Jahren? Ich kann mich noch gut erinnern. Wir waren alle erschüttert.«

»Ja, ich könnte deine Hilfe bei diesem Fall dringend brauchen und würde mich freuen, wenn du Teil des Teams werden möchtest.«

»Ich bin so stolz und aufgeregt. Roselin meint, wir müssen zuerst mal Unterlagen sortieren?«

»Du bist nicht meine Sekretärin, sondern Teammitglied. Aber ja, wir müssen wissen, welche Unterlagen wir überhaupt haben und was da drinsteht. Aber ich brauche dich auch für Befragungen. Du weißt, dass manche Zeugen lieber mit einer Frau sprechen. Ich habe die Papiere kopiert, du kannst einen Stapel mit nach Hause nehmen, wenn du magst, und schon einmal anfangen. Ich setze mich auch dran, und morgen geht es los.« Er lächelte sie an. »Entschuldige bitte, was bin ich für ein schlechter Gastgeber ... Nimm doch bitte Platz. Wollen wir ein Glas Wein zusammen trinken?«

»Sehr gerne.«

Nachdem sie auf gutes Gelingen angestoßen und einen Schluck getrunken hatten, zog Valérie die Stirn kraus. »Von welchem Team redest du eigentlich?«

Er grinste. »Lass dich überraschen.«

VIERTER TAG

DINER IM MIRABELLE

Der Flughafen Cherbourg-Maupertus lag östlich der Hafenstadt in der Nähe von Gonneville. Lagarde fand im vierten Stock des Parkhauses einen Stellplatz, fuhr mit dem Aufzug nach unten und ging in die Ankunftshalle. Der Flieger aus Paris Orly würde in zehn Minuten landen. In einem Bistro kaufte er sich einen Becher Kaffee, ein Éclair und die regionale Zeitung *ouest france*. Während er die Schlagzeilen überflog, warf er ab und zu einen Blick auf das Terminal. Als er seine Freunde entdeckte, faltete er rasch die Zeitung zusammen und lief auf sie zu. Sie begrüßten und umarmten sich.

»*Bienvenue* in der Normandie!«, sagte Lagarde. Seine Freunde hatten sich seit seinem letzten Aufenthalt kaum verändert. Da war zum einen Samy, der breitschultrige Hüne mit den streichholzkurzen weizenblonden Haaren und dem weißen Zahnpastalächeln. Da er selten Skrupel hatte und weder Tod noch Teufel fürchtete, war er immer schon ihr Mann für das Grobe gewesen. Etiennes Bauch war noch größer geworden, der struppige graue Haarkranz etwas dünner, und seine rehbraunen Augen strahlten wie immer Wärme aus. Er war gut vernetzt und verfügte über unzählige nützliche Kontakte.

Samy strahlte. »Philippe, endlich sehen wir uns wieder, altes Haus! Du hast dich überhaupt nicht verändert.«

»Schön, dass du uns abholst«, freute sich Etienne.

Da seine beiden Freunde schon lange nicht mehr auf der Halbinsel Cotentin gewesen waren, beschloss Lagarde über die Küstenstraße nach Barfleur zurückzufahren. Samy und Etienne waren begeistert von der Schönheit der rauen Landschaft, dem wilden Ozean und den Weilern mit den geduckten Granitsteinhäusern, vor denen rosafarbene und die typisch blauen Hortensien blühten. Die Flut zog sich gerade zurück und hinterließ von Tang überzogene Felsplateaus, auf denen sich Sturmmöwen niederließen und nach kleinen Krebsen suchten. Knorrige Seekiefern säumten verträumte Buchten. Weit draußen auf dem bleiernen Meer tanzten die bunten Segel der Kitesurfer über die glitzernde Wasseroberfläche. Eine Böe rüttelte an ihrem Wagen.

Als sie Lagardes Haus erreichten, begann es leicht zu nieseln. Samy und Etienne trugen ihr Gepäck hinein, dann machte Lagarde eine kleine Führung. Seine Freunde hatten ihn zwar schon einmal besucht, als sie seine Verlobung mit Odette gefeiert hatten. Damals hatten sie jedoch ein Zeltlager im Garten aufgeschlagen und waren mit den Vorbereitungen für das Fest beschäftigt gewesen. Nachdem sie das Wohnzimmer, die Küche und das Bad besichtigt hatten, führte er sie in sein Arbeitszimmer, in dem sich neben dem Schreibtisch eine gemütliche Sitzecke befand.

»Ich schlage vor, dass wir hier unser Hauptquartier aufschlagen. Falls wir Zeugen befragen wollen, können wir bestimmt einen Raum in der Gendarmerie von Barfleur nutzen. Der Chef ist ein guter Freund von mir.«

Im ersten Stock befanden sich sein Schlafzimmer, ein zweites Bad, ein Gästezimmer und ein kleiner ungenutzter Raum. »Einer von euch kann in das Gästezimmer ziehen, der andere in die Kammer. Dort könnten wir ein Feldbett aufstellen, oder ihr teilt euch das Gästezimmer. Es tut mir leid, aber mehr Möglichkeiten habe ich hier nicht. Allerdings würde meine Nachbarin Angélique ihr Gästezimmer zur Verfügung stellen. Es ist sehr gemütlich.«

Samy grinste. »Ich nehme die Kammer, das reicht mir. Mach dir keine Sorgen, Philippe. Etienne schnarcht. Wenn man mit ihm in einem Zimmer schläft, macht man die ganze Nacht kein Auge zu.«

Sein Freund schnaubte empört. »Ich schnarche nicht.«

»Ja, ja. Auf jeden Fall finde ich es gut, wenn wir in einem Haus wohnen.«

Nachdem sie ihr Gepäck abgestellt hatten, zeigte Lagarde ihnen die Terrasse und den Garten. Als sie hinaustraten, sprang Alexandre erschrocken aus seinem Körbchen und rannte davon. Verblüfft blickte Samy ihm hinterher. »Du hast eine Katze?«

»Ja«, antwortete Lagarde. »Er ist mir zugelaufen und hat hier seine Basis. Er heißt Alexandre. Ihr könnt ihn füttern, solltet ihn aber nicht anfassen. Das mag er nicht, er lässt niemanden an sich heran.«

Etienne sah sich um. »Du hast es wirklich schön hier. Der Ausblick auf die Küste und das Meer ist phantastisch. Sind das da draußen die Bänke mit den berühmten goldenen Muscheln von Barfleur?«

Lagarde lächelte. »Ja, das sind sie. Ich werde Muscheln auf normannische Art für euch zubereiten, wenn ihr das mögt. Man macht sie mit Sahne und Speck.«

Etienne war entzückt. »Mach das unbedingt.« Neugierig zeigte er auf einen Pfad. »Wohin führt dieser Weg?«

»Zu einer kleinen Bucht, im Sommer schwimme ich dort.«

Samy lachte begeistert auf. »Dann kann ich jeden Morgen vor dem Frühstück eine Runde schwimmen gehen.«

Etienne sah ihn an, als wäre er nicht ganz bei Trost. »Es ist Ende September, Samy, das Wasser ist bestimmt eiskalt.«

»Das macht mir nichts aus.«

Lagarde lachte. »Er ist eben ein Naturbursche durch und durch.«

»Was machen wir jetzt?«, wollte Etienne wissen.

»Ich habe einen kleinen Imbiss für euch vorbereitet, normannischen Käse und frisches Baguette, ihr habt bestimmt Hunger. Um vierzehn Uhr habe ich die erste Teambesprechung angesetzt. Ich finde, wir sollten keine Zeit verlieren. Zu der Sitzung kommt auch das vierte Mitglied unseres Teams.«

»Wir sind zu viert?«, hakte Samy neugierig nach.

»Ja, Valérie, eine Gendarmin aus Barfleur, wird uns unterstützen. Sie hat mir schon öfter bei schwierigen Ermittlungen geholfen. Sie macht großartige Arbeit.«

»War sie nicht auch bei eurer Verlobungsfeier dabei?«

»Ja, genau.«

Nach dem Mittagessen und einer kurzen Ruhepause versammelten sie sich im Arbeitszimmer. Etienne hatte Kaffee gekocht, einen Krug mit Wasser und Kekse bereitgestellt. Um Punkt vierzehn Uhr klingelte es an der Haustür, und Lagarde stellte Valérie vor. Seine Freunde erhoben sich und begrüßten sie, als wären sie schon lange ein Team.

Lagarde bemerkte, dass Valéries natürliche Schönheit seine Freunde ein wenig verlegen machte. Beide boten ihr gleichzeitig Kaffee an.

»Ich schlage vor, wir fangen an«, sagte Lagarde. »Über unsere Vorgehensweise habe ich mir bereits Gedanken gemacht, und ich bin der Meinung, dass wir am besten von vorn anfangen und einen Schritt nach dem anderen machen. Wir brauchen den Obduktionsbericht, damit wir wissen, wann und wie Claire Lamare gestorben ist. Haben wir ihn vorliegen, Valérie?«

»Nein.«

»Nein?« Lagarde zog erstaunt die Augenbrauen hoch.

»Ich habe die Unterlagen gestern Abend noch durchgesehen und eine Art Inhaltsverzeichnis erstellt.« Dass sie die halbe Nacht durchgearbeitet und sich ebenfalls über die Vorgehensweise Gedanken gemacht hatte, sagte sie nicht. »Es ist nur vermerkt, dass Rechtsmedizinerin Dr. Dr. Delphine Moreau die Untersuchung durchgeführt hat.«

»Das ergibt Sinn. Zunächst war Cherbourg zuständig, bevor die Pariser Sonderkommission den Fall übernommen hat. Ich rufe sie an.«

Lagarde hatte Glück und bekam sie gleich ans Telefon. Freundlich begrüßte er sie, schilderte den Sachverhalt und bat um einen Termin. »Morgen, elf Uhr, das passt gut. Ich danke dir, Delphine! Au revoir.«

Er trank einen Schluck Kaffee und blickte in die Runde. »Nach dem Termin in der Rechtsmedizin möchte ich mir den Fundort der Leiche ansehen. Ob er auch der Tatort ist, müssen wir herausfinden.«

Valérie nickte und legte einen vergrößerten Landkartenausschnitt auf den Tisch. »Dort, wo das Kreuz ist, wurde sie gefunden. Die Fotos der Spurensicherung haben wir auch.« Sie legte die Aufnahmen der Reihe nach auf den Tisch. Es waren zahlreiche aus verschiedenen Perspektiven aufgenommene Bilder, die die Umgebung des Fundortes, das Wasserloch und die Leiche zeigten. Sie schwiegen für einen Moment. Der Anblick der toten Claire Lamare war erschütternd. Valérie breitete weitere Fotos aus. »Diese Aufnahmen stammen von der Stelle, wo der Überfall stattgefunden hat.«

»Sehr gut vorgearbeitet«, lobte Lagarde sie. »Ich halte es für sinnvoll, mit dem Hauptzeugen zu sprechen, mit dem Mann, der vom Zug aus den Überfall beobachtet und die Polizei alarmiert hat. Haben wir Name und Adresse, Valérie?«

»Ja, er heißt Vincent Guyon und wohnt in Portbail. Seine Aussage haben wir auch.«

»Was hat er ausgesagt?«

»Nicht viel, nur dass es sich bei dem Täter um einen Mann handelte und dass er dunkel gekleidet war.«

»Mehr steht da nicht?«

»Nein, nur dass alles so schnell ging.«

»Würdest du bitte einen Termin mit ihm vereinbaren? Morgen um sechzehn Uhr wäre gut.«

Lagarde ging kurz in die Küche, um frischen Kaffee aufzusetzen, und als er zurückkam, legte Valérie gerade das Telefon aus der Hand. »Der Termin steht, aber begeistert war er nicht.«

»Darauf können wir keine Rücksicht nehmen.« Er wandte sich an seine Freunde. »Seid ihr mit der Vorgehensweise einverstanden?«

»Natürlich«, meinte Samy. »Irgendwo muss man ja anfangen.«

Etienne nickte. »Das ist ein guter Einstieg, so machen wir das.« Er schenkte Valérie ein freundliches Lächeln. »Herzlichen Dank für die viele Arbeit, die Sie sich gemacht haben.«

»Wollen wir uns nicht alle duzen?«, schlug der Commissaire vor. Niemand hatte etwas dagegen.

Nach der Besprechung beschloss Valérie nach Hause zu fahren und dort die Polizeiunterlagen weiter durchzusehen. Sie verabredeten sich um zwanzig Uhr im *Mirabelle*, Odettes Restaurant. Samy wollte unbedingt, dass Lagarde vorher mit ihnen eine Tour mit dem Boot aufs Meer hinaus machte.

Etienne sah ihn kopfschüttelnd an. »Hast du mal aus dem Fenster geschaut? Es regnet und stürmt.«

Lagarde lachte. »Diese Windböen würden wir hier nicht direkt als Sturm bezeichnen, allerdings ist bald Ebbe. Aber für eine kleine Tour ist noch genug Zeit. Ich zeige euch die Seefahrerkirche und den Leuchtturm von Gatteville. Wir treffen uns in fünf Minuten, zieht euch warm an.«

Das *Mirabelle* lag nördlich von Barfleur in einem Apfelgarten. Vom Parkplatz aus führte ein Kiesweg zwischen dem Haupthaus und einem flachen Nebengebäude zum Restaurant. Beidseitig waren liebevoll Beete angelegt, in denen späte Sommerblumen blühten. Odette liebte Gladiolen und Dahlien. Auf der Terrasse unter den alten Walnussbäumen und Libanonzedern standen noch die Gartenmöbel. Man hoffte auf zahlreiche sonnige Herbsttage, an denen die Gäste ihren Kaffee draußen würden trinken können.

Lagarde erklärte seinen Freunden, dass die vier Gästezimmer von Odette individuell gestaltet worden waren. Das Restaurant war ein Rundbau aus flachen Granitsteinen mit einem kegelförmigen Schieferdach. Im Speiseraum brannte an diesem kühlen Abend ein Feuer im Kamin.

Valérie war bereits eingetroffen und stand mit Odette an der Bar, die Frauen unterhielten sich angeregt. Valérie trug nun eine schwarz glänzende Hose und eine grüne Seidenbluse, die ihre Augen betonte. Odette war elegant mit einem bordeauxroten Hosenanzug gekleidet, ihre Lippen glänzten im selben Farbton. Die langen dunklen Haare hatte sie locker hochgesteckt, an ihren Ohren funkelten silberne Creolen, die Lagarde ihr geschenkt hatte. Er fand, dass sie bezaubernd aussah. Auch die Männer hatten sich schick gemacht.

Odettes Restaurant war weit über Barfleur hinaus bekannt und beliebt. Als sie die Männer bemerkte, kam sie mit Valérie zu ihnen und begrüßte Samy und Etienne mit großer Herzlichkeit. Sie kannte sie bereits von einem Aufenthalt mit Lagarde an der Schlucht von Verdon und natürlich von ihrer Verlobungsfeier. »Wie schön, dass ihr uns besucht! Trinken wir doch ein Glas Champagner zusammen. Ich habe den Tisch am Kamin für euch reserviert.« Sie gab Lagarde einen sanften Kuss.

Bald saßen sie um den festlich gedeckten Tisch und stießen an. »Auf den Erfolg eurer Ermittlungen«, sagte Odette. »Habt ihr schon angefangen?«

»Ja, wir haben heute Nachmittag eine Strategie festgelegt, und morgen geht es richtig los«, erzählte Lagarde.

»Großartig, dann habt ihr bestimmt Hunger.«

»Oh ja«, erwiderte Etienne. »Die Bootstour zum Leuchtturm war ziemlich aufregend. Ich dachte zwischendurch, das Schiff kentert.«

Kopfschüttelnd lächelte sie. »Ihr seid bei diesem Wetter rausgefahren?«

»Es war nur ein bisschen windig«, behauptete Lagarde. »Etienne übertreibt.«

»Ich habe Austern und Atlantikhummer frisch aus der Markthalle, außerdem Steaks vom Charolais-Rind. Ihr könnt das Tagesmenü bestellen oder à la carte essen, wie ihr wollt. Das Menü des Tages steht da drüben auf der Schiefertafel. Ich muss noch einmal in die Küche, dann essen wir zusammen und machen uns einen schönen Abend.«

Als Etienne die Menüfolge studierte, breitete sich ein glückliches Lächeln auf seinem Gesicht aus.

Menu du jour
Kartoffelsuppe mit einer Einlage aus Rinderhack

Gänseleber mit hausgemachtem Cidre-Gelee
und warmem Baguette

Poschiertes Rinderfilet vom Charolais-Rind auf Perigord-
Senfschaum und Honigzwiebel

Fondant au Chocolat mit heißen Kirschen

Bon appétit!

Weinempfehlung
Ein fruchtiger Rosé VdQS aus dem Loire-Tal

Ein roter Bordeaux grand cru aus Saint-Emilion

A votre santé!

FÜNFTER TAG

DAS STEINKREUZ UNTER
DER EICHE

Samy wachte als Erster auf, erhob sich vom Feldbett und blickte aus dem Fenster. Der Regen hatte aufgehört, der Westwind jagte dunkle Wolken über den Himmel und ließ die Nadelfächer der Seekiefern erzittern. Er stieg in seine Badehose, warf sich ein Handtuch über die Schulter und machte sich pfeifend auf den Weg zu der kleinen Bucht.

Es war eine einsame, henkelförmige Bucht, begrenzt von schwarz glänzenden Felsen, auf denen Möwen saßen, die mit den Flügeln schlugen und kreischten. Graue Wellen rollten auf den feinen Sand, die Brandung rauschte leise, Kieselsteine klackerten.

Samy legte sein Handtuch auf einen Stein und rannte durch das flache Wasser. Als es tiefer wurde, hechtete er hinein und kraulte mit kräftigen Zügen weit hinaus. Dort hielt er einen Moment inne, ließ sich treiben und entdeckte drei Delphine, die miteinander spielten und Kapriolen aufführten.

Etienne erwachte von Kaffeeduft, der durchs Haus zog. Zuerst dachte er an das köstliche Menü von gestern

Abend, das *Mirabelle* war wirklich ein erstklassiges Restaurant. Er glaubte sich zu erinnern, dass Philippe einmal einen Michelin-Stern oder eine Auszeichnung von Gault Millau erwähnt hatte. Sein Magen knurrte schon wieder, und er machte sich auf den Weg zum Frühstück.

Lagarde war schon beim Bäcker gewesen und hatte Baguette und Chocolatines gekauft. Als Etienne in die Küche kam, briet er gerade Spiegeleier mit Speck. »Bonjour, Etienne.«

»Bonjour, Philippe. Wo steckt Samy?«

»Wahrscheinlich ist er schwimmen gegangen.«

»Mon Dieu …«

Als Samy kurz darauf erschien, frühstückten sie. Danach holten sie Valérie ab und fuhren nach Cherbourg. Sie waren spät dran, und Delphine mochte es nicht, wenn man nicht pünktlich war und ihre Zeit stahl.

Das Polizeigebäude befand sich auf einem Hügel, von dem aus man einen schönen Blick auf die moderne Hafenstadt, die Werften und die Reede mit den halbkreisförmigen Molen hatte. Weit draußen auf dem bleiernen Ärmelkanal bewegten sich Containerschiffe im Zeitlupentempo. Das Rechtsmedizinische Institut befand sich in den Kellerräumen. Am Eingang zeigte Lagarde der diensthabenden Polizistin seinen Dienstausweis. Sie hatte ihn ohnehin erkannt und zeigte freundlich lächelnd auf die Glastür.

»Sie kennen sich ja aus, Monsieur le Commissaire. Ihre Begleiter möchten sich bitte in das Besucherbuch eintragen und den Personalausweis vorzeigen.«

Über eine breite Steintreppe gelangten sie in das Kellergewölbe und folgten einem langen, weiß gefliesten Gang zu Delphines Büro. Es roch nach Zitronenreiniger und Desinfektionsmittel.

Lagarde klopfte, und sie betraten den Raum. Lagarde stellte seine Freunde vor, Valérie und Delphine kannten sich bereits von einigen Mordermittlungen. Die Rechtsmedizinerin deutete auf eine Sitzecke. »Nehmt doch bitte Platz.«

Lagarde stellte fest, dass sie ihre Haare länger trug und sich diesmal für einen Kupferton mit schokoladenbraunen Strähnchen entschieden hatte. Delphine wechselte ständig die Haarfarbe. Heute trug sie ein opalgrünes Kleid mit farblich passenden Stöckelschuhen. Auf ihrem Fachgebiet war sie eine Koryphäe, und so mancher Rechtsmediziner suchte bei schwierigen Untersuchungen ihren Rat. Diskussionen über ihr Rauchverhalten waren absolut tabu, ebenso sinnlose Gespräche, die ihre komplizierten Gedankengänge störten. Jetzt drückte sie energisch eine filterlose Gitanes in einem Aschenbecher aus und fragte: »Darf ich euch etwas anbieten, einen Mokka vielleicht oder Wasser?«

Als die vier dankend ablehnten, wandte sie sich direkt an Lagarde. »Wenn ich dich am Telefon richtig verstanden habe, willst du den Mord an Claire Lamare aufklären, nach vier Jahren?«

»Ja, das heißt, wir wollen ihn zusammen aufklären, unser Team.«

»Das verstehe ich nicht, der Fall ist doch zu den Akten gelegt worden.«

»Der Vater des Opfers hat hervorragende Beziehungen zu höchsten politischen Kreisen in Paris, und er hat eine Wiederaufnahme erreicht.«

»Ihr wollt den Fall tatsächlich lösen. Chapeau! Ich erinnere mich noch gut daran. Das war damals ein richtiges Kompetenzgerangel, da blieb so manches auf der Strecke.«

»Das glaube ich.«

»Aber dann habt ihr doch sicherlich sämtliche Fall relevanten Unterlagen.«

»Nein, sie sind leider unvollständig. Dein Obduktionsbericht beispielsweise fehlt.«

Delphine war empört und steckte sich eine weitere Zigarette an. »Das ist eine unglaubliche Schlamperei. Als die Soko Paris den Fall an sich gerissen hat, haben die Kollegen selbstverständlich eine Kopie von mir bekommen. Das ist der übliche Dienstweg. Aber nun gut, das spielt jetzt keine Rolle mehr. Hier in der Akte ist das Original, ich habe es für dich kopiert.«

»Merci, Delphine.«

Sie nickte und nahm einen tiefen Zug. »Ich kann mich noch gut an diesen Tag erinnern, als die sterblichen Überreste von Claire Lamare früh am Morgen gefunden und hierhergebracht wurden. Ich habe die Untersuchung sofort vorgenommen, und am Nachmittag kamen die Eltern, um sie zu identifizieren. Es war einfach entsetzlich, das könnt ihr euch gar nicht vorstellen. So etwas hatte ich noch nie erlebt. Die Mutter hat sich so furchtbar aufgeregt und war überhaupt nicht mehr zu beruhigen. Sie hat angefangen, sich die Haare büschelweise auszureißen und mit dem Kopf gegen die Wand zu schlagen, dabei schrie sie unaufhörlich. Zu dritt mussten wir sie festhalten, und ihr Mann willigte schließlich ein, dass ich ihr eine Beruhigungsspritze gebe.« Sie fuhr sich durch die kupferroten Haare. »Die Eltern kommen nicht zur Ruhe, das kann ich gut verstehen. Aber da liegt eine schwierige Aufgabe vor euch.«

Samy schenkte ihr sein unwiderstehliches Lächeln. »Das ist uns bewusst, aber wir sind auch keine Anfänger.«

»Wir werden jeden Stein umdrehen, bis wir den Täter gefunden haben«, fügte Etienne hinzu. »Eher geben wir keine Ruhe.«

Valérie nickte zustimmend.

»Wenn es jemand schaffen kann, dann dieses Team, scheint mir«, antwortete Delphine schmunzelnd. »Gut, dann werde ich mal berichten, was ich damals bei den Untersuchungen herausgefunden habe. Ludovic Cleroc, der leitende Hauptkommissar von Cherbourg, hat damals herausgefunden, dass Claire Lamare die Disco gegen zweiundzwanzig Uhr verlassen hat. Lebend gesehen wurde sie zuletzt von einem Zeugen vom Zug aus, und zwar gegen zweiundzwanzig Uhr zwanzig. Ihr Tod ist kurz darauf eingetreten, zwischen zweiundzwanzig Uhr zwanzig und etwa dreiundzwanzig Uhr.«

»Sie wurde also kurz nach dem Überfall getötet«, fasste Lagarde zusammen.

»Genau.«

»Woran ist sie gestorben?«

»Sie wurde erwürgt, mit bloßen Händen. Ich habe selbstverständlich Fotos von den Malen.« Sie legte die Bilder der Reihe nach auf den Tisch. Einige davon zeigten Claires bleichen Hals in Großaufnahme, die rot und blau verfärbten Würgemale waren deutlich zu erkennen. »Wie ihr sehen könnt, hat der Täter sie von vorn erwürgt. Man kann die beiden Daumenabdrücke deutlich erkennen.«

»Dafür braucht man jedenfalls einige Kraft«, stellte Etienne fest.

»Ja.« Sie zeigte auf ein Foto. »Darauf könnt ihr gut sehen, dass die Einprägungen am Hals tief sind. Ich vermute, dass der Täter sie nicht im Stehen erwürgt hat, das hätte viel mehr Kraft erfordert, sondern im Liegen. Er hat sie auf den Boden gestoßen.«

Etienne spann den Faden fort. »Er hat sich wahrscheinlich auf sie gesetzt, sie festgehalten und zugedrückt.«

Delphine stimmte ihm zu. »Das denke ich auch. Man muss bedenken, dass sich das Opfer mit Sicherheit zunächst gewehrt hat.«

»Was meinst du mit zunächst?«, fragte Valérie.

»Sie hatte eine Verletzung am Kopf.« Delphine zeigte weitere Fotos. »Rechts, seitlich neben der Schläfe.«

»Ein Linkshänder«, murmelte Samy.

»Kannst du etwas dazu sagen, womit der Schlag ausgeführt wurde?«, wollte Lagarde wissen.

»Das ist schwer zu sagen. Die Leiche wurde, wie ihr wisst, erst am dritten Tag gefunden. Ihr Zustand deutete darauf hin, dass sie kurz nach ihrem Tod in das Wasserloch gelegt worden war. Deshalb gab es keine Blutverkrustungen, und das Gewebe war aufgeweicht und geschwollen. Aber es war ein richtiges Loch im Kopf, es könnte also etwas wie ein spitzer Stein gewesen sein. Falls Erde daran war, wurde sie vom Wasser weggespült. Ein Faustschlag war es jedenfalls nicht.«

»Sie wurde überfallen, dann wahrscheinlich mit einem Stein niedergeschlagen, erwürgt und daraufhin zu dem Wasserloch gebracht«, fasste Lagarde zusammen.

»Oui.«

»Wurde sie vergewaltigt?«, fragte Samy.

»Nein, das ist ausgeschlossen.«

»Hatte sie sonstige Verletzungen?«

»Ein paar Prellungen und Quetschungen an den Armen. Die Hände und das Gesicht wiesen oberflächliche Kratzer auf.«

»Gab es Abwehrverletzungen?«

»Nein, aber es gab Abwehrspuren, sie hat sich gewehrt. Ich habe unter ihren Fingernägeln Hautpartikel gefunden. Ihre Kleidung wurde im Labor untersucht, in dem Spitzeneinsatz ihrer Bluse befanden sich einige schwarze Haare, die nicht von ihr stammten. Sie waren kurz und hatten Wurzeln.«

»Claire Lamare hat dem Täter Haare herausgerissen.« Samy war sich sicher, dass ihnen dieser Umstand weiterhelfen würde.

»Wurden die Spuren denn nicht untersucht?«, fragte Lagarde erstaunt.

»Nicht bei uns. Die Soko Paris hat sie mitgenommen.«

»Liegen uns darüber Laborberichte vor?«, fragte Lagarde Valérie.

»Nein, die hätte ich gesehen.«

»Nicht zu fassen …«

»Gibt es sonst noch irgendwelche interessanten Erkenntnisse?«, erkundigte sich Etienne.

»Ihr allgemeiner Gesundheitszustand war sehr gut, sie war topfit. Sie hat nicht geraucht und keine Drogen genommen. Sie hatte an dem Abend keinen Alkohol getrunken. Weiter kann ich euch nichts sagen.«

»Das war doch schon sehr viel«, sagte Samy. »Damit können wir etwas anfangen.«

Valérie steckte die Kopie des Obduktionsberichts in ihre Aktentasche, dann bedankte sich das Team bei Delphine und verabschiedete sich.

Auf dem Parkplatz hinter dem Polizeigebäude bat Lagarde Valérie, das Steuer zu übernehmen. Er wusste, dass sie gerne Auto fuhr, und er musste dringend mit Frank Lanoux telefonieren. Zum Glück erreichte er ihn sofort.

»Bonjour, Frank.«

»Bonjour, Philippe. Wie läuft es bei euch?«

»Wir haben gestern unsere Strategie festgelegt und heute Morgen ein Gespräch mit Delphine Moreau geführt. Der Obduktionsbericht von Claire Lamare befand sich nicht in unseren Unterlagen.«

Der Polizeipräsident schnaubte verärgert.

»Bei dem Gespräch stellte sich heraus, dass an der Leiche sichergestelltes Beweismaterial von der Soko Paris mitgenommen wurde. Uns liegen aber keine Laborberichte vor. Deshalb meine Bitte – kannst du veranlassen, dass wir diese Berichte so schnell wie möglich bekommen? Wir brauchen die DNA des Täters.«

»Ja, natürlich, ich kümmere mich darum.«

»Ich befürchte allerdings, dass die Untersuchung der Spuren nicht stattgefunden hat. In diesem Fall sollen die Haare sofort in das Labor von Cherbourg geschickt werden.«

»In Ordnung, denen werde ich Beine machen.«

»Und noch etwas …«

»Ja?«

»Sie sollen in den Asservatenkammern nachsehen, ob sie noch mehr Indizien aufbewahren. Wir brauchen alles.«

»Okay. Sie sollen alles, was sie finden, mit einem Boten schicken.«

»Merci, Frank.«

»Ich melde mich wieder bei dir, wenn ich etwas in Erfahrung gebracht habe.«

Sie beendeten das Gespräch.

Valérie fuhr über die Nationalstraße nach Barneville-

Carteret und weiter bis zu einem Kreisverkehr, an dem sie rechts nach Saint-Jean-de-la-Rivière abbogen. Sie folgten der Hauptstraße durch die hübsche kleine Ortschaft, vorbei an der Kirche und dem Marktplatz, und gelangten zum Bahnhof. Neben dem altmodischen, grün gestrichenen Gebäude führte eine schmale Straße zu einem Feldweg, der neben den Gleisen in südlicher Richtung verlief.

»Das muss der Weg sein«, meinte Lagarde, der die Landkarte studierte. »Er führt an der Bahnstrecke entlang nach Saint-Georges-de-la-Rivière und weiter nach Portbail.«

Valérie bremste und zögerte. »Ich glaube, dieser Weg ist eher für Spaziergänger und Fahrradfahrer gedacht.«

»Das geht schon, wenn du langsam fährst«, meinte Lagarde.

Sie ruckelten über die von Schlaglöchern und Steinbrocken übersäte Schotterpiste und hielten Ausschau nach der Stelle, die der Zeuge Vincent Guyon beschrieben hatte. Samy entdeckte als Erster das Steinkreuz unter der mächtigen Eiche.

»Da ist es«, sagte er und zeigte darauf.

Sie stiegen aus und sahen sich um. Sie standen zwischen den Bahngleisen und einer feuchten Wiesenlandschaft mit schmalen Wasserläufen und Kanälen. Wasser plätscherte, Blätter rauschen im Wind. Man konnte das nahe Meer riechen. Dazwischen ragten Pappeln und Bauminseln heraus, auf denen sich Dickicht ausbreitete.

Weißdornhecken erhoben sich auf dem Terrain. Lagarde zeigte Richtung Saint-Jean-de-la-Rivière. »Von dort aus ist Claire Lamare gekommen, so wie wir eben. Sie war allein und lief auf dem Feldweg Richtung Süden. Sie kannte sich aus, diese Abkürzung hatte sie schon häufig benutzt. Sie hatte keine Angst, es war nichts Besonderes. Der Täter schlich durch die Büsche und Bäume, bemüht, kein Geräusch zu verursachen. In die Hände spielte ihm, dass überall Wasser gluckerte. Dort drüben ist ein Wehr, da rauscht der Bach in die Tiefe. Sie hat ihn erst gehört, als er ganz nahe war. Bei dem Steinkreuz ist er über sie hergefallen. Als sie die Lichter des Zuges erblickte, schöpfte sie Hoffnung, doch er fuhr vorbei. Die Gendarmerie traf zwanzig Minuten nach dem Notruf ein, der in Saint-Georges erfolgte. Sie fanden niemanden vor.«

»Der Mann muss ihr gefolgt sein«, überlegte Etienne. »Er hat hier nicht gewartet, bis zufällig eine Frau vorbeikommt. Höchstwahrscheinlich war er zu Fuß unterwegs, den Motor eines Fahrzeuges hätte sie früher gehört. Oder er ist mit dem Fahrrad gekommen.«

»Dieser Spur müssen wir nachgehen«, stimmte Samy ihm zu.

Lagarde versuchte, sich das weitere Geschehen vorzustellen. »Der Täter sah den Zug mit den Passagieren, er geriet in Panik. Jemand könnte den Überfall bemerkt haben und ihn beschreiben. Er zerrte Claire Lamare ins Gebüsch, hielt ihr den Mund zu. Sie wehrte sich nach Leibeskräften, und er hat sie geschlagen und erwürgt, weil er befürchtete, dass sie ihn identifizieren könnte.«

»Warum hat er sie nicht vergewaltigt?«, fragte Samy. »Was war seine Absicht? Sein Motiv ist wichtig.«

»Doch, er wollte sie vergewaltigen«, murmelte Lagarde und starrte gedankenverloren auf das Steinkreuz. »Was ihn trieb, war der unwiderstehliche Drang, sexuelle Macht auszuüben. Er wurde jedoch durch den Zug und den Mann am Fenster gestört. Er hatte keine Zeit mehr. Die Gefahr, dass jemand ihn und die Frau gesehen hatte, war viel zu groß. Er musste damit rechnen, dass die Polizei bald eintreffen würde.« Mit gerunzelter Stirn blickte er auf die Bahnstrecke. »Vielleicht würde sie noch leben, wenn der Zug nicht gekommen wäre, so paradox das auch klingen mag. Sie wurde nicht bestohlen, ihre Wertgegenstände hatte sie bei sich. Ein Raubüberfall ist also ausgeschlossen. Ich halte es nicht für ausgeschlossen, dass es um eine Vergewaltigung ging. Wir müssen überprüfen, ob es hier in der Gegend ähnliche Überfälle gab.«

Hinter dem Steinkreuz verlief zwischen Sträuchern und einer Fichtenschonung ein Trampelpfad, dem sie nun folgten. Zwischen den Bäumen breiteten sich grasbewachsene Flächen aus. Lagarde deutete darauf. »Wahrscheinlich hat er sie hier irgendwo getötet. Ich glaube nicht, dass der Fundort der Tatort ist. Es war einfacher für den Täter, eine Leiche zu transportieren und zu verstecken, als eine Frau, die sich wehrt und um sich schlägt.«

Valérie studierte die Karte. »Das Wasserloch, wo sie gefunden wurde, befindet sich zwei- bis dreihundert Meter südöstlich von hier.« Sie zeigte den Männern die Skizze. Gemeinsam folgten sie dem gewundenen Pfad, der sie bald aus der Fichtenschonung führte. Er verlief weiter durch Ackerland und eine Wiese, übersät mit Tümpeln und Wasserlöchern. Valérie deutete auf ein Sumpfloch hinter einem Himbeergestrüpp. »Laut der Skizze muss es das sein.«

Sie kämpften sich durch die dornigen Zweige und stapften durch morastigen Untergrund, dann standen sie am Rand des Wasserlochs. Es war fast kreisrund und hatte einen Durchmesser von etwa vier Metern. Das Wasser war undurchdringlich und dunkel, die Oberfläche kräuselte sich im Wind. Gegenüber wuchs dichtes Schilf. Valérie holte ein Foto aus ihrer Mappe und zeigte auf eine Stelle. »Dort hat sie gelegen, auf dem Bauch. Der Tümpel ist nicht tief, sie konnte nicht untergehen. Sie war mit Zweigen und Gras bedeckt, aber nur oberflächlich. Ich denke, der Täter hatte es eilig zu verschwinden. Dennoch war es offenbar ein gutes Versteck. Schließlich wurde sie erst am dritten Tag gefunden.«

Samy betrachtete die Stelle. »Wie ist er da hingekommen? Der Weg durch das Gestrüpp ist schwierig, wenn man eine Leiche transportiert.«

»Vielleicht hat er sie über den Boden gezogen«, meinte Etienne. »Oder er hat sich einen Weg durch das Schilf gebahnt.«

»Ich frage mich, wie er sich orientiert hat?«, überlegte Lagarde. »Um zweiundzwanzig Uhr dreißig war es dunkel, es könnte tatsächlich eine ortskundige Person gewesen sein.«

Etienne starrte auf den Fundort. »Ich frage mich, wohin der Mörder danach gegangen ist. Nach Hause? Wohnte er überhaupt hier, oder kam er von woanders her und hatte sein Auto irgendwo abgestellt? Kannte er sich hier aus? Hatte er eine Taschenlampe dabei? Jemand hätte den Lichtschein bemerken können.«

Als sie zum Auto zurückliefen, kamen sie an einem größeren Wehr vorbei. Es war eine alte, verrostete Konstruktion, über die ein schmaler Steg mit einem windschiefen Geländer führte. In zwei Metern Tiefe rauschte das Wasser durch einen Spalt und strömte in einen Teich. Zu der bröckelnden Steintreppe, über die man auf den Übergang gelangte, führte ein Weg. Das Gras war niedergetrampelt, auch Reifenspuren eines Fahrrades waren zu erkennen. Samy zeigte auf den Steg. »Er hätte hier auf die andere Seite des Bachlaufes flüchten können, also eigentlich überallhin.«

Sie gingen weiter, und als sie das Ende einer hohen Hecke erreichten, sahen sie eine große Schafherde auf der Wiese. Plötzlich rannten zwei Hirtenhunde auf sie zu, bellten, blieben abrupt stehen, setzten sich und ließen sie nicht aus den Augen. Ein Pfiff gellte über die Graslandschaft, und sofort sprangen die Hunde auf, stürmten davon und nahmen ihren Platz bei der Herde wieder ein.

Gemächlich kam der Schäfer auf sie zu. Zu seinem braunen Wollumhang trug er Gummistiefel und einen Hut, in der Hand hielt er einen Stab. Auf seinem bärtigen Gesicht erschien ein freundliches Lächeln. »Bonjour, haben Sie sich verlaufen?«

Lagarde schüttelte den Kopf. »Nein, wir sind auf dem Weg zu unserem Wagen.«

»Da haben Sie sich aber kein gutes Wetter für Ihren Spaziergang ausgesucht.«

»Wir machen keinen Spaziergang«, erklärte Lagarde und zeigte ihm seinen Dienstausweis.

»Monsieur le Commissaire Philippe Lagarde. Wir ermitteln im Mordfall Claire Lamare. Sie wurde vor vier Jahren hier in der Nähe getötet. Können Sie sich daran erinnern?«

Der Mann sah ihn mit großen Augen an. »Natürlich kann ich mich daran erinnern. Damals war ich auch hier in der Gegend. Die Leute sind freundlich, und das saftige Gras schmeckt meinen Schafen. Es war schrecklich, das arme Mädchen. Alle waren schockiert, dass vor ihrer Haustür ein Verbrechen geschehen ist. Die Leute wurden misstrauisch und verdächtigten sich gegenseitig. Das Schlimmste war, dass der Fall nie gelöst wurde.«

»Das versuchen wir jetzt zu ändern«, versicherte Samy. »Können Sie sich vielleicht an irgendetwas erinnern, das uns weiterhelfen könnte?«

»Ich habe mir schon so oft den Kopf zerbrochen, aber mir ist nichts aufgefallen.«

Lagarde hatte wenig Hoffnung, dennoch reichte er dem Schäfer seine Visitenkarte. »Vielleicht wurde Ihr Erinnerungsvermögen durch unsere Begegnung wiederaufgefrischt. Wenn Ihnen ein Gedanke kommt, und sei er noch so vage, dann rufen Sie mich bitte an. Wir sind für jede Hilfe und jeden Hinweis dankbar.«

»Das mache ich, Monsieur le Commissaire.«

»Wie ist Ihr Name?«

»Lucien Dubonnet.«

Lagarde zeigte in eine Richtung. »In diese Richtung kommen wir wieder zum Steinkreuz unter der Eiche, richtig?«

»Nicht ganz. Halten Sie sich etwas weiter südlich, dann können Sie es nicht verfehlen.«

»Merci, Monsieur Dubonnet.«

Nach wenigen Minuten waren sie am Fahrzeug. Lagarde sah auf seine Armbanduhr. »Wir haben noch ein wenig Zeit bis zu dem Gespräch mit Monsieur Guyon. Lasst uns doch einen Kaffee trinken gehen. In Saint-Jean habe ich am Marktplatz ein schönes Café gesehen. Anschließend fahren wir nach Portbail.«

In dem Café direkt gegenüber der Kirche bestellten sie Kaffee und Croque Monsieur. Lagardes Handy klingelte, als gerade das Essen kam. Es war Lanoux, der gleich zur Sache kam.

»Ich habe mit der zuständigen Stelle in Paris telefoniert. Du hattest recht, es gibt tatsächlich keinen Laborbericht.

Ein Bote wird die Spuren, die Delphine bei der Autopsie gefunden hat, nach Cherbourg bringen, dann können sie dort im Labor untersucht werden. In den Asservatenkammern befinden sich keine weiteren Indizien, das wurde überprüft.«

»Das ist wirklich nicht zu fassen. Merci, Frank. Ich hoffe, dass uns die DNA-Analyse weiterbringt.«

»Das hoffe ich auch.«

Lagarde informierte mit verärgerter Stimme das Team, und Valérie sah ihn überrascht an. »Am Ort des Überfalls wurde ein zerrissenes Amband gefunden, wo wird das aufbewahrt?«

»In Paris jedenfalls nicht.«

»Wo könnte es sonst sein?«

»Vielleicht in der Asservatenkammer von Cherbourg, wir werden da mal nachforschen.«

Nachdem sie bezahlt hatten, fuhren sie weiter nach Portbail. Der beliebte Ferienort mit einer Fährverbindung zu den Kanalinseln lag an einer Trichtermündung und verfügte über zwei Sandstrände. Der Ort war durch eine dreizehnbogige Brücke mit dem Hafen verbunden. Da gerade Niedrigwasser war, standen Männer unter den Steinbögen und angelten.

Das Haus von Vincent Guyon fanden sie auf einer grasüberwachsenen Anhöhe, auf der sich Zwergzedern erhoben. Von dort aus hatte man eine herrliche Aussicht auf den Hafen und das Meer. In der Ferne konnte man schemenhaft die Kanalinseln erkennen. Es war ein altnormannisches Steinhaus mit zwei Kaminen, blauen Fensterläden und einem zugewachsenen Garten. Neben der Haustür blühten Hortensien in einem intensiven Roséton.

Lagarde klingelte, Valérie stand mit erwartungsvollem Gesichtsausdruck neben ihm. Samy und Etienne hatten sie so lange am Hafen abgesetzt. Sie konnten nicht zu viert bei einem Zeugen erscheinen, das würde ihn nur einschüchtern. Nach dem Gespräch wollten sie sich an der Brücke treffen.

Die Tür ging auf, und ein blasser Mann stand auf der Schwelle. Sein Gesicht wies eine ungesunde Blässe auf, die schütteren Haare hatte er zurückgekämmt.

Monsieur Guyon bat sie ins Haus und führte sie in den Salon. Der kleine Raum war gemütlich eingerichtet, in der Sofaecke lag neben Strickzeug eine schwarze Katze, die die Besucher komplett ignorierte. Auf dem Tisch standen eine Thermoskanne, Tassen, ein Teller mit Madeleines sowie Milch und Zucker.

»Nehmen Sie bitte Platz. Darf ich Ihnen Kaffee anbieten?« Lagarde und Valérie nahmen das Angebot an und hofften, dass er sich beim Kaffeetrinken ein wenig entspannen würde. Er wirkte völlig verkrampft. Lagarde begann mit dem Gespräch.

»Merci beaucoup, Monsieur Guyon, dass Sie sich die Zeit nehmen, mit uns zu sprechen. Die oberste Polizeibehörde in Paris hat entschieden, dass der Mordfall

Claire Lamare wieder aufgerollt wird. Ich bin der leitende Ermittler. Sie waren damals, vor vier Jahren, in dem Zug und haben den Überfall auf die junge Frau beobachtet?«

»Ja, das ist richtig.«

»Warum sind Sie mit dem Zug gefahren?«

»Mein Chef hatte mich zum Abendessen eingeladen und mir mitgeteilt, dass er mich aus Kostengründen entlassen würde. Danach bin ich mit dem Zug nach Hause gefahren. Ich war niedergeschlagen und wählte einen Platz im letzten Waggon. Dort war es ruhiger. Im ersten Waggon wurde gefeiert, schließlich war es die letzte Fahrt der Saison. Dieser Sonderzug fährt nur in den Sommermonaten. Mir war jedoch nicht nach Feiern zumute.«

»Haben Sie inzwischen eine andere Arbeit gefunden?«

»Nein, ich bin Buchhalter, da ist es schwierig, hier in der Gegend etwas zu finden. Zwei Jahre lang war ich arbeitslos, meine Ehe litt darunter, meine Frau machte Doppelschichten und war am Ende ihrer Kräfte. Mein Sohn distanzierte sich von mir, weil auch er sich einschränken musste. Aufgrund der unerträglichen Situation entschied ich mich, das Angebot meines Chefs doch anzunehmen und in der Produktion zu arbeiten. Es ist eine Fischfabrik. Ich habe nur noch die Hälfte verdient. Meine Aufgabe war es, Fische auszunehmen, zu schuppen und zu waschen. Es war entsetzlich. Ich habe diese Arbeit gehasst. Seit einigen Monaten bin ich krankgeschrieben.«

»Können Sie bitte beschreiben, was Sie an jenem Abend gesehen haben?«

»Es waren nur wenige Sekunden. Die Scheinwerfer des Zugs erhellten die Szene für einen Moment. Ein Mann und eine Frau kämpften miteinander. Anscheinend hatte der Mann sie angegriffen, und sie wehrte sich. Es war eine junge Frau, ihr Oberteil war zerrissen, und sie sah völlig verzweifelt aus.«

»Können Sie den Mann beschreiben?«

»Er war dunkel gekleidet. Ich schätze, er war mittleren Alters, er wirkte kräftig. Er hatte die Frau fest gepackt, sie hatte keine Chance gegen ihn. Mehr habe ich nicht gesehen, es ging alles so schnell.«

»Konnten Sie sich sein Gesicht einprägen?«

»Nein. Ich weiß nicht, wie er aussieht. Deshalb konnte ich den Täter bei Gegenüberstellungen nicht identifizieren. Ich war nie hundertprozentig sicher. Ich kann nicht verantworten, dass ein Mann wegen meiner Aussage ins Gefängnis kommt, wenn ich mir nicht sicher bin.«

Valérie machte sich eine Notiz dazu.

»Haben Sie im Zug etwas unternommen, um der Frau zu helfen?«, fragte Lagarde.

»Ja, selbstverständlich. Ich habe durch das offene Fenster geschrien, so laut ich konnte, dass er sie loslassen soll und dass ich die Polizei rufe.«

»Hat er darauf reagiert?«

»Das weiß ich nicht. Ich habe die beiden nicht mehr gesehen, der Zug war weitergefahren.«

»Sie haben die Polizei informiert?«

»Ja, zusammen mit dem Lokführer. Das ging wegen eines Funkloches jedoch erst in Saint-Georges.«

»Ist Ihnen sonst irgendetwas aufgefallen, das wichtig sein könnte? War da vielleicht ein Fahrrad, ein Moped, ein Auto?«

Er überlegte, dann schüttelte er den Kopf. »Ich kann mich nicht an ein Fahrzeug erinnern. Mir ist auch weiter nichts aufgefallen.«

»Haben Sie vorher auf dem Feldweg jemanden gesehen, vielleicht eine Person, die einen Hund ausführte?«

»Ich kann mich wirklich nicht mehr erinnern, es ist schon so lange her. Es tut mir leid.« Er schlug die Hände vor sein Gesicht. »Ich mache mir solche Vorwürfe. Diese Szene erscheint immer wieder in meinem Kopf, nachts wache ich deswegen auf. Ich habe mir eine Weile sogar Vorwürfe gemacht, dass ich nicht aus dem Zug gesprungen bin, um der Frau zu helfen. Ich fühle mich so schuldig.«

Lagarde versuchte, ihn zu beruhigen. »Wir raten Zeugen immer, in solchen Situationen die Polizei zu rufen. Selbst in die Handlung einzugreifen kann gefährlich sein. Womöglich war der Täter bewaffnet und hätte auch sie verletzt.«

Vincent Guyon nahm einen Schluck Kaffee, seine Hände zitterten ein wenig. Dann setzte er an weiterzuerzählen.

»Dennoch –« Weiter kam er nicht. Ein junger Mann

stürmte herein und beachtete Lagarde und Valérie gar nicht.

»Papa, meine Kumpels und ich machen eine Spritztour nach Cherbourg. Wir wollen ins Kino und anschließend in die Disco. Kannst du mir fünfzig Euro geben?«

Guyon schien das völlig aus der Fassung zu bringen. Er stellte seine Tasse so hart auf die Untertasse, dass Kaffee herausschwappte. »Ich habe keine fünfzig Euro!«, brüllte er, ohne sich darum zu kümmern, dass Lagarde und Valérie den Streit verfolgten. »Such dir endlich einen Studentenjob.«

Sein Sohn sah ihn verächtlich an. »Was bist du nur für ein Versager.« Dann verließ er das Zimmer und knallte die Tür hinter sich zu.

»Entschuldigen Sie bitte«, murmelte Guyon aufgelöst. »Solche Szenen spielen sich hier in letzter Zeit häufig ab.«

Lagarde warf Valérie einen Blick zu und trank seinen Kaffee aus. »Wir gehen jetzt besser. Merci beaucoup für Ihre Auskünfte. Wenn Ihnen doch noch etwas einfällt, rufen Sie mich bitte an.« Er legte eine Visitenkarte auf den Tisch. Guyon begleitete sie zur Tür.

»Ich wünsche Ihnen viel Erfolg«, sagte er.

Samy und Etienne warteten bereits an der Brücke auf sie. Nachdem sie ihre Tüten im Kofferraum verstaut hatten und eingestiegen waren, sagte Samy: »Am Hafen gibt es einen kleinen Fischmarkt. Wir haben Austern und Crevetten gekauft, dazu Muscadet direkt vom Winzer. Ich werde heute kochen. Ihr werdet euch wundern.«

Lagarde und Valérie schwiegen. Lagarde dachte über die Auseinandersetzung zwischen Guyon und dessen Sohn nach, bei der er gerade Zeuge geworden war.

In Lagardes Küche öffnete Samy gekonnt die Austern mit einem speziellen Messer und richtete sie auf gestoßenem Eis an. Dazwischen arrangierte er Zitronenscheiben.

Etienne war über eine Holztreppe in den Keller gelangt und besah sich in aller Ruhe die Weinvorräte seines Freundes. Nach reiflicher Überlegung entschied er sich für einen Chablis Jahrgang 2014, ein wunderbar fruchtiger Wein, der sehr gut mit Meeresfrüchten harmonierte. Die Temperatur erschien ihm passend. Der Muscadet vom Fischmarkt war noch zu warm. Zurück im Salon sah er die CD-Sammlung durch und wählte ein Album von Michel Sardou aus. Das Chanson *Je vais t'aimer* war eines seiner Lieblingslieder.

Lagarde hatte in einem flachen, eisernen Behältnis, das fest auf den Terrassenplatten stand, ein Feuer entzündet. Die scharlachroten Flammen züngelten in der Dämmerung. Der Westwind hatte die Wolken vertrieben, und erste Sterne funkelten am Firmament. Samy wollte das Abendessen unbedingt auf der Terrasse servieren, also hatte er ein Tischtuch über den Holztisch gebreitet und deckte ihn.

Kurz darauf saßen sie beisammen und stießen an.

»Auf gutes Gelingen!«, sagte Samy mit fester Stimme. Das war früher ihre Parole gewesen, bevor sie sich an die Arbeit machten.

»Auf gutes Gelingen!«, wiederholten Etienne und Lagarde.

Dann träufelten sie Zitronensaft auf die Austern und probierten sie. Etienne, der Gourmet, war begeistert. »Köstlich! Sie haben einen leicht nussigen Geschmack.«

Lagarde nickte. »Dieser spezielle Geschmack zeichnet die Austern der Halbinsel Cotentin aus. Die besten sollen vor Port Pirou, dem kleinsten Hafen der Westküste, wachsen. Das finde ich aber nicht, die Austern von Saint-Vaast sind genauso gut.«

Nachdem sie den ersten Gang beendet hatten, servierte Samy voller Stolz die Crevetten, die er in zerlassener Butter und hauchdünnen Knoblauchscheibchen erwärmt hatte. Der Duft war verlockend. Seine Freunde kosteten und lobten seine Kochkünste.

Als sie schließlich beim Mokka saßen und dem Spiel der Flammen zusahen, fragte Etienne: »Du hast doch mit den Eltern von Claire Lamare gesprochen, Philippe? Was war Claire für eine Frau, kannst du sie ein wenig beschreiben? Ich möchte ein Gespür für sie bekommen.«

Lagarde überlegte, wie er die wenigen Informationen für seine Freunde zu einem flüchtigem Bild zusammenfügen konnte.

»Claire besuchte die Abschlussklasse des Lycée und hat sich gründlich auf das Baccalauréat vorbereitet. Sie war ehrgeizig und wollte gute Noten haben. Anschließend war ein Studium geplant.« Er sammelte seine Gedanken. »Eigentlich war sie kein Disco-Typ, lieber blieb sie zu Hause und las oder spielte Klavier. Sie ist nur ihrer Freundin Carine zu Liebe manchmal mitgegangen.«

»Diese Disco sollten wir uns unbedingt ansehen«, meinte Samy. Seine Freunde waren der gleichen Meinung.

SECHSTER TAG

DAS ARMBAND

Sie trafen sich um neun Uhr in Lagardes Haus und legten bei einer Tasse Kaffee die weitere Vorgehensweise fest. Zuvor hatte Valérie Lagardes Pinnwand geleert und stattdessen darauf Fotos von Claire Lamare, vom Ort des Überfalls, des Fundortes und die Landkarte mit dem roten Kreuz befestigt.

Nach der Besprechung machten sie sich auf den Weg nach Cherbourg. Sie wollten in der Asservatenkammer nachsehen, ob sich das Armband von Claire Lamare dort befand. Diesmal waren sie mit zwei Fahrzeugen unterwegs, da sie sich nach dem Termin im Polizeipräsidium aufteilen wollten.

Sturmböen fegten die Küste entlang und schüttelten die Äste der Seekiefern, schwarze Wolken türmten sich über dem Ärmelkanal. Die Flut strömte über ausgewaschene Felsformationen auf das Ufer zu und riss alles mit sich, was sich ihr in den Weg stellte.

Sie betraten das Polizeipräsidium, meldeten sich bei dem diensthabenden Polizisten und nahmen die Treppe in den ersten Stock. Dort befand sich das Büro von Ludovic Cleroc, der seit einigen Jahren in der Hafenmetropole als Hauptkommissar und leitender Ermittler tätig war.

Nachdem Lagarde geklopft hatte, öffnete Cleroc die Tür und begrüßte sie herzlich. Der Mann war Ende vierzig und hager. Sein Gesicht war blass, die Augen wirkten immer wachsam, und seine grauen Haare trug er zu einem Pferdeschwanz gebunden. Wie immer war er tadellos gekleidet. Selbst die Lederschuhe glänzten. Er war geschieden und lebte jetzt mit der Rechtsanwältin Suzanne zusammen, die vor nicht ganz einem Jahr bezaubernde Zwillinge, Melissa und Jean-Antoine, auf die Welt gebracht hatte.

Lagarde stellte Samy und Etienne vor. Valérie und Cleroc kannten sich schon lange und hatten in einigen Kriminalfällen zusammengearbeitet. Der Hauptkommissar hatte sich bereit erklärt, sie in die Asservatenkammer zu begleiten, zu der nur berechtigte Personen Zutritt hatten.

Gemeinsam gingen sie über die Treppe in das Kellergeschoss, wo sich die Asservatenkammer in einem gesonderten Flügel befand. Cleroc öffnete die Tür und schaltete das Licht ein. Neonröhren surrten und flackerten, dann erhellten sie einen hohen, langen Raum, in dem sich einfache Holzregale reihten, auf denen sich dicht gedrängt Akten, Mappen, Holzkisten und Pappkartons stapelten. Staubpartikel tanzten durch die Kammer.

Vor den Regalen stand ein Holztisch, auf dem ein aufgeschlagenes Buch lag. Cleroc trug sich ein, dann erklärte er die Systematik der Aufbewahrung von Beweismitteln.

»Die Beweise werden chronologisch gesammelt und sind nach Jahren und Monaten sortiert. Wir brauchen das

Regal, in dem sich die Indizien des Jahres 2014 befinden, und den Monat September.«

Sie folgten ihm durch einen der Gänge bis zu dem betreffenden Regal, auf dessen Frontseite ein Zettel mit Reißzwecken befestigt war. *2012 bis 2014.* Cleroc fuhr mit dem Finger an den aufbewahrten und beschrifteten Gegenständen entlang, bis er den September 2014 erreichte, und deutete auf eine verschlossene kleine Kiste, auf der *Tötungsdelikt Claire Lamare* stand.

»Da haben wir, was ihr sucht. Bei uns herrscht penible Ordnung, darauf legen wir großen Wert. In diesem Fall hätte ich allerdings angenommen, dass die Pariser Sonderkommission alle Beweise mitgenommen hat.« Verständnislos schüttelte er den Kopf und griff nach der Kiste. Er trug sie zum Tisch und entfernte den Deckel. »Mal sehen, was wir da haben.«

In der Kiste befanden sich zwei Beweismittelbeutel. Er zog sich Einmalhandschuhe über und öffnete den ersten Beutel. Den Inhalt ließ er behutsam in eine dafür vorgesehene Kunststoffschale gleiten. Es waren ein zerrissenes weißes Gummiband und Perlen in unterschiedlichen Größen und Farben. Dazu eine schwarze Blüte mit einem silbernen Knopf, zwei winzige Laternen mit je einem roten und einem blauen Knopf, ein bronzefarbenes Herz und ein Schutzengel aus Silber. »Die Eltern haben damals bestätigt, dass das Armband ihrer Tochter Claire gehörte«, informierte Cleroc die Kollegen. »Sie wollten es nicht zurück, solange der Fall ungeklärt ist. Es wurde dort gefunden, wo der Überfall stattgefunden hat. Wahrscheinlich ist es zerrissen, als die Frau und der Angreifer miteinander gerungen haben. Nach Aussage der Eltern hing an dem Armband auch ein Schutzengel aus Rosenquarz. Claire hat sie gesammelt. Er stammt aus dem Ort Königsee in der Nähe von Berchtesgaden in Bayern, wo die Familie einen Wanderurlaub verbracht hatte. Dieser Rosenquarzengel wurde nie gefunden, obwohl Gendarmen und Hundeführer jeden Stein umgedreht haben.«

»Vielleicht hat der Täter ihn mitgenommen?«, mutmaßte Samy. »Als eine Art Trophäe?«

»Du meinst, er ist zum Ort des Überfalls zurückgekehrt und hat den Engel an sich genommen?«, fragte Etienne.

»Warum denn nicht?«

»Das war riskant, es musste ihm doch klar gewesen sein, dass der Zeuge die Polizei rufen würde.«

»Ja, schon, aber es dauerte eine Weile, bis sie eintraf.« Er wandte sich an Valérie. »Wie war genau der zeitliche Ablauf?«

»Der Zug brauchte noch etwa zehn Minuten, bis er den Bahnhof von Saint-Georges erreichte. Die Gendarmerie traf zwanzig Minuten später am Tatort ein.«

»Das hätte er schaffen können.«

Etienne beharrte. »Wenn das Armband beim Kampf zerrissen ist, hat er das doch wahrscheinlich gar nicht bemerkt. Und selbst wenn – läuft er in dieser Situation wirklich zurück?«

»Es ist möglich, dass die Stelle auf seinem Weg lag.«

»Dann ist er nach Saint-Jean gegangen?«

»Das würde doch Sinn ergeben. Unsere Hypothese ist, dass er Claire Lamare nach Verlassen der Disco gefolgt ist. Nach der Tat lief er zurück.«

»Weil er dort wohnt?«

»Nicht unbedingt, er könnte auch sein Auto dort geparkt haben.«

Nachdenklich sah Etienne ihn an. Lagarde streifte einen Handschuh über, griff nach dem Bronzeherz und betrachtete es. Dann drehte er es um. Auf der glatten Fläche war ein Name eingraviert: *Gérard*. Er machte die Kollegen auf seine Entdeckung aufmerksam. Etienne runzelte die Stirn.

»Wer ist Gérard?«

Lagarde grinste. »Finde es heraus.«

Cleroc öffnete den zweiten Beutel, entnahm ihm das Klappmesser und legte es in eine weitere Schale. Es handelte sich um ein hochwertiges Messer mit Olivenholzschalen.

»Die Eltern beharrten darauf, dass ihre Tochter nicht im Besitz eines solchen Messers war«, murmelte er, während er das Messer untersuchte. Dann reichte er es Lagarde. »Es ist ein teures Messer, das zum Beispiel von Jägern benutzt wird. Damit kann man Wild ausweiden. Bringen wir die Beweismittel ins Labor. Wenn wir Glück haben, befinden sich noch Spuren daran, die bisher nicht aufgefallen sind.«

Nachdem das erledigt war, wollten sie die Cafeteria aufsuchen und einen Kaffee trinken. Der gläserne Würfel, in dem die Cafeteria untergebracht war, befand sich auf dem Flachdach des Polizeigebäudes. Im Sommer konnte man unter Sonnensegeln auf der Dachterrasse sitzen und bei einem Eis die Aussicht genießen.

Wegen des schlechten Wetters suchten sie sich einen Platz im Inneren des Cafés. Sie fanden einen freien Tisch direkt an der verglasten Wand, gegen die der Regen prasselte. Cleroc ging zur Theke und kam bald darauf mit einem Tablett zurück, auf dem dampfende Kaffeebecher und ein Teller mit gezuckerten Quarkbällchen standen. Nachdem er sich gesetzt hatte, zog er eine Mappe aus seiner Aktentasche.

»Das ist der Bericht der Spurensicherung. Ich weiß gar nicht, ob die Pariser Sonderkommission damals eine Kopie mitgenommen hat. Das Einzige, was die Techniker gefunden haben, war ein Fußabdruck an einer sumpfigen Stelle in der Nähe des Fundortes der Leiche. Es ist Größe vierundvierzig, und die Sohle hat eine grobe Struktur. Es könnte sich um Stiefel handeln.«

»Ob uns das weiterbringt?«, antwortet Samy. »Jeder trägt Stiefel.«

Lagarde fragte: »Können wir den Bericht mitnehmen?«

»Ja, selbstverständlich. Ich habe mehrere Kopien gemacht.«

»Gibt es sonst noch etwas, das wir wissen müssten?«

»Ich war damals in der Disco und habe mit dem Besitzer gesprochen. Er wollte für mich eine Liste erstellen mit Namen von Besuchern, an die er sich erinnern konnte. Es ging um Stammgäste, andere Gäste kannte er nur vom Sehen oder gar nicht.«

»Hast du die Liste noch?«

»Nein. Bevor ich sie holen konnte, wurde ich von dem Fall abgezogen. Ich wollte mir auch die Aufzeichnungen der Überwachungskameras ansehen, aber dazu ist es nicht mehr gekommen.«

»Haben wir dazu etwas in den Unterlagen?«, fragte Lagarde Valérie.

»Leider nicht.«

Verärgert schüttelte er den Kopf. »Sie machen es uns nicht einfach, aber gut, wir werden andere Wege finden.«

Valérie nickte entschlossen. »Ganz bestimmt, Philippe.«

Nachdem sie ihr Gespräch beendet hatten, kaufte Lagarde ein Aquarell, das ihm aufgefallen war. Künstler konnten in der Cafeteria ihre Werke ausstellen. Das Bild zeigte den Leuchtturm von Cap de la Hague bei Sturmflut. Es würde gut in Odettes Restaurant an die Wand neben dem Kamin passen.

Im Foyer bedankten sie sich bei Cleroc und verabschiedeten sich. Als er schon fast durch die Tür war, fiel Lagarde noch etwas ein. »Wir wollen demnächst bei mir grillen. Ich sage dir Bescheid, wenn der Termin steht.«

Der Hauptkommissar lächelte. »Tolle Idee, wir kommen gerne.«

Auf dem Parkplatz teilten sie sich auf. Lagarde und Etienne nahmen den Renault Express, Samy und Valérie fuhren mit dem Dienstwagen.

Lagarde fuhr, während Etienne sich lieber die Landschaft ansah. Ihr Ziel war Saint-Sauveur-le-Vicomte, ein Ort etwa vierzig Kilometer südlich von Cherbourg am Ufer der Douve, der inmitten einer Heckenlandschaft lag. Im Hundertjährigen Krieg war der mittelalterliche Festungsort aufgrund seiner strategisch günstigen Position heiß umkämpft gewesen. Als sie Saint-Sauveur erreicht hatten, folgten sie der Hauptstraße, die sie an der normannischen Burg aus dem zehnten Jahrhundert vorbeiführte. Gegenüber gab es ein Bistro und einen Obst- und Gemüseladen.

Gilles Morgan wohnte im Süden des Städtchens in der Nähe der Benediktinerabtei Sainte-Marie-Madeleine mit ihrem wunderschön angelegten Park. Es war für Valérie nicht schwer gewesen, den ehemaligen Schulkollegen von Claire Lamare im Internet zu finden und einen Termin mit ihm zu vereinbaren. Auf dem Weg zu ihm kamen sie am Lycée vorbei, das Claire und Gilles besucht hatten.

Lagarde bog in einen Hof ein und parkte direkt vor einem extravaganten Neubau, an dessen Fassade ein Schild angebracht war: *Bauunternehmen – Hoch- und Tiefbau – Heizungsbau Louis Morgan.* Auf der Treppe zur Eingangstür saß ein junger Mann unter dem Vordach und rauchte. Er trug einen Arbeitsoverall und grobe Stiefel. Die blonden Haare fielen weich um sein schmales Gesicht. Als die Polizisten ausstiegen, stand er auf, trat seine Zigarette aus und kam mit ernster Miene auf sie zu.

»Bonjour. Ich bin Gilles Morgan, und Sie sind die Gendarmen aus Barfleur, nehme ich an.«

Lagarde zeigte seinen Ausweis, dem der junge Mann jedoch kaum Beachtung schenkte. »Kommen Sie bitte mit«, forderte er sie auf. »Wir können uns im Büro meines Vaters unterhalten. Er ist geschäftlich unterwegs. Meine Bude ist nicht aufgeräumt.«

Er führte sie in ein weitläufiges, mit Teppichen ausgelegtes Foyer, das von einer gläsernen Kuppel überdacht war. Durch einen Korridor gelangten sie in das Arbeitszimmer. Auf Regalen aus massivem Eichenholz drängten sich Aktenordner, Pergamentrollen, Bücher und Bildbände. Der Schreibtisch jedoch war bis auf eine Mappe, auf der ein goldener Füllfederhalter lag, leer. Der junge Mann zeigte auf eine Sitzecke.

»Nehmen Sie doch bitte Platz. Darf ich Ihnen etwas anbieten? Tee, Kaffee? Das Wetter heute ist wirklich scheußlich.«

Dankend lehnten sie ab, und Gilles setzte sich ihnen gegenüber auf einen Ledersessel. Unter dem Tisch lag eine Dogge, die die Polizisten sofort ins Visier nahm und feindselig anknurrte. Sie bleckte die gelben Zähne. Gilles sagte scharf: »Sei still, Minou«, woraufhin sie den Kopf auf die Pfoten legte und die Augen schloss.

Lagarde kam gleich zur Sache und erklärte ihm, dass sie die Ermittlungen im Fall Claire Lamare wieder aufgenommen hatten. Der junge Mann lächelte traurig.

»Das hat Ihre Kollegin bereits am Telefon erwähnt. Ich bin sehr erleichtert, dass Sie das tun. Der Gedanke, dass Claires Mörder noch immer frei herumläuft, ist für mich unerträglich. Hoffentlich finden Sie ihn. Sie war eine wunderbare junge Frau, warmherzig und lustig. Ich mochte sie sehr. Ihr Tod hat mich zutiefst erschüttert.«

»Wir tun unser Möglichstes«, versicherte Lagarde. »Claires Eltern haben erzählt, dass Sie befreundet waren.«

»Ja, das stimmt. Wir haben zusammen das Lycée hier am Ort besucht und waren in derselben Klasse. In unserer Freizeit haben wir öfter zusammen gelernt oder etwas unternommen, manchmal auch mit anderen Mitschülern. Wir sind ins Kino gegangen oder waren Pizza essen, manchmal waren wir auch in der Disco.«

»In Saint-Jean?«

»Meistens, dort hat es uns am besten gefallen.«

»Hatten Sie eine Beziehung mit Claire?«, fragte Lagarde ohne Umschweife.

»Nein.« Gilles senkte den Blick und lächelte wehmütig. »Leider. Ich hätte gerne eine Beziehung mir ihr gehabt, aber sie hatte kein Interesse.«

»Wissen Sie, ob sie einen Freund hatte?«

»Keine Ahnung. Wir haben nie darüber gesprochen.«

»Hat sie jemals einen gewissen Gérard erwähnt?«

Er überlegte kurz. »Nein.«

»Was haben Sie nach dem Baccalauréat gemacht?«

»Ich habe in Cherbourg ein Studium als Bauingenieur begonnen.« Er sah gedankenverloren aus dem Fenster in die Ferne. »Ich wollte in die Fußstapfen meines Vaters treten. Er ist ein sehr erfolgreicher Bauunternehmer.

Oder sagen wir besser so, er hat mich in diese Richtung gedrängt. Nach drei Semestern habe ich das Studium aber hingeschmissen, es war einfach nicht mein Ding. Ich bin kein Theoretiker, ich arbeite lieber mit den Händen. In der Firma meines Vaters habe ich eine Ausbildung zum Heizungsbauer gemacht, jetzt bin ich bei ihm angestellt.« Er fuhr sich durch den blonden Schopf. »Diese Arbeit gefällt mir besser, aber mein Vater ist natürlich enttäuscht von mir.« Gleichgültig zuckte er mit den Schultern. »Damit muss er leben.«

»Waren Sie am Abend des Überfalls in der Disco?«

»Ja, ich stand draußen und rauchte eine, als Claire ging. Ich bot ihr an, sie nach Hause zu fahren, aber sie wollte lieber zu Fuß gehen.« Kurz hielt er nachdenklich inne, dann erzählte er weiter. »Ich habe mir lange Zeit Vorwürfe gemacht. Ich hätte darauf bestehen sollen, immerhin war es schon dunkel, dann wäre ihr nichts passiert. Aber wenn Claire nicht wollte, wollte sie nicht, da konnte man nichts machen.«

»Wie spät war es, als sie ging?«

»Gegen zweiundzwanzig Uhr.«

»Das ist recht früh. Ist in der Disco irgendetwas vorgefallen?«

»Nicht, dass ich wüsste. Aber ich war an dem Abend die meiste Zeit in der Spielothek im Nebenraum und habe gezockt, ich hatte keine Lust zu tanzen.«

»Als Sie draußen standen, haben Sie da etwas Auffälliges bemerkt?«

»Ja, allerdings. Pierre ist Claire gefolgt, ein unsympathischer Typ. Ich glaube, er war betrunken und hatte schon länger ein Auge auf Claire geworfen.«

»Wer ist Pierre?«

»Ein Schulkamerad.«

»Kam er aus der Disco?«

»Ja, kurz nach ihr.«

»Und er ist ihr gefolgt?«

»Ja, ich habe ihm noch hinterhergerufen, dass er Claire in Ruhe lassen soll, sonst würde er eine von mir auf sein dummes Maul kriegen.«

»Hat er darauf reagiert?«

»Ja, er hat gesagt, dass ihn die stinkreiche, eingebildete Schlampe überhaupt nicht interessiere und er nur zu seinem Auto gehe.«

»Wissen Sie seinen Nachnamen?«

»Leider nicht, aber er hat einmal erwähnt, dass seine Eltern einen großen Bauernhof in Le Mesnil besitzen.«

»Haben Sie der Polizei von diesem Pierre berichtet?«, wollte Etienne wissen.

»Selbstverständlich, ich habe hier in der Gendarmerie angerufen, nachdem Claire gefunden worden war, und erzählt, was ich gesehen hatte. Nach dem Anruf ist nichts mehr passiert. Dann bin ich persönlich vorstellig geworden, und man hat mich weggeschickt mit dem Hinweis, eine Sonderkommission aus Paris werde sich um den Fall kümmern. Danach habe ich nie wieder etwas gehört.«

»Ist Ihnen an dem Abend sonst noch etwas aufgefallen?«, fragte Lagarde.

»Nein, es war alles wie immer.«

»Was haben Sie gemacht, nachdem Claire gegangen war?«

Gilles stutzte.

»Das ist eine reine Routinefrage«, versicherte Lagarde.

»Ich habe weitergezockt. Gegen Mitternacht hatte ich keine Lust mehr und habe an der Bar noch ein Bier getrunken, danach bin ich nach Hause gefahren.«

»War Claires Freundin, Carine, an diesem Abend auch in der Disco?«

»Ja, ich glaube, die beiden sind zusammen gekommen. Dann habe ich Carine aber aus den Augen verloren. Erst später, als ich die Disco verließ, habe ich sie noch einmal gesehen. Sie stand mit einem jungen Mann vor der Tür und diskutierte mit ihm. Ich wünschte ihr eine gute Nacht und ging.«

»Wissen Sie, wer dieser Mann war?«

»Nein, ich hatte ihn vorher noch nie gesehen.«

»Wie sah er aus? Können Sie ihn beschreiben?«

»Nein, ich habe nicht weiter auf ihn geachtet.«

»Kennen Sie den Nachnamen von Carine und ihre Adresse?«

»Sie heißt Carine Latrille, und während unserer Schulzeit wohnte sie bei ihren Eltern in Barneville. Aber ich glaube, sie ist weggezogen. Wohin, weiß ich nicht.«

»Merci, Monsieur Morgan. Ich lasse Ihnen meine Visitenkarte hier, rufen Sie bitte an, wenn Ihnen noch etwas einfällt.«

»Das mache ich, versprochen.«

Sie verabschiedeten sich. Als Lagarde das Auto aus dem Hof steuerte, machte Etienne einen Vorschlag. »In der Ortsmitte habe ich ein Bistro gesehen, wollen wir eine Kleinigkeit essen gehen?«

»Ja, warum nicht?« Lagarde fuhr den kurzen Weg ins Zentrum und stellte das Auto in einer Parkbucht gegenüber der Burg ab. Im Bistro war nur ein Tisch besetzt, an dem zwei ältere Männer saßen, die Rotwein tranken und Karten spielten. Die freundliche Bedienung empfahl das Tagesgericht: Fischsuppe, gedünsteten Kabeljau in Zitronensauce mit Buttererbsen und Reis und als Dessert Crème caramel. Dazu bestellten sie offenen Weißwein, der in einer schlichten Karaffe serviert wurde.

»Könnte er es gewesen sein?«, fragte Etienne. »Hier mal eine Überlegung: Claire hat seine Liebe nicht erwidert, also wollte er sich mit Gewalt nehmen, was er nicht bekam. Wie soll man nach vier Jahren nachvollziehen, wo er wirklich zwischen zweiundzwanzig Uhr und Mitternacht gewesen ist?«

Lagarde sah ihn skeptisch an. »Er machte einen aufrichtigen, sanftmütigen Eindruck, und er schien wirklich betroffen von Claires Tod zu sein. Außerdem hat er blonde Haare.«

»Er könnte sie gefärbt haben.«

»Sie haben echt ausgesehen, aber wer weiß.«

»Was machen wir mit diesem Pierre?«

»Wir brauchen seinen Nachnamen und seine Adresse.«

Etienne zückte sein Smartphone. »Das dürfte kein Problem sein.« Er gab die wenigen Informationen, die sie zu ihm hatten, in die Suchmaschine ein und studierte die Ergebnisse. »In Le Mesnil gibt es nur einen Großbauern, Charles Ferret. Er hat einen Hofladen mit einer eigenen Website. Da steht auch, dass er die Landwirtschaft und die Brennerei mit seinen beiden Söhnen Paul und Pierre betreibt. Le Mesnil, Hausnummer 24. Straßennamen gibt es dort nicht.«

»Dann lass ihm mal einen Besuch abstatten.«

Der Lokführer Bernard Leblanc, der vor vier Jahren den Zug von Barneville-Carteret nach Portbail gefahren hatte, wohnte in Saint-Germain-sur-Ay. Der kleine Ort mit den typischen Granithäusern und der Kirche als Mittelpunkt lag etwa siebzehn Kilometer südlich von Portbail an einer Trichtermündung.

Monsieur Leblanc wohnte in der Neubausiedlung, die vom Hauptort durch ein Sumpfgebiet getrennt wurde und direkt am Meer lag. Die schmale Straße oberhalb des Strandes war von Sandverwehungen überzogen. Wellenreiter ließen sich vom Regen nicht von ihrer Passion abhalten und warteten in Neoprenanzügen auf dem Brett sitzend auf die perfekte Welle, um dann elegant auf das Ufer zuzugleiten.

Valérie bog links ab und parkte auf einem Grasstreifen. Ein Blick auf ihre Armbanduhr sagte ihr, dass es kurz vor vierzehn Uhr dreißig war. Der Lokführer wohnte in einem schlichten hellgelben Haus mit braunen Fensterläden. Davor erstreckte sich eine Wiese, die von einer Ligusterhecke umgeben war. Neben einem Gartenschuppen waren zwei Trailer abgestellt.

Valérie und Samy betraten das Grundstück durch die halb offen stehende Gartenpforte und folgten einem gepflasterten Pfad über die Wiese. Valérie klopfte an die zweiflüglige Glastür, die kurz darauf von einem untersetzten Mann mit einem runden Gesicht und einem borstigen Haarkranz geöffnet wurde. Auf dem Arm trug er ein etwa zweijähriges Mädchen mit roten Locken, neugierigen blauen Augen und einer Stupsnase. Sie lachte die Besucher an und sagte: »Bonjour.«

Samy lächelte sie an. »Bonjour! Du bist ja eine höfliche junge Dame. Wie heißt du denn?«

»Cécilie.«

»Das ist ein schöner Name.«

»Ich bin Bernard Leblanc. Kommen Sie doch bitte herein, Sie werden ganz nass.«

Durch den Eingang gelangte man direkt in die Wohnküche. Valérie stellte sich und Samy vor und zeigte ihren Dienstausweis. Monsieur Leblanc deutete einladend auf die Essecke. »Bitte setzen Sie sich, ich habe Tee zum Aufwärmen gekocht. Meine Frau hat extra Madeleines mit Rosinen gebacken, greifen Sie zu.« Behutsam setzte er Cécilie auf eine Decke, und das kleine Mädchen begann mit glänzenden Augen und geschickten Handgriffen einen Turm aus Bauklötzen zu bauen.

Leblanc setzte sich zu ihnen an den Tisch und schenkte Tee ein. »Cécilie ist meine Enkelin, sie ist mein ganzer Stolz«, erzählte er. »Ich bin heute der Babysitter. Meine Frau ist einkaufen, und mein Sohn und meine Schwiegertochter arbeiten.«

»Arbeiten Sie auch noch?«, fragte Valérie.

»Nein, ich bin Rentner, vor zwei Jahren in den Ruhestand gegangen. Jetzt mache ich mir ein schönes Leben. Ich besitze ein kleines Fischerboot, damit fahre ich oft raus und angle. Das ist meine Leidenschaft.«

»Wir wollten gerne mit Ihnen sprechen, weil Sie vor vier Jahren in der Nacht den Zug gefahren haben, in der Claire Lamare überfallen wurde. Sie erinnern sich sicher noch daran.«

»Ja, und ob ich mich daran erinnere. Ein Mann kam zu mir in die Kabine gestürzt und wollte, dass ich den Zug anhalte. Aber es ist aus Sicherheitsgründen streng verboten, auf offener Strecke zu stoppen. Hätte ich gewusst, was mit dem Mädchen passiert, hätte ich natürlich trotzdem angehalten. Ich habe mir lange Vorwürfe deshalb gemacht. Aber wir haben erst gestritten, weil er plötzlich im Führerhaus stand. Ich dachte zunächst, er wäre betrunken, und ich habe erst gar nicht verstanden, was er eigentlich wollte. Er war so außer sich. Es ist schon öfter passiert, dass plötzlich ein Betrunkener hinter mir stand. Ja, und dann waren wir schon ein ganzes Stück weitergefahren. In Saint-Georges haben wir gleich die Polizei alarmiert.« Er nahm einen Schluck Tee und wirkte bedrückt. »Am dritten Tag wurde die Frau gefunden, sie war tot. Seitdem habe ich oft mit meiner Frau über diesen Abend gesprochen. Ich hätte mich einmal in meinem Leben über die Dienstvorschriften hinwegsetzen sollen. Hätte ich den Zug angehalten und ihr geholfen, wäre sie noch am Leben.«

Samy schüttelte den Kopf. »Bitte machen Sie sich keine Vorwürfe, Sie konnten nicht wissen, was geschah.«

Leblanc schwieg und starrte auf das Tischtuch. »Es ist freundlich von Ihnen, dass Sie das sagen. Vielleicht haben Sie recht.« Es klang nicht sehr überzeugt.

»Ist Ihnen an diesem Abend etwas aufgefallen, das anders war als sonst?«, fragte Valérie.

»Nein.«

»Haben Sie den Mann gesehen?«

»Nein, ich habe auf die Strecke geachtet.«

»Haben Sie vielleicht an den Tagen davor oder danach etwas bemerkt?«

»Darüber habe ich lange nachgedacht, weil ich doch helfen wollte. Einige Tage vor dem Überfall ist eine Rotte Wildschweine über die Gleise gerannt, direkt vor der Lokomotive. Ich war unaufmerksam und habe sie erst spät bemerkt, weil ich kurz vorher etwas beobachtet hatte, das mich beschäftigte.«

»Was haben Sie beobachtet?«, wollte Samy neugierig wissen.

»Ich habe jemanden gesehen, der aus dem Gebüsch kam, nur ganz kurz, im Licht der Scheinwerfer.«

»Einen Mann oder eine Frau?«

»Ich bin mir nicht sicher, aber ich glaube eher, dass es ein Mann war. Die Person war groß.«

»Können Sie sie beschreiben?«

»Sie trug eine Art Umhang, hatte einen Hut auf und hielt eine Art Stock in der Hand.«

Samy und Valérie wechselten einen kurzen Blick. »Wo war das auf der Strecke?«, wollte die Gendarmin wissen.

»Irgendwo zwischen Saint-Jean und dem Steinkreuz.«

»Wie viel Uhr war es da?«

»Es war die letzte Fahrt an diesem Abend, gegen zweiundzwanzig Uhr, würde ich sagen.«

»In welche Richtung ging diese Person?«

»Sie ging in Richtung Saint-Georges.«

»Hatte sie es eilig?«

»Nein, sie ging ganz normal, eher langsam.«

»Gab es sonst noch etwas, das uns weiterhelfen könnte?«

»Mehr weiß ich nicht.«

In diesem Moment stürzte der Turm aus Bauklötzen ein, und Cécilie brach in ohrenbetäubendes Gebrüll aus. Dicke Tränen rollten über die rosigen Wangen. Leblanc stand auf, hob sie hoch und redete beruhigend auf sie ein, doch sie schrie unbeirrt weiter. Erst als ihr Großvater ihr ein Plätzchen in die Hand drückte, verstummte sie und biss hinein. Dabei sah sie fasziniert zu, wie Samy in Windeseile einen neuen, viel höheren Turm baute. Als er sein Werk vollendet hatte, klatschte sie begeistert in die Hände.

Er und Valérie verabschiedeten sich und bedankten sich für das Gespräch und die freundliche Bewirtung. Valérie legte vorsorglich eine Visitenkarte auf den Tisch. Als sie durch den Garten zur Pforte liefen, winkte das kleine Mädchen ihnen vom Fenster aus nach.

Der Bauernhof von Charles Ferret lag außerhalb von Le Mesnil in einer Senke. Er war ein kompakter Granitsteinbau mit blauen Fenstern und Türen sowie drei roten Kaminen. Das gesamte Anwesen mit einem Stall, einer Lagerhalle und einer Garage für landwirtschaftliche Maschinen wurde von einer Mauer begrenzt. Dahinter erstreckten sich Äcker, die durch dichte Hecken vor dem Westwind geschützt wurden. Vor einer Schwarzdornhecke reihten sich bunt lackierte Bienenstöcke. Neben dem Haupthaus befanden sich mehrere Gatter mit Pferden, die eine Decke zum Schutz gegen Kälte und Nässe auf dem Rücken trugen und einen sehr gepflegten Eindruck machten. Im Hof tummelten sich freilaufende Hühner, zwischen denen sich ein Gockel aufplusterte und krähte. Der Hofladen war in einer Blockhütte untergebracht, vor der eine Tafel stand, auf der das Angebot angepriesen wurde: Obst, Gemüse, Honig, Eier, Milch, Landbrot und verschiedene Schnapssorten.

Lagarde fuhr in den Hof und stellte seinen Wagen neben einem grünen John Deere ab. Als sie ausstiegen, kam ihnen ein junger Mann entgegen. Er trug eine Arbeitshose und ein kariertes Hemd, die Füße steckten in Gummistiefeln. Das schwarze Haar war zerzaust und feucht vom Nieselregen. Sein Gesicht war unscheinbar. Er musterte sie aus eng zusammenstehenden, kleinen Augen.

»Der Hofladen ist geschlossen«, informierte er sie kurz angebunden. »Kommen Sie morgen Vormittag wieder.« Dann drehte er sich um und ging in Richtung Stall. Lagarde rief ihm nach.

»Einen Moment bitte! Wir sind von der Polizei und wollen mit Pierre Ferret sprechen. Sind Sie das?«

Langsam kam er zurück, sein Gesichtsausdruck zeigte Misstrauen. »Was wollen Sie?«

»Das habe ich doch gerade gesagt. Wir suchen Pierre Ferret und möchten mit ihm sprechen.« Lagarde holte seinen Dienstausweis aus der Jackentasche und zeigte ihn vor. Der junge Mann studierte ihn lange mit abweisender Miene. »Worum geht es?«

»Das würden wir gerne mit Pierre Ferret besprechen.«

Der Mann zeigte mit dem Kopf Richtung Maschinenhalle. »Mein Bruder ist dahinten.« Damit ließ er sie stehen und stapfte davon.

Lagarde und Etienne gingen zu dem Gebäude. Drinnen wurde gerade ein Motor gestartet, ein älterer Traktor rollte heraus und tuckerte auf sie zu. Im Anhänger lag eine Kettensäge. Der Fahrer bremste kurz ab und blickte mit finsterer Miene auf die Besucher.

»Verlassen Sie den Hof, Sie haben hier nichts verloren.«

Lagarde zeigte erneut seinen Ausweis. »Polizei, wir wollen mit Ihnen sprechen. Steigen Sie bitte aus.«

»Ich habe jetzt keine Zeit, das sehen Sie doch. Ich muss Sturmschäden beseitigen.« Er gab Gas und fuhr auf die Hofausfahrt zu. Lagarde gab einen unterdrückten Fluch von sich, rannte am Traktor vorbei und stellte sich mit erhobenen Armen vor das Gefährt, das sich bedrohlich näherte.

»Anhalten!«, brüllte er. »Sofort! Halten Sie an und steigen Sie aus. Das hier ist eine Mordermittlung. Wir müssen dringend mit Ihnen sprechen.«

Als die rote Schnauze des Traktors seinen Brustkorb beinahe berührte, machte Lagarde einen Satz auf die Seite, sprang aufs Trittbrett, packte den Jungbauern fest an der Jacke und wollte ihn vom Sitz ziehen. Doch in dem Moment warf sich Ferret Lagarde entgegen, und gemeinsam landeten sie im Schlamm. Pierre Ferret war zuerst wieder auf den Beinen und rannte davon. Etienne legte einen Spurt hin, den man ihm aufgrund seiner Leibesfülle gar nicht zugetraut hätte, sprang den Mann an, riss ihn zu Boden und hielt ihn im Polizeigriff fest. Derweil rollte der Traktor aus und blieb kurz vor dem Misthaufen stehen. Etienne packte den Mann am Arm und riss ihn hoch.

»Wir unterhalten uns jetzt.« Lagarde trat zu ihnen und versuchte vergebens, sich mit einem Taschentuch den Schlamm von der Hose zu wischen.

»Wenn Sie nicht kooperieren, Monsieur Ferret, nehmen wir Sie mit auf die Wache. Sie können auch gerne eine

Nacht im Untersuchungsgefängnis von Cherbourg verbringen, bis Sie bereit sind, mit uns zu sprechen«, fuhr er ihn wütend an.

Grimmig starrte der junge Mann ihn an. Er war seinem Bruder wie aus dem Gesicht geschnitten, die Haare ebenfalls schwarz und kurz. »Ich werde mich über Sie beschweren, Sie haben mich angegriffen. Glauben Sie bloß nicht, dass Sie mit einem Landwirt machen können, was Sie wollen.«

»Ich habe Sie nicht angegriffen, ich habe um ein Gespräch gebeten. Also, wo können wir reden?«

»Gehen wir in die Küche.«

Gemeinsam betraten sie das Bauernhaus. Durch einen Flur führte Ferret sie in den Raum. Er war gemütlich eingerichtet, in der Ecke brannte ein Holzofen. Es duftete nach Kaffee und frisch gebackenem Apfelkuchen. Sie setzten sich um den rustikalen Holztisch.

»Wir haben die Ermittlungen im Mordfall Claire Lamare wieder aufgenommen«, erklärte Lagarde.

»Das ist doch schon ewig her. Was musste die auch mitten in der Nacht durch eine einsame Gegend laufen, selbst schuld.«

Etiennes Wangen färbten sich rot, doch Lagarde ging auf die Bemerkung nicht ein. Auf dieses Niveau würde er sich nicht herablassen. »Es war vor fast vier Jahren. Uns liegt eine Aussage vor, dass Sie die Disco in Saint-Jean kurz nach Claire Lamare verlassen haben und ihr gefolgt sind.«

»Ach, Gilles hat mich also angeschwärzt. Wenn er mir mal wieder über den Weg läuft, bekommt er seine Abreibung, der feine Bauunternehmersohn.«

»Sie lassen Gilles Morgan in Ruhe, sonst hat das strafrechtliche Konsequenzen für Sie.«

»Jetzt bekomme ich aber richtig Angst.«

»Sie sind Claire Lamare also gefolgt. Was ist dann passiert?«

»Nichts ist passiert. Ich bin ihr nicht gefolgt. Wir hatten nur ein Stück weit denselben Weg. Ich bin zu meinem Auto gegangen und heimgefahren.«

»Wann waren Sie zu Hause?«

»Kurz nach zweiundzwanzig Uhr.«

»Gibt es dafür Zeugen?«

»Aber sicher.«

Er stand auf, öffnete das Fenster und stieß einen gellenden Pfiff aus. Keine Minute später betrat sein Bruder die Küche.

»Paul, wo war ich an dem Abend, als Claire Lamare überfallen wurde?«

Sein Bruder kratzte sich am Hinterkopf, ein einfältiges Lächeln breitete sich auf seinem Gesicht aus. »In der Disco, und um zehn Minuten nach zweiundzwanzig Uhr warst du hier, das weiß ich noch genau, weil da das Rugbyspiel anfing. Wir haben es im Salon geschaut und dabei ein paar Bierchen getrunken.«

Triumphierend blickte Pierre Ferret die Polizisten an. »Na, wenn das kein wasserdichtes Alibi ist.«

Etienne wandte sich an Paul. »Würden Sie auf diese Aussage vor Gericht einen Eid leisten?«

»Aber sicher doch, das ist die Wahrheit und nichts als die Wahrheit. So sagt man doch, oder?«

Etienne gab ihm keine Antwort. Lagarde war noch nicht fertig und fragte Pierre freundlich, ob ihm an jenem Abend etwas aufgefallen sei.

Pierre schüttelte den Kopf, erhob sich und zeigte auf die Küchentür. »Dort ist der Ausgang.«

Als Etienne mit Lagarde den Hof verließ, meinte er: »Das sind wirklich zwei außerordentlich sympathische junge Männer. Vielleicht sollte man den ganzen Hof mitsamt diesem Laden einmal gründlich unter die Lupe nehmen.«

Valérie und Samy brauchten für die Strecke von Saint-Germain-sur-Ay nach Saint-Jean-de-la-Rivière wegen der Sturmböen und der Regenfälle fast eine Stunde. Eine Straße war gesperrt, weil ein umgestürzter Baum sie blockierte, und sie mussten einen Umweg nehmen. Am Bahnhof von Saint-Jean bogen sie auf den Feldweg ein und folgten ihm bis zu dem Steinkreuz unter der Eiche. Valérie kannte den Weg inzwischen. Sie stiegen aus und holten einen Regenschirm aus dem Kofferraum. Doch kaum hatte Valérie ihn aufgespannt, klappte der Schirm nach oben, und die Metallstäbe verbogen sich. Samy wühlte in seinem Rucksack, ohne den er so gut wie nie das Haus verließ, und reichte ihr ein Regencape.

»Zieh das an, Valérie, sonst bist du in wenigen Minuten tropfnass.«

»Das ist lieb, aber was ist mit dir?«

»Ich setze eine Kappe auf, das reicht.«

So ausgerüstet machten sie sich auf den Weg, um den Schäfer Lucien Dubonnet zu suchen. Sie gingen durch ein Waldstück und überquerten eine Wiese, doch da, wo sie ihn gestern getroffen hatten, war er nicht. Auch seine Schafherde war nicht mehr auf dieser Weide. Ratlos sahen sie sich um, als plötzlich in der Ferne ein Bellen zu hören war.

»Das könnten die Hirtenhunde sein«, meinte Samy. »Aus welcher Richtung kommt das Gebell?«

Valérie lauschte. »Ich denke aus Südosten.«

Sie folgten einem Bachlauf, stiegen über ein kleines Wehr auf die andere Seite, orientierten sich an den hohen Pappeln am Hauptarm des Baches, und als sie schließlich einen Schilfgürtel umrundet hatten, sahen sie die Herde. Dutzende von Schafen grasten in aller Ruhe im Regen. Gegenüber am Waldrand stand ein Schäferwagen aus lackiertem Naturholz mit dunkelbraunen Fensterläden und dem typisch gewölbten Dach. Aus dem Schornstein stieg Rauch auf.

Auf der kleinen überdachten Veranda saß ein Mann, der ihnen zuwinkte. Als die Hunde bellend auf Valérie und Samy zurannten, pfiff er sie zurück. Sie gehorchten sofort und trotteten zu ihrer Schafherde zurück. Valérie und Samy sahen, dass der Schäfer auf einer Bank saß, vor sich auf dem Tisch stand eine dampfende Tasse. Den Schlapphut hatte er tief ins Gesicht gezogen.

»Bonjour«, grüßte er sie freundlich. »Sie waren doch gestern schon einmal hier, nicht wahr?«

»Ja, das ist richtig«, entgegnete Valérie. »Wir möchten gerne mit Ihnen sprechen.«

»Mit mir? Kommen Sie doch bitte in den Wagen, Sie sehen ganz verfroren und durchnässt aus.«

Über eine Holzstiege gelangten sie auf die Veranda. Dubonnet öffnete die Tür. Wohltuende Wärme schlug ihnen entgegen. Valérie entdeckte einen Holzofen in der Ecke, in dem Scheite loderten. Der Schäfer entzündete eine Gaslampe, hängte sie an einen Haken an der Decke und bat sie, in der Sitzecke Platz zu nehmen. Samy sah sich neugierig um. Der Bauwagen war zweckmäßig eingerichtet, es gab ein schmales Feldbett und ein Regal mit Geschirr und Töpfen, auf dem ein Gasherd stand. Auf einem Wandboard reihten sich zerfledderte Taschenbücher. Die Innenwände des Wagens waren mit Holz verkleidet, auf dem Boden lagen dicke Teppiche.

»Gefällt Ihnen meine Behausung?«, erkundigte sich der Schäfer, der seine Blicke bemerkt hatte.

»Ja, sehr gut. Ich kann mir vorstellen, auch so zu leben, eins mit der Natur, ohne überflüssigen Schnickschnack, reduziert auf das Wesentliche.«

Der Schäfer wirkte amüsiert. »Im Winter auch?«

»Aber ja, das macht mir nichts aus.«

Dubonnet musterte ihn. »Das glaube ich Ihnen. Manchmal fühlt man sich ein wenig einsam, aber ich habe ja meine Tiere. Ich lese auch sehr gerne, am liebsten Abenteuergeschichten.«

»Haben Sie nachts hier draußen nicht manchmal ein mulmiges Gefühl, so ganz allein?«, wollte Valérie wissen.

Der Schäfer lachte. »Nein, wenn mich jemand bedroht, verwandeln sich meine wohl erzogenen Hunde in Bestien. Außerdem bin ich gerne für mich, deshalb bin ich Schäfer geworden. Es ist der schönste Beruf, den ich mir vorstellen kann. Ich bin frei.«

»Gehört Ihnen der Schäferwagen?«, erkundigte sich Samy.

»Ja, und die Gemeinde stellt mir den Platz kostenlos zur Verfügung, wenn meine Schafe hier weiden. Immer ist Brennholz im Verschlag sowie ein Kanister mit Wasser. Ich finde das sehr nett, beim Bürgermeister habe ich mich dafür auch schon bedankt. Bevor ich weiterziehe, schenke ich ihm ein Lamm.«

Er wandte sich an Valérie. »Sie frieren ja immer noch in Ihrer nassen Kleidung. Wissen Sie was, ich koche uns einen schönen heißen Grog.«

Geschickt machte er sich am Gasherd zu schaffen und servierte kurz darauf das heiße Getränk, dazu einen Teller mit Pains au Chocolat.

»Das ist wirklich sehr freundlich von Ihnen«, bedankte sich Valérie.

»Keine Angst, da ist nur ein Schuss Rum drin und viel

Kandiszucker«, versicherte Dubonnet. »Sie sind bestimmt im Dienst, sonst würden Sie mich nicht aufsuchen.«

»Ja, das stimmt.« Valérie trank einen Schluck. Augenblicklich fühlte sie Wärme in sich aufsteigen. »Mein Kollege hat Sie bei unserer Begegnung gestern informiert, dass wir im Mordfall Claire Lamare ermitteln.«

»Ja.«

»Ein Zeuge hat einige Tage vor dem Überfall gegen zweiundzwanzig Uhr eine Person auf dem Feldweg neben den Gleisen gesehen. Angeblich trug sie einen Umhang, einen Hut und hatte einen Stab in der Hand.« Aufmerksam sah sie ihn an.

Dubonnet lächelte. »Dann hat er wohl mich gesehen.«

»Was haben Sie dort gemacht?«

»Wahrscheinlich bin ich spazieren gegangen, das mache ich häufig, wenn ich meine Arbeit erledigt und die Tiere versorgt habe. Wissen Sie, ich bin zwar den ganzen Tag an der frischen Luft, aber ich bewege mich nicht so viel. Außer wenn ich mit meiner Herde weiterziehe, natürlich. Dann vertrete ich mir nach dem Abendessen die Beine. Manchmal besuche ich die Dorfkneipe im Weiler Rossignol und trinke ein Glas Wein mit den Einheimischen. Denn ab und zu brauche auch ich ein wenig Gesellschaft.«

»Ist Ihnen bei Ihren Spaziergängen etwas aufgefallen? Haben Sie vielleicht jemanden gesehen?«

»Es tut mir leid, aber daran kann ich mich beim besten Willen nicht mehr erinnern.« Er nahm den Hut ab und fuhr sich durch das graumelierte Haar. »Obwohl … eine Sache ist mir aufgefallen. Ich entsinne mich, weil wir gerade darüber sprechen. Ich habe an mehreren Abenden einen Lichtschein gesehen, der durch die Bäume und Büsche irrlichterte.«

»Was könnte das gewesen sein?«

»Ich weiß es nicht, vielleicht eine Taschenlampe.«

»Haben Sie mal nachgesehen?«

»Nein, ich dachte, es wären Jugendliche, die sich dort treffen.«

Sie hielten die warmen Tassen in den Händen, und der Schäfer schien in Gedanken versunken zu sein. »Warten Sie, jetzt fällt mir tatsächlich noch etwas ein. Ich hatte es in all den Jahren ganz vergessen.« Er stellte die Tasse auf den Tisch, stand auf und zog eine Seemannskiste unter dem Bett hervor. Er holte eine Flasche heraus. Sie war aus Glas und fasste einen Liter, von dem Etikett war kaum noch etwas zu erkennen. Valérie konnte den Schriftzug nicht mehr entziffern. Die Farbe des Aufklebers war ursprünglich rot gewesen. In der Flasche befand sich eine Rolle aus Papier, die mit einem Gummi zusammengehalten wurde. Die Polizisten betrachteten den seltsamen Gegenstand.

»Was ist das?«, fragte Samy.

»Eine Flaschenpost.«

»Was?«

»Ja, in der Flasche ist ein Brief mit einer Nachricht.«

»Wo haben Sie sie her?«

»Ich habe sie am großen Wehr entdeckt, kurz nachdem die Leiche von Claire Lamare gefunden wurde. Sie hatte sich dort zwischen Streben verhakt. Ich fand das interessant und habe das Papier herausgeholt.«

»Sie haben den Brief gelesen?«

»Ja, ich war neugierig.«

»Darf ich die Flasche öffnen?«

»Ja, sicher.«

Samy holte Einmalhandschuhe aus seiner Anoraktasche und zog sie über, dann drehte er den Verschluss auf, der sich wahrscheinlich durch die Feuchtigkeit verzogen hatte. Er schüttelte den Brief heraus, zog behutsam den Gummi ab und entrollte das Papier. Es war ein einfacher, gelblich verfärbter Zettel, auf dem mit Kugelschreiber in wackeligen Druckbuchstaben eine Nachricht geschrieben war:

An die Polizei!!!

In der Gärtnerei Tournesol gehen seltsame Dinge vor.
Darum sollten Sie sich kümmern.
Ein Freund, der es gut meint!!!

Samy war verblüfft. »›In der Gärtnerei Tournesol gehen seltsame Dinge vor?‹ Was soll das denn bedeuten?«

Dubonnet zuckte die Schultern. »Ich habe keine Ahnung.«

»Haben Sie etwas deswegen unternommen?«

»Nein, ich dachte, es waren wahrscheinlich Kinder, die sich einen Scherz erlaubt haben. Ich bin nach einigen Tagen weitergezogen.«

»Dürfen wir die Flasche mitnehmen?«

»Selbstverständlich.«

»Falls wir sie im Labor untersuchen lassen, brauchen wir Ihre Fingerabdrücke, um sie auszuschließen. Ist das in Ordnung für Sie?«

»Aber ja, ich habe nichts zu verbergen.«

»Eine Frage habe ich noch.«

»Nur zu.«

»Wie oft halten Sie sich hier in der Gegend auf?«

»Ich bin seit vielen Jahren zweimal im Jahr mit meiner Herde hier, nach zwei bis drei Wochen ziehen wir weiter. Der Jahreszyklus verläuft immer ähnlich. Im Oktober, November halten wir uns am Cap de la Hague und an der Nordküste auf. Spätestens Anfang Dezember beziehen wir unser Winterquartier in Gonneville.«

»Merci, Monsieur Dubonnet, wir machen uns wieder auf den Weg. Wenn es etwas gibt, melden wir uns. Au revoir.«

»Au revoir.«

Von der Veranda aus sah Dubonnet ihnen noch lange nach, während sie über die Wiese davonstapften. Womöglich war diese Flaschenpost doch wichtig und würde dazu beitragen, den Mörder des armen Mädchens zu finden? Er rieb sich die kalten Hände und beschloss, sich noch einen Grog zu gönnen.

Von Le Mesnil zum Weiler Villot war es nur ein Katzensprung. Als sie durch die Pappelallee an den Fischweihern vorbeifuhren, tauchte das kleine Schloss des Ehepaars Lamare auf. Überrascht richtete Etienne sich im Sitz auf. »Hier wohnen die Eltern von Claire Lamare? Das ist ein ganz bezauberndes Anwesen.«

Lagarde nickte. »Ja, auf der Halbinsel Cotentin gibt es zahlreiche wunderschöne Manoirs, manche sind staatlich, die anderen in Privatbesitz. Viele kann man besichtigen. Sie zeichnen sich oft dadurch aus, dass sie sich inmitten weitläufiger Parks mit exotischen Blumen und Pflanzen erheben, die Forscher in früheren Zeiten aus Übersee mitgebracht haben.«

»Wenn wir mal Zeit haben, machen wir eine Tour.«

»Abgemacht.«

Er parkte vor dem Gebäude, und sie stiegen die Treppenstufen zum Haupteingang hinauf. Auf ihr Klopfen und Klingeln hin öffnete niemand. »Keiner zu Hause«, stellte Etienne fest.

»Es sieht so aus«, stimmte Lagarde ihm zu. »Als ich vor ein paar Tagen hier war, stand ein schwarzer BMW vor dem Haus. Machen wir einen Rundgang um das Gebäude, wenn wir schon einmal hier sind, vielleicht treffen wir doch jemanden an.«

Ein Plattenweg führte sie um das Haus auf die Rückseite. Dort erstreckte sich eine Terrasse über die gesamte Breite der Fassade. Ein grüner Sonnenschirm war eingeklappt und fest verschnürt. Etienne zählte sechs Granitsteingauben mit spitzen Hauben auf dem Schieferdach und war begeistert von dieser Architektur. Der schiefe Turm des Hauptgebäudes war durch ein rotes Ziegeldach mit einem Nebenhaus verbunden, so dass sich ein Tor bildete. Als die Männer es passiert hatten, fiel ihr Blick auf ein Gewächshaus. Durch die Glasscheiben konnten sie erkennen, dass dort jemand war.

Sie traten durch die offen stehende Tür und stießen auf Ernestine Lamare, die eine grüne Schürze umgebunden hatte und mit konzentrierter Miene Pflanzen mit violetten Sternblüten umtopfte. Das Gewächshaus war ein blühendes Meer an Blumen, hauptsächlich Orchideen in unterschiedlichsten Farbtönen, aber auch Rittersporn, Fingerhut und Löwenmäulchen. Der Duft war betörend. Als Madame Lamare Schritte hörte, drehte sie sich um, und ein flüchtiges Lächeln erschien auf ihrem Gesicht.

»Monsieur Lagarde, was für eine schöne Überraschung. Bonjour!«

»Bonjour, Madame Lamare. Darf ich Ihnen meinen Freund Etienne Bergerac vorstellen? Er ist ein ehemaliger Elitepolizist, der zu meinem Team gehört.«

Ernestine Lamare sah sie freundlich an. »Mein Mann hat einmal erwähnt, dass Sie ein ziemlich unkonventionelles Team zusammengestellt haben, davon versprechen wir uns sehr viel. Was kann ich für Sie tun?«

»Wir würden Sie gerne etwas fragen.«

»Selbstverständlich, trinken wir doch im Wintergarten einen Tee zusammen.« Sie zog die Gartenhandschuhe aus.

Schließlich saßen sie in dem verglasten Pavillon bei Tee und Gebäck, während der Regen gegen die Scheiben peitschte, Wolkengebirge über den Himmel jagten, und der Wind die Büsche zerzauste. Etienne, der nicht gleich mit der Tür ins Haus fallen wollte, bemerkte: »Ich bin sehr beeindruckt von Ihrem Gewächshaus. Was für eine Blumenpracht! Und dieser herrliche Duft.«

»*Merci bien*, Monsieur Bergerac, das Züchten von Pflanzen beruhigt mich und spendet mir ein wenig Trost.«

»Das kann ich mir gut vorstellen.«

»Darf ich fragen, ob Sie vorankommen?«

»Ja«, versicherte Lagarde. »Natürlich dürfen Sie fragen. Wir kommen voran, und wir lassen nichts unversucht, um den Täter zu finden. Das Armband Ihrer Tochter und ein Klappmesser wurden in der Asservatenkammer bei der Polizei in Cherbourg aufbewahrt, jetzt werden die Sachen im Labor auf Spuren untersucht. Etienne, zeigst du Madame Lamare bitte die Fotos?«

Sein Freund holte sein Smartphone aus der Tasche und zeigte ihr die Aufnahmen. Ernestine Lamare rang um Fassung. »Das Armband gehörte meiner Tochter, ein Rosenquarzengel fehlt. Das haben mein Mann und ich damals auch ausgesagt.«

»Ja, das wissen wir«, bestätigte Etienne.

»Dieses Klappmesser … ich kann mir nicht vorstellen, dass es meiner Tochter gehört hat. Vielleicht hat es ihr Mörder dort verloren?«

»Das ist durchaus möglich.« Etienne wies sie auf eine

vergrößerte Aufnahme hin. »Sehen Sie dieses Bronzeherz?«

»Ja?«

»Darauf befindet sich eine Gravur. Können Sie sie erkennen?«

Sie kniff die Augen zusammen. »Das ist ein Name.
Gérard«, las sie leise. »Wer ist das?«

»Das wollten wir Sie gerne fragen. Kannte Ihre Tochter
jemanden mit diesem Namen?«

Madame Lamare dachte angestrengt nach. »Da fällt
mir niemand ein. Claire hat schon manchmal Schulkameraden erwähnt, am häufigsten Gilles und Carine, aber an
einen Gérard kann ich mich überhaupt nicht erinnern.«

»Mit Gilles haben wir bereits gesprochen«, erzählte
Lagarde. »Er wohnt wieder in Saint-Sauveur-le-Vicomte.
Aber Carine scheint weggezogen zu sein. Wissen Sie, wo-
hin? Wir möchten auch mit ihr sprechen.«

»Nein, da kann ich Ihnen leider nicht helfen. Vor vier
Jahren hat mich überhaupt nichts interessiert, und ich
habe solche Dinge nicht mitbekommen.«

Der Kommissar lächelte sie verständnisvoll an. »Das ist
kein Problem, wir finden es heraus.«

Madame Lamare überlegte. »Wie könnte ich Ihnen
helfen, diesen Gérard ausfindig zu machen? Mein Mann
und ich haben die Schuljahresbücher von Claire aufgehoben, als Erinnerung.« Ein wehmütiges Lächeln huschte
über ihr Gesicht. »Eigentlich haben wir alles aufgehoben,
wir konnten uns von nichts trennen. Die Bücher sind in

ihrem Zimmer. Wenn Sie mich begleiten möchten, dann können wir nachsehen, ob sich ein Gérard unter den Schülern oder Lehrern befindet.«

»Das ist eine gute Idee.«

Sie führte ihre Besucher über eine breite Marmortreppe in den ersten Stock, dann folgten sie einem Korridor mit einer kunstvoll ornamentierten Stuckdecke und einem weinroten Teppichboden.

»Claires Räume befinden sich im Ostflügel«, erklärte sie.

Madame Lamare zeigte ihnen das ehemalige Schlafzimmer ihrer Tochter. Dort standen ein französisches Bett mit einem bunten Überwurf und ein Schrank. An einer Wand hing ein Poster, das den jungen Mozart am Klavier zeigte. Auf einer Kommode war eine Fotografie von Claire in einem silbernen Rahmen aufgestellt, davor brannte eine Kerze. In Wanderkleidung, mit einem blauen Piratentuch um den Kopf und einem Rucksack auf dem Rücken, stand sie lachend zwischen einer Turmruine und einem Gipfelkreuz und zeigte mit dem Daumen nach oben.

»Das war auf einer Pyrenäenwanderung, die wir gemeinsam unternommen haben«, erklärte Madame Lamare. »Das ist der Tour Madeloc in der Nähe von Cerbère, dem Grenzort am Mittelmeer zwischen Frankreich und Spanien. Wir waren eine glückliche Familie.« Sie schwankte leicht, hatte sich aber gleich wieder im Griff und führte sie in den Salon. Mitten im Raum auf einem

Perserteppich stand ein Flügel, auf dem sich Partituren stapelten. »Hier hat Claire regelmäßig geübt. Sie war sehr gut und hatte zwei- bis dreimal in der Woche Unterricht bei Monsieur du Plessis.« Sie zeigte auf eine Sitzgarnitur. »Nehmen Sie doch bitte Platz, ich hole die Jahrbücher.«

Gemeinsam blätterten sie die Hochglanzbroschüren der letzten drei Jahre durch. Sie konzentrierten sich auf die Klasse, die Claire besucht hatte, sowie auf die Parallelklasse und die beiden Jahrgänge unter ihnen. Immer wieder tauchten die gleichen Namen auf. Ein Gérard war nicht dabei. Schließlich gaben sie auf.

»Wir werden ihn finden«, versicherte Lagarde. »Es könnte eine wichtige Spur sein.«

Madame Lamare begleitete sie bis an die Haustür. Etienne hielt ihre Hand ein wenig zu lange fest. Er empfand großes Mitgefühl mit ihr. »Wir werden alles Menschenmögliche tun, um den Mörder Ihrer Tochter zu finden, das verspreche ich Ihnen.«

Dankbar sah sie ihn an. »Ich glaube Ihnen. Wenn mein Mann und ich behilflich sein können, rufen Sie uns jederzeit an, oder kommen Sie einfach vorbei.«

Als sie abfuhren, stand sie verloren im Türrahmen und winkte ihnen nach.

Ihre letzte Etappe an diesem Tag war die Disco in Saint-Jean-de-la-Rivière. Als sie den Ort erreichten, brach bereits die Dämmerung herein. Der Regen hatte nachgelassen, und der Wind hatte sich beruhigt.

»Morgen bekommen wir schönes Wetter«, prophezeite Lagarde nach einem Blick in den Himmel.

Etienne sah ihn überrascht an. »Willst du dich über einen ortsunkundigen Menschen lustig machen?«

»Aber nein, warte nur ab.«

Die Disco war in einer ehemaligen Gaststätte untergebracht. Sie lag etwas zurückversetzt auf einem großen Grundstück mit altem Baumbestand. Der gepflasterte Hof diente als Parkplatz für die Gäste. Lagarde parkte neben zwei Fahrzeugen, ansonsten war der Platz leer. Die Fassade des einstöckigen Hauses war hellblau verputzt, die Eingangstür glänzend rot lackiert. Darüber warf eine Lampe einen orangen Lichtkegel. Oberhalb des Gehäuses war kaum sichtbar eine Videokamera installiert. Die Tür wurde von zwei grünen Kunststoffschildern flankiert, auf denen mit roten Lettern für Kronenbourg-Bier geworben wurde. An der Hauswand waren ein leicht ramponierter Zigarettenautomat und ein gigantischer Aschenbecher befestigt. Darüber stand der Name der Disco: *Le Phare Jaune.*

Sie betraten den Flur und gelangten in einen Gastraum. Vierertische aus Holz mit lederbezogenen Stühlen in grellem Rotton waren über den Raum verteilt, keiner davon war besetzt.

Am Tresen saßen zwei junge Männer auf Barhockern und tranken Bier. Sie machten einen gelangweilten Eindruck und schienen ihre Ankunft als interessante Abwechslung zu betrachten. Auf jeden Fall hatten sie ihre ungeteilte Aufmerksamkeit. Hinter der Theke stand ein dunkelhaariger Mann mittleren Alters mit einem Schnurrbart, der gerade ein Bier zapfte. »Bonsoir Messieurs«, begrüßte er sie. »Abendessen gibt es erst in einer halben Stunde, die Disco macht um einundzwanzig Uhr auf. Sie können gerne etwas trinken, vielleicht an der Bar?«

Lagarde zeigte ihm seinen Ausweis. »Wir möchten den Eigentümer sprechen.«

Der Mann starrte erschrocken auf das Dokument. »Polizei? Bei mir hat alles seine Richtigkeit, das dürfen Sie mir glauben. Ich halte mich an die Sperrstunden, dulde keine Drogen und schenke Alkohol nur an Volljährige aus.«

»Sind Sie der Eigentümer?«, wollte Lagarde wissen.

»Ja, entschuldigen Sie, dass ich mich nicht vorgestellt habe. Ich heiße Edouard Bresson.«

»Können wir uns irgendwo in Ruhe unterhalten?«

»Ja, selbstverständlich. Kommen Sie bitte mit, gleich nebenan ist mein Büro.« Kurz wandte er sich an einen der jungen Männer. »Alain, kannst du bitte den Ausschank übernehmen? Ich bin gleich wieder da.«

Alain tippte mit dem Finger an den Schirm seiner Kappe. »Wird gemacht, Chef.«

Im Büro setzten Sie sich um einen Tisch. Man merkte Monsieur Bresson seine Nervosität an. »Was wollen Sie denn von mir? Sie sind von der Kripo?«

Lagarde machte eine beruhigende Geste. »Wir ermitteln in einem Fall und haben ein paar Fragen.«

»Von welchem Fall reden Sie?«

142

»Vor fast genau vier Jahren hat eine junge Frau namens Claire Lamare diese Disco besucht und wurde auf dem Heimweg getötet.«

»Ja, ich weiß, ich habe davon gehört. Ihr Tod ist hier immer wieder ein Thema, auch weil die Polizei ihn nicht aufklären konnte.«

»Wir würden gerne mit Ihnen über diesen Abend sprechen«, erklärte Etienne.

»Das geht nicht, damals war ich noch gar nicht hier. Ich habe die Disco vor zwei Jahren gekauft, vorher habe ich ein Bistro in Carentan betrieben.«

»Haben Sie vielleicht noch Unterlagen des früheren Besitzers? Wir suchen speziell eine Namensliste mit den Gästen, die in jener Nacht hier waren.«

»Tut mir leid, ich habe alles weggeworfen.«

»Was ist mit Videoaufzeichnungen?«

»Ich habe eine neue Anlage installieren lassen, das vorherige Überwachungssystem war völlig veraltet.«

»Die Videobänder haben Sie nicht mehr?«

»Nein. Warum hätte ich sie aufheben sollen? Wissen Sie, es sollte ein kompletter Neustart für mich und meine Frau sein. Im ehemaligen Tanzsaal gibt es jetzt eine neue Musikanlage mit allen Schikanen und eine Lightshow, die sich sehen lassen kann.«

Lagarde und Etienne wechselten einen resignierten Blick und erhoben sich. »Danke für Ihr Entgegenkommen, Monsieur Bresson«, sagte Lagarde. »Da kann man nichts machen.«

Als sie wieder in dem engen, dunklen Flur standen, fiel ihm doch noch etwas ein. »Gibt es die Spielothek noch?«

»Ja.« Bresson zeigte in die entgegengesetzte Richtung. »Sie ist immer noch dort hinten, in der ehemaligen Milchkammer.«

Etienne entdeckte eine Fotowand und trat neugierig darauf zu. »Was ist das?«

»Das ist eine Art Collage mit Schnappschüssen von Besuchern der Disco. Eigentlich wollte ich sie auch wegwerfen, aber dann fand ich sie lustig und habe sie hängen lassen.«

»Können Sie bitte das Licht heller machen?«

»Ja, sicher.« Er drehte an einem Schalter.

Lagarde und Etienne betrachteten die Fotos. Sie zeigten junge Leute, die ausgelassen tanzten, sangen und feierten. Das Gesicht auf einem der Bilder kam Etienne bekannt vor. Es zeigte eine junge Frau und einen Mann, die die Köpfe zusammensteckten und in die Kamera lachten.

»Das ist doch Claire Lamare!« Er löste das Foto von der Wand und zeigte es Lagarde, der einen kurzen Blick darauf warf und nickte. Sein Freund drehte das Bild um. Wie erwartet, war das Datum aufgedruckt: 28. September 2014. »Ihr Todestag«, murmelte er.

»Dürfen wir das Foto mitnehmen?«, fragte Lagarde den Discobesitzer.

»Ja, natürlich.«

»Merci, Monsieur Bresson, das war es schon. Wir machen uns wieder auf den Weg.«

»Darf ich Sie noch zu einem Glas Wein einladen?«
Bresson konnte seine Erleichterung nicht verbergen.

»Das ist sehr freundlich von Ihnen, aber wir fahren jetzt lieber. *Au revoir*, Monsieur Bresson.«

»*Au revoir*, Messieurs.«

Im Auto betrachtete Etienne das Foto genauer, besonders den Mann. Er hatte ein markantes Gesicht mit einer harten Kinnpartie und dunkle, schulterlange Haare. »Wer bist du?«, murmelte er.

»Auf jeden Fall nicht Gilles Morgan und auch nicht Pierre Ferret«, stellte Lagarde fest.

»Gérard?«

»Möglicherweise.«

Juliette Maserat räumte die letzten Tische ab, wischte sie mit einem Tuch sauber und spülte hinter der Theke die Gläser. Vor fünf Minuten waren die letzten Gäste endlich gegangen, und sie hatte die Eingangstür verriegelt. Es war kurz nach dreiundzwanzig Uhr, und sie war hundemüde.

Juliette war Studentin an der naturwissenschaftlichen Fakultät in Cherbourg im fünften Semester. Sie war eine attraktive junge Frau, schlank und groß gewachsen mit rotbraunen Locken und grünen Augen. Den Job als Bedienung in dem Weinlokal »Le Raisin Bleu« in Valognes brauchte sie, um ihren Lebensunterhalt zu bestreiten. Sie arbeitete an mehreren Abenden in der Woche. Ihre Chefin war bereits gegen zweiundzwanzig Uhr gegangen.

Während der Arbeit hatte Juliette, sobald sich eine Gelegenheit bot, immer wieder einen Blick in ein Fachbuch über anorganische Chemie geworfen und versucht, sich den Stoff einzuprägen. Das war nicht leicht gewesen bei dem Betrieb, der im Lokal geherrscht hatte. Aber trotzdem fühlte sie sich auf die Klausur am nächsten Tag gut vorbereitet. Jetzt wollte sie nur noch nach Hause in ihr warmes Bett, sich an ihren Freund Luc kuscheln und schlafen.

Sie verließ die Gaststätte durch die Hintertür und schloss sorgfältig ab. Durch den dunklen Durchgang eilte sie zwischen zwei Häusern durch. Ihre kleine Studentenwohnung war nur einige hundert Meter entfernt und lag im Zentrum in der Nähe des Hôtel de Beaumont. Sie folgte einer schwach beleuchteten Kopfsteinpflastergasse und bog nach links ab. Kein Mensch war unterwegs, doch dann meinte sie, Schritte hinter sich gehört zu haben. Beunruhigt blieb sie stehen, lauschte und drehte sich um. Da war niemand. Schnell ging sie weiter und erreichte den Stadtpark. Die Abkürzung durch die gepflegte Anlage mit den Bäumen, Büschen, Blumenbeeten und steinernen Skulpturen nahm sie immer, wenn es später wurde. Sie wollte endlich nach Hause.

Der dunkel gekleidete Mann, der ihr lautlos folgte, hatte sie schon einige Male beobachtet, als sie das Weinlokal zu später Stunde verlassen hatte. Heute war die Gelegenheit günstig. Während Juliette zügig den Hauptweg entlangging, wählte er einen Pfad, der an der Mauer des

Parks entlang einen Bogen schlug und schließlich beim Springbrunnen wieder auf den Hauptweg stieß. Mit großen Schritten lief er durch den Park.

Juliette hatte den Brunnen fast erreicht. Vorbeiziehende Wolken verdeckten immer wieder die bleiche Mondsichel, der Park war durch antike Lampen nur spärlich beleuchtet. Sie konnte sich nicht erklären, warum sie immer nervöser wurde. Alles war wie sonst auch. Doch die Sträucher schienen immer näher zu rücken, und sie vernahm leise Geräusche, die ihr Angst machten. Als ein Nachtvogel aus einem Gebüsch stob, fuhr sie erschrocken zusammen. Mit zitternden Fingern tastete sie nach ihrem Handy, umklammerte es und versuchte, sich mit dem Gedanken zu beruhigen, dass sie jederzeit Hilfe rufen konnte.

Der Mann kauerte hinter dem Brunnen und wartete auf sie. Als sie wenige Meter entfernt an ihm vorbeiging, erhob er sich schnell und geschmeidig und wollte sich auf sie stürzen. Doch plötzlich erklang lautes Gelächter vom Parkeingang her, und er zog sich rasch hinter die Hecke zurück. Das Lachen und die Gesprächsfetzen wurden lauter, und Juliette sah, wie eine Gruppe auf sie zukam. Sie konnte einige Frauen und Männer erkennen, die Wanderkleidung trugen, sich auf Deutsch unterhielten und in bester Stimmung waren. Als sie Juliette erreichten, grüßten sie höflich. Ein älterer Herr sprach sie in drolligem Französisch an.

»Excusez-moi, Mademoiselle, Sie sind unsere letzte Rettung. Wir waren im Forst von Gonneville wandern, danach sind wir in den falschen Bus gestiegen. Als wir endlich in Valognes waren, sind wir in einem wunderbaren Bistro versumpft, und jetzt finden wir unsere Pension nicht mehr.« Er nannte den Namen. Die Unterkunft befand sich wenige Meter von Juliettes Wohnung entfernt. »Kommen Sie bitte mit mir, ich zeige Ihnen den Weg. Es ist nicht weit.«

Der Wanderer lüpfte begeistert seinen Hut. »*Merci bien*, Mademoiselle.« Auf Deutsch rief er: »Wir sind gerettet!«

Angespannt sah der Mann, der hinter der Hecke kauerte, ihnen nach. Zorn kroch in ihm empor. Kurzerhand griff er nach einem Stein und schlug der Skulptur der Brunnenwächterin, die auf einer Stele am Mauerrand thronte, den steinernen Kopf ab.

Der Schäfer Lucien Dubonnet hatte einen anstrengenden Tag hinter sich. Drei Schafe waren krank geworden, und er hatte den Tierarzt holen müssen. Zwei Lämmer waren doch tatsächlich ausgerissen, und es hatte einige Zeit in Anspruch genommen, bis er sie mit einem seiner Hunde wieder zur Herde gelenkt hatte. Als die Tiere endlich versorgt waren, hatte er sich auf dem Gasherd ein einfaches Abendessen zubereitet, Spiegeleier mit Speck und Bohnen.

Nun saß er, eingehüllt in seinen warmen Umhang, im Kerzenschein auf der Veranda. Er trank ein Glas roten Landwein, rauchte seine abendliche Pfeife mit Sandelholztabak und schaute in den prasselnden Regen. Seine

Gedanken schweiften in die Zukunft. Bald würde er mit seiner Herde weiter nach Norden ziehen. Einerseits war es schade, weil ihm die Gegend hier am rauen Ozean besonders gut gefiel. Andererseits freute er sich auf sein Winterquartier, auf die wohlige Wärme und den ungewohnten Luxus. Vielleicht lag es an seinem Alter. Er gähnte, räumte das Geschirr weg und ging zu Bett.

Kaum war er in einen tiefen Schlaf gefallen, riss ein Schrei ihn aus seinen Träumen. Erschrocken fuhr er hoch. Was war das? Ein Mensch oder ein Tier? Etwa wieder ein Überfall? Er musste raus und nachsehen. Rasch schlüpfte er in seine Kleider, griff nach der Taschenlampe und verließ den Schäferwagen. Im Lichtschein sah er seine Hunde unter der Behausung auf ihren Paletten und Decken liegen. Mit schiefem Kopf sahen sie ihn fragend an. Er wunderte sich, dass sie nicht angeschlagen hatten.

»Ruhig«, sprach er sie an. »Es ist alles in Ordnung. Leon, du kommst mit mir. Roxane, du passt auf die Schafe auf. Ich mache nur einen kleinen Rundgang.«

Den Lichtstrahl der Taschenlampe auf den Boden gerichtet, ging er auf den kleinen Wald zu, der sich hinter seiner Behausung erstreckte. Er folgte einem Trampelpfad durch dichtes Gestrüpp, kam an einem Teich vorbei, aus dem ein Ast wie ein Arm ragte, und sprang über einen gluckernden Bach, ehe er wieder auf den Hauptweg zurückkam. Ihm war nichts Ungewöhnliches aufgefallen. Einen Moment blieb er stehen und lauschte in die Nacht. Außer dem Rauschen des Regens war nichts zu hören.

Hatte er sich getäuscht? War es nur ein Nachtvogel gewesen? Kopfschüttelnd machte er sich auf den Weg zurück zu seiner Unterkunft.

Er bemerkte nicht, dass er von einem Jägerstand aus durch ein Nachtfernglas beobachtet wurde.

SIEBTER TAG

CAP DE LA HAGUE

Das Ermittlerteam traf sich wieder um neun Uhr in Lagardes Arbeitszimmer. Valérie hatte Chocolatines vom Bäcker besorgt, Samy hatte Kaffee gekocht. Das Fax ratterte, und Lagarde zog ein Blatt Papier aus dem Gerät. Nachdem er sich zu seinen Kollegen an den Tisch gesetzt hatte, las er den Text.

»Das ist der Bericht des Labors«, informierte er die anderen. »Die Hautpartikel, die sich unter Claire Lamares Fingernägeln befanden, und die Haare von ihrer Bluse wurden untersucht. Die DNA ist in keiner Polizeidatei registriert. Die Haarfarbe des Täters ist tatsächlich schwarz, die Haare sind nicht gefärbt.«

»Das ist Pech mit der DNA«, bedauerte Samy.

»Es wäre ja auch zu schön gewesen«, sagte Etienne. Valérie erstellte aus den wenigen Informationen, die sie hatten, ein Täterprofil und pinnte es an die Wand. Darauf war, ordentlich aufgelistet, zu lesen:

- männlich, nach Zeugenaussage dunkel gekleidet
- kräftig
- mittleren Alters
- kurze schwarze Haare, nicht gefärbt

- wahrscheinlich Linkshänder
- DNA nicht im System
- möglicherweise im Besitz des Schutzengels aus Rosenquarz
- Schuhgröße 44, Sohle grobe Struktur, eventuell Stiefel

Lagarde bedankte sich bei ihr, seufzte aber gleich darauf. »Viel ist das nicht.«

»Die Beschreibung trifft wahrscheinlich auf jeden vierten Franzosen zu«, stellte Samy fest, »bis auf die Annahme, dass er Linkshänder ist.«

»Es muss auch kein Franzose sein«, wandte Etienne ein. Lagarde stimmte ihm zu.

»Was haben wir noch?«, fragte er.

Valérie antwortete: »Ich habe in Bezug auf Pierre Ferret Recherchen angestellt. Er ist fünfundzwanzig Jahre alt, wohnt mit seinen Eltern und seinem Bruder Paul in Le Mesnil auf einem Bauernhof. Er hat eine Förderschule besucht und danach eine Ausbildung zum Landwirtschaftshelfer gemacht. Vor fünf Jahren hat er ein damals dreizehnjähriges Mädchen überfallen und wollte es vergewaltigen. Ihr Hund hat ihn angegriffen und gebissen, daraufhin ist er geflüchtet. Er wurde damals zu einer Jugendstrafe von fünf Monaten wegen versuchter Vergewaltigung verurteilt. Das Urteil fiel milde aus, weil der zuständige Richter seine Minderintelligenz beim Strafmaß berücksichtigt hat. Im laufenden Verfahren wurde seine

DNA genommen. Ich habe bereits einen Abgleich mit der DNA, die wir bei Claire gefunden haben, in Auftrag gegeben. Sicher ist sicher.«

»Sehr gut, Valérie«, lobte Lagarde sie.

Sie stand auf und heftete ein Foto von Pierre Ferret an die Pinnwand. »Ich habe es im Internet gefunden von seinen Social Media Profilen«, erklärte sie. Samy betrachtete das Bild nachdenklich.

»Auf jeden Fall fehlt ihm Impulskontrolle, so viel kann man wohl sagen«, berichtete Etienne. »Er hätte Philippe mit seinem Traktor überrollt, wenn er nicht beiseite gesprungen wäre.«

»Was ist mit der Untersuchung des Klappmessers und des Armbandes?«, wollte Lagarde wissen.

»Die Ergebnisse liegen noch nicht vor«, unterrichtete ihn Valérie.

»Hast du etwas über den persönlichen und beruflichen Hintergrund des Schäfers herausgefunden?«

»Er war Vertreter für ein großes Pharmazieunternehmen, bis er vor fünfzehn Jahren einen Zusammenbruch hatte. Ein Burnout wurde diagnostiziert. Nach einer Therapie hat er sich entschieden, Schäfer zu werden. Ich weiß das alles, weil die Spezialklinik, in der er behandelt wurde, unter anderem auch seine Geschichte auf ihre Homepage gestellt hat und damit wirbt, dass es immer einen Weg zu einem besseren Leben gibt. Dort ist auch zu lesen, dass Dubonnet nie verheiratet war und keine Kinder hat. Es gibt keine Auffälligkeiten.«

»Chapeau«, staunte Samy. »Was du nicht alles heraus-
findest.«

Etienne heftete das Foto aus der Disco an die Wand.
»Wir müssen herausfinden, wer dieser Mann ist. Und wir
müssen diesen Gérard finden. Es könnte sich um ein und
dieselbe Person handeln.«

Lagarde informierte Valérie und Samy über den Besuch
bei Ernestine Lamare.

»In den Schuljahrbüchern haben wir keinen Gérard gefunden. Claires Mutter hat ihre Tochter als einen eher
introvertierten Menschen beschrieben, der hauptsächlich
mit Carine und Gilles zusammen war. Außerdem war ihr
der Unterricht bei ihrem Klavierlehrer Monsieur du Plessis sehr wichtig.«

Samy meldete sich zu Wort. »Ich habe mit den Eltern
von Carine Latrille telefoniert. Sie waren sehr nett und
hilfsbereit. Ihre Tochter wohnt inzwischen am Cap de la
Hague, und zwar in Omonville-la-Petite. Ich habe um
zwölf Uhr dreißig einen Termin mit ihr vereinbart. Ich
hoffe, das ist euch recht.«

»Aber sicher«, meinte Lagarde. »Ihre Aussage könnte
wichtig sein. Wenn wir pünktlich sein wollen, müssen wir
uns nach der Besprechung auf den Weg machen.«

Valérie hatte noch einen Punkt. »Wir wollen uns ja
noch mit dem Mann unterhalten, der damals in Verdacht
geriet, Claire Lamare getötet zu haben und verurteilt
wurde. Gestern Abend habe ich Jean-Gustave Binet endlich telefonisch erreicht und einen Termin mit ihm ver-

einbart. Er ist heute Nachmittag zu Hause, und wir können jederzeit vorbeikommen.«

»Wo wohnt er?«, frage Lagarde.

»In Valognes.«

»Okay.« Amüsiert betrachtete er die Glasflasche, die vor der Pinnwand auf einer Kommode stand. Die dazugehörige Nachricht pinnte er an die Korkplatte. »Und dann haben wir auch noch die Flaschenpost.«

»Ich habe im Telefonbuch die Einträge von Gärtnereien durchgesehen«, berichtet Samy. »Es gibt nur einen Betrieb, der *Tournesol* heißt. Er befindet sich in Bricquebec, die Inhaberin heißt Virginie Montebourg.«

»Die Frage ist, ob diese Flaschenpost etwas mit unserem Fall zu tun hat«, bemerkte Etienne. »Meiner Ansicht nach ist das ziemlich unwahrscheinlich.«

Lagarde stimmte ihm zu. »Das sehe ich auch so. Aber wir werden nicht den Fehler machen und einem Hinweis nicht nachgehen. Ich schlage vor, dass wir die Flaschenpost nach Cherbourg ins Labor bringen. Da kommen wir ohnehin vorbei, wenn wir nach Omonville-la-Petite fahren.«

Sie machten sich zu viert auf den Weg zu Carine Latrille. Sie sollte das Team kennenlernen, das den Mord an ihrer besten Freundin aufklären wollte.

Da sie gut in der Zeit lagen, nahm Lagarde die Küstenstraße nach Cherbourg. Der Regen hatte in der Nacht aufgehört, der Wind hatte sich beruhigt, und die Temperatur war gestiegen. Der Oktober zeigte sich von seiner schönsten Seite. Die Sonne schien vom azurblauen, wolkenlosen Himmel, und der Ärmelkanal glitzerte türkisen und am Horizont schilfgrün. Sanft geschwungene Buchten mit Sandstränden und grünen Hügeln reihten sich an der Nordküste des Cotentin. Knorrige Seekiefern erhoben sich unbeugsam auf den Anhöhen. Etienne und Samy waren beeindruckt von der Aussicht.

»Woher wusstest du, dass das Wetter umschlägt?«, fragte Etienne.

Lagarde grinste. »Wenn die Mondsichel bleich ist und in einem Wolkenbett sitzt, wird es am nächsten Tag meistens schön.« Als er das zweifelnde Gesicht seines Freundes im Rückspiegel sah, lachte er. »Ich wusste es nicht, ich habe geraten und die Wettervorhersage erfunden. Es war nur ein Spaß.«

»Immerhin hattest du recht.«

Als sie das Polizeipräsidium in Cherbourg erreichten, brachten Valérie und Etienne die gut verpackte Flaschenpost in das Labor. Nachdem sie die quirlige Hafenstadt hinter sich gelassen hatten, machte Lagarde seine Freunde auf verschiedene Sehenswürdigkeiten aufmerksam, die an der Strecke lagen. Das Château et Parc de Nacqueville lag inmitten eines englischen Landschaftsparks mit Azaleen, Hortensien und Rhododendren. Es gab einen künstlich angelegten Bach mit Wasserfällen und einen See. Das Herrenhaus Manoir de Dur-Écu aus dem sechzehnten Jahrhundert lag direkt am Meer und beeindruckte durch seine architektonische Raffinesse. Nicht weit entfernt ragte die Felsspindel Rocher du Castel-Vendon in den Himmel. Von dort aus konnte man den achtundvierzig Meter hohen Leuchtturm von Goury sehen. Als sie oberhalb einer Bucht in Richtung Omonville-la-Petite fuhren, machte Lagarde sie auf den kleinsten Hafen Frankreichs aufmerksam, *Le petit port Racine*.

Das Cap de la Hague, eine kleine Halbinsel, ragte weit in den Ärmelkanal hinein und war den Herbst- und Winterstürmen ausgesetzt. Heckengesäumte Weiden, Ginster, Farne und Heidekraut bestimmten das Landschaftsbild. Die gewaltige Meeresströmung Raz Blanchard verwandelte das Meer selbst bei Windstille in einen tosenden Ozean. Unter Seefahrern wurde das Cap de la Hague deshalb »Europas Kap Hoorn« genannt. Die Unterwasserriffe waren gefürchtet, und das ablaufende Wasser bei Ebbe brachte an vielen Orten immer wieder einmal Wracks ans Tageslicht. Samy und Etienne beschlossen, hier so bald wie möglich einen Wanderurlaub zu verbringen.

Omonville-la-Petite war ein bezaubernder kleiner Ort mit eng zusammenstehenden, geduckten Granitsteinhäusern, die dem Wind seit Jahrhunderten trotzten. Den Mittelpunkt bildete eine imposante Kirche. Der berühmte französische Poet Jacques Prévert hatte sich am Ende seines Lebens in dieses Dorf zurückgezogen. Nur einen Katzensprung davon entfernt wohnte Carine Latrille in einem einstöckigen Granithäuschen mit Laibungen aus roten Ziegeln und weißen Sprossenfenstern.

Weinlaub rankte sich an der Fassade empor. Hortensien-
büsche, Ginster und Rosenstöcke versperrten den Blick
in den Garten.

Lagarde klopfte an die weiße Tür. Kurz darauf wurde
sie geöffnet, und vor ihnen stand eine junge Frau in Jeans
und Karohemd. Sie war klein und ein wenig mollig. Die
nussbraunen Haare, die ein herzförmiges Gesicht mit
graublauen Augen und einer zierlichen Nase umrahmten,
hatte sie zu einem dicken Zopf geflochten. Lagarde stellte
sich und die Kollegen vor. »Mademoiselle Carine Latrille,
nehme ich an.«

Die Frau lächelte. »Kommen Sie doch herein, ich habe
im Garten für uns gedeckt. Heute ist so schönes Wetter.«

Ein kurzer Flur führte zu einer offen stehenden Terrassentür. Der Bauerngarten war zugewachsen, es gab
Blumenbeete und Tontöpfe mit üppigen Pflanzen. Unter
einem Apfelbaum lagen aneinander gekuschelt ein La-
brador, eine Glückskatze und ein dicker schwarzer Kater, die die Besucher ignorierten. Sie setzten sich um den
Gartentisch, und Carine bot Kaffee, Zitronenlimonade
und Gebäck an. »Die Madeleines habe ich selbst gebacken«, sagte sie. »Die einen sind mit Rosinen, die anderen
mit Schokolade.«

Samy sah sich mit bewunderndem Blick um. »Schön
haben Sie es hier.«

»Ja, das finde ich auch. Vor einem Jahr habe ich in dieser herrlichen Gegend einen Wanderurlaub verbracht
und mich in dieses Haus verliebt. Es war unbewohnt und

stand zum Verkauf. Kurzerhand habe ich es gekauft und teilweise selbst renoviert. Ein Freund hat mir geholfen. Ich liebe es, es ist mein Refugium.« Lächelnd bemerkte sie Etiennes erstaunten Blick. »Sie fragen sich sicher, wie sich eine junge Frau das leisten konnte? Ich habe in Cherbourg Literaturwissenschaften studiert und ein Buch geschrieben. Basis waren Briefe und Tagebuchaufzeichnungen meiner Urgroßmutter Pauline, die ich zu Hause in Barneville auf dem Dachboden gefunden hatte. Ich habe ihre Lebensgeschichte erzählt, auch aus der Zeit des Ersten und Zweiten Weltkriegs. Mein Literaturprofessor war von dem Buch so begeistert, dass er für mich den Kontakt zu einem großen Verlag hergestellt hat.« Sie lächelte stolz. »Was soll ich sagen? Es wurde ein Bestseller. In Kürze soll es verfilmt werden. Ich lebe jetzt vom Schreiben.«

Valérie glaubte schon von dem Buch gehört zu haben und wollte es bald lesen.

Lagarde kam auf den Grund ihres Besuchs zu sprechen. »Wir haben die Ermittlungen im Mordfall Claire Lamare wieder aufgenommen.«

Sie nickte. »Meine Eltern haben es mir erzählt. Darüber bin ich sehr froh. Claire war meine beste Freundin, ich vermisse sie jeden Tag. Ihr Mörder soll hinter Gitter. Der Gedanke, dass er noch immer frei herumläuft, quält mich.«

»Das kann ich gut verstehen. Wir möchten Ihnen einige Fragen stellen und hoffen, dass Sie uns weiterhelfen können.«

»Natürlich, fragen Sie. Ich erzähle Ihnen alles, was ich weiß.«

»Können Sie uns bitte den Verlauf des Abends in der Disco schildern?«

»Claire und ich sind zusammen in die Disco gegangen, aber dann haben wir uns für eine Weile aus den Augen verloren. Da war so ein süßer Typ, den ich vom Sehen kannte, Marc. Er hat mich gefragt, ob ich mit ihm tanzen wolle. Wir haben uns gut unterhalten, getanzt und viel Spaß gehabt. Gegen zweiundzwanzig Uhr dreißig ist er gegangen, nachdem wir uns für den nächsten Abend verabredet hatten. Er ist Bäcker und musste nachts wieder raus. Danach habe ich Claire gesucht, doch sie war nicht mehr da. Ich dachte, sie wäre eingeschnappt, weil ich mich nicht um sie gekümmert hatte.«

»Was haben Sie dann gemacht?«

»Ich habe weitergetanzt.«

»Haben Sie Gilles gesehen?«

»Ja, ich kann mich erinnern, dass wir uns ein paarmal über den Weg gelaufen sind. Zum letzten Mal habe ich ihn gegen Mitternacht getroffen. Ich stand vor der Tür, als er sich verabschiedete und nach Hause ging.«

»Mit wem haben Sie sich unterhalten?«

Sie lachte. »Mit Hendrik aus Schweden. Das war ein lustiger Kerl, sehr sympathisch. Ich habe vor der Disco eine Zigarette geraucht, da stand er plötzlich neben mir.«

»Wissen Sie noch mehr über ihn, seinen Nachnamen, seine Handynummer?«

»Das nicht, aber er sagte, er sei Umweltaktivist bei Green Peace. Er war als Rucksacktourist unterwegs und fuhr aus ökologischen Gründen mit dem Zug oder ging zu Fuß.«

Etienne zeigte ihr das Foto aus der Disco. »Ist er das?«

»Ja, das ist Hendrik.« Ihre Augen blickten traurig auf ihre Freundin und wurden feucht. »Claire hat Hendrik offenbar auch kennengelernt. Er muss ihr sympathisch gewesen sein, sonst hätte er sie nicht zum Lachen gebracht.«

»Wann sind Sie gegangen?«

»Kurz nach Gilles.«

»Und Hendrik?«

»Wir sind noch ein Stück zusammen gelaufen, dann bin ich heimgefahren. Meine Mutter hatte mir ihr Auto geliehen. Hendrik wollte sein Zelt im Wald aufschlagen. Ich hatte ihm angeboten, bei uns im Gästezimmer zu schlafen, aber das wollte er nicht, er sagte, er liebe es, in der Natur zu übernachten.«

»Haben Sie ihn wiedergesehen?«

»Nein. Er wollte am nächsten Tag weiterwandern Richtung Lessay.«

»Bevor Claire und Sie sich aus den Augen verloren haben, ist da etwas passiert, das für uns von Interesse sein könnte?«

Carine dachte nach. »Ja, es ist tatsächlich etwas passiert, daran hatte ich gar nicht mehr gedacht. Claire hatte Streit mit Martin. Sie haben sich sogar angeschrien.«

»Worum ging es bei dem Streit?«

»Er wollte mir ihr tanzen, aber sie hatte keine Lust. Aber er hat sie nicht in Ruhe gelassen, er war so aufdringlich, dass der Barkeeper ihm Hausverbot erteilt hat.«

»Er ist dann also gegangen?«

»Ja.«

»Woher kannten Sie diesen Martin?«

»Er war in der Parallelklasse. Claire mochte ihn nicht.«

»Wissen Sie seinen Nachnamen und wo er wohnt?«

»Er heißt Martin Legrand und wohnte damals bei seinen Eltern in Carteret, ich glaube in dem Haus, in dem sich das Café de France befindet. Nach dem Abitur habe ich ihn nie mehr gesehen.«

»Die Polizei hat damals Claires Armband gefunden. Bei genauerer Untersuchung haben wir festgestellt, dass sich auf einem bronzenen Herzen eine Gravur befindet.«

»Ich kenne das Armband, hin und wieder hat sie sich einen Anhänger dazugekauft oder sie ausgetauscht. Aber was genau an dem Abend daran hing, weiß ich nicht.«

»Das bronzene Herz sagt Ihnen nichts?«

»Nein, was ist das für eine Gravur?«

»Ein Name. Gérard.«

»Gérard?«

»Ja. Sagt Ihnen der Name im Zusammenhang mit Ihrer Freundin etwas?«

Sie überlegte angestrengt, dann schüttelte sie den Kopf. »Nein.«

»Hatte Claire einen Freund?«

»Soweit ich weiß, nicht.«

»Könnte Gérard ihr Freund gewesen sein?«

»Sie hat nie etwas über einen Gérard erzählt, das muss aber nicht heißen, dass es ihn nicht gibt. Wissen Sie, wir waren sehr gut befreundet, und wir haben uns viel erzählt, auch intime Dinge. Aber Claire war ein Mensch, der auch Geheimnisse haben konnte.« Sie sah ihn ernst an. »Manchmal stelle ich mir vor, dass sie hier mit mir am Tisch sitzt und wir Kaffee trinken und reden. Sie fehlt mir sehr.«

Lagarde nickte verständnisvoll. »Das glaube ich. Ist Ihnen im Verhalten von Claire etwas aufgefallen? Benahm sie sich anders als sonst?«

»Die Frage ist schwer zu beantworten, schließlich ist es vier Jahre her. Aber nein, ich kann mich an kein auffälliges Verhalten erinnern.«

»Hat sie etwas darüber erzählt, dass sie sich Sorgen macht, dass sie etwas beunruhigt?«

»Nicht, dass ich wüsste. Wir haben uns eigentlich nur um unseren Notendurchschnitt beim Abitur Sorgen gemacht, aber keine ernsthaften.«

»Hat sie erwähnt, dass jemand sie bedroht hat? Hatte sie Angst? Kam ihr etwas unheimlich vor?«

Carine stutzte und griff gedankenverloren nach einem Gebäckstück. »Unheimlich? Eine Aussage schwebt mir im Hinterkopf rum, über die ich mich mal gewundert hatte. Aber ich kann mich beim besten Willen nicht mehr erinnern, worum es ging. Wahrscheinlich war es nicht so wichtig.«

»Es ist ja auch schon lange her. Im Moment habe ich keine weiteren Fragen mehr, vielen Dank für Ihre Unterstützung und die nette Bewirtung. Ich lasse Ihnen meine Visitenkarte hier, falls Ihnen noch etwas einfällt.«

»In Ordnung. Ich melde mich gegebenenfalls.«

Sie begleitete ihre Gäste bis zur Haustür, dort verabschiedeten sie sich.

Nach einer Dreiviertelstunde erreichten sie den pittoresken Badeort Carteret, dessen Leuchtturm imposant auf einem Hügel thronte. Das Café de France lag direkt an der Hafenpromenade. Das Wasser war aus dem Becken abgelaufen und hatte die mit Tang überzogene Kaimauer mit den angerosteten Steigtritten zurückgelassen. Die Fischerboote lagen im Schlick. Auf einem Dreikieler reparierte eine Frau die Tür des Steuerstandes. Unter der roten Markise des Lokals waren fast alle Tische besetzt. Die Gäste genossen ihren Kaffee, unterhielten sich und lachten. Andere lasen die Tageszeitung. Daneben gab es einen Eiswagen, vor dem die Menschen Schlange standen. Die Ermittler beschlossen, dass Samy und Etienne im Café warten sollten. Sie sollten besser nicht zu viert bei der Familie Legrand auftauchen.

Die Legrands wohnten im ersten Stock. Durch eine Toreinfahrt kamen Lagarde und Valérie in den Hinterhof. Da die Haustür offen stand, betraten sie das Gebäude und gingen die Treppe hinauf. Lagarde klingelte. Kurz darauf hörten sie Schritte, und die Tür wurde geöffnet. Vor ihnen stand eine Frau, Mitte fünfzig, mit einem schmalen, verhärmten Gesicht und kurzen grauen Haaren, die sie fragend anblickte. Der Kommissar zeigte ihr seinen Dienstausweis und stellte sich und die Kollegin vor. Die Frau runzelte die Stirn. »Die Kriminalpolizei?«, fragte sie. »Was wollen Sie von mir?«

»Könnten wir das bitte in Ihrer Wohnung besprechen?«, bat Lagarde. »Hier im Hausflur ist es nicht so günstig.«

»Ja, wenn Sie meinen. Kommen Sie doch bitte herein.« Sie führte sie in den kleinen, penibel aufgeräumten Salon und bat sie, Platz zu nehmen. Sie setzte sich in einen Sessel vor dem Fenster und verschränkte die Arme. »Worum geht es bitte?«

»Wir haben die Ermittlungen im Mordfall Claire Lamare wieder aufgenommen«, begann Lagarde. »Deshalb sind wir hier.«

»Das war eine Schulfreundin von meinem Martin. Er hat oft von ihr erzählt. Ihr Tod hat ihn sehr getroffen. Wir waren alle erschüttert, dass jemand hier in dieser ländlichen Gegend ein Mädchen überfällt und tötet. Aber warum wollen Sie deshalb mit mir sprechen? Ich weiß überhaupt nichts über diese schreckliche Geschichte.«

»Wir wollen nicht mit Ihnen sprechen, sondern mit Ihrem Sohn Martin.«

Ein Schatten fiel auf ihr Gesicht, ihre Hände begannen zu zittern. »Das geht nicht«, sagte sie mit gepresster Stimme.

»Ist er nicht zu Hause? Dann vereinbaren wir am besten einen Termin.«

Sie räusperte sich und rang um Fassung. »Mein Martin ist verschollen.«

»Verschollen? Wie meinen Sie das?«

»Nach dem Abitur wollte er eine große Reise nach Australien machen, das war immer schon sein Traum. Erst hat er drei Monate in der Fischfabrik gejobbt, und dann ist er nach Melbourne geflogen. Er wollte etwa ein Jahr in Australien bleiben, sich Land und Leute ansehen und auf Farmen arbeiten, wenn er kein Geld mehr hatte. Nachdem er sich vier Monate in dem Land aufgehalten hatte, unternahm er eine Wanderung in das Outback, allein. Seitdem ist er verschwunden.« Sie fuhr sich gedankenverloren über die Haare. »Er hat in einem Roadhouse gewohnt, von dort aus ist er aufgebrochen. Der Pensionswirt meinte, er habe wohl Wasser und Proviant dabeigehabt. Seine anderen Habseligkeiten befanden sich noch in der Unterkunft.«

»Das tut mir sehr leid, Madame Legrand«, sagte Valérie betroffen. »Man hat doch sicherlich nach Ihrem Sohn gesucht?«

»Die Suchmannschaften haben zwei Wochen lang gesucht, mit Hubschraubern und allem. Dann haben sie aufgegeben. Sie gingen davon aus, dass er in der sengenden Hitze und aufgrund der Trockenheit verdurstet ist. Mein Mann und ich wollten dorthin fliegen, um uns vor Ort ein Bild zu machen und seine persönlichen Sachen abzuholen, aber das können wir uns nicht leisten. Ich kann nach diesem Schicksalsschlag nicht mehr arbeiten, und mein Mann bezieht nur eine kleine Fischerrente. Der australische Pensionswirt war so nett und hat Martins Gepäck mit der Post geschickt.«

»Dürfen wir ein Bild von Ihrem Sohn sehen?«

»Ja, natürlich. In seinem Zimmer steht eine Fotografie von ihm. Kommen Sie doch bitte mit.« Der Raum wirkte so, als hätte ihr Sohn Martin ihn gerade erst verlassen. Auf dem Bett lag eine Tagesdecke, im Regal standen Schulbücher, zerfledderte Comics und Bildbände über Australien, in einer Ecke lehnte ein Hockeyschläger. Madame Legrand nahm eine gerahmte Fotografie von der Ablage und zeigte sie ihnen. »Das ist mein Martin.«

Ein junger Mann stand an Bord eines Fischerbootes und grinste schief in die Kamera. Er war stämmig und hatte dunkle, glatte Haare. Sein Gesicht konnte man nicht besonders attraktiv nennen, die Augen standen eng zusammen, die Nase war etwas groß geraten.

Lagarde bedankte sich, und Valérie fotografierte das Bild mit ihrem Smartphone, nachdem sie Madame Legrand um Erlaubnis gebeten hatte. »Ist Ihr Sohn Linkshänder?«, erkundigte sich die Polizistin.

»Ja«, bestätigte die Frau. »In der Grundschule wollten die Lehrer ihn umgewöhnen, aber mein Mann und ich haben dagegen protestiert.« Einen Moment stutzte sie. »Warum wollen Sie das wissen?«

»Wir fragen alle möglichen Informationen ab, das hat keinen speziellen Grund.«

»Ach so.«

»Darf ich einen Blick in den Kleiderschrank werfen?«, fragte Lagarde.

»Bitte, ich habe nichts dagegen.«

Er öffnete ihn und sah, dass an eine der Türen auf der Innenseite eine Korkplatte geklebt war. Darauf waren etliche Schnappschüsse mit einer Nadel fixiert. Das Motiv war immer dasselbe: Claire Lamare. In Schuluniform auf dem Pausenhof, auf einem Fahrrad, im Korb Bauernblumen, im Badeanzug am Strand, in einem Café vor einem Eisbecher.

Erstaunt wandte er sich an die Mutter. »Finden Sie das nicht seltsam, dass Ihr Sohn Fotos von Claire Lamare sammelte?«

»Nein, warum? Mein Martin hat eben für das Mädchen geschwärmt. Das ist doch normal in seinem Alter.«

»Darf ich die Collage auch fotografieren?«, fragte Valérie.

»Das können Sie gerne machen«, antwortete Madame Legrand nun ein wenig kühler.

Als sie sich an der Wohnungstür verabschiedeten, sah sie die beiden mit ernster Miene an. »Mein Martin ist tot, nicht wahr?«

»Ich will Ihnen nichts vormachen, Madame Legrand. Nach dem, was Sie uns erzählt haben, deutet leider vieles darauf hin.«

»Danke für Ihre ehrliche Antwort.«

Essaouira war eine marokkanische Hafenstadt am Atlantik, deren Bewohner hauptsächlich vom Fischfang lebten. Aufgrund der kilometerlangen Sandstrände und der starken Passatwinde war sie ein Paradies für Windsurfer, Wellenreiter und Kitesurfer. Für europäische Touristen und Aussteiger war es ein Sehnsuchtsort, ein Synonym für ein einfaches Leben ohne Hektik, Leistungsdruck und Konsumzwang. Wenn sie an Essaouira dachten, fielen ihnen spontan der starke Wind, Algengeruch und Möwengeschrei ein, die Altstadt mit ihren engen Gassen voller Menschen, kräftigen Farben, orientalischen Gerüchen, eng zusammenstehenden Häusern, Torbögen und unterirdischen Passagen. Elfenbeinweiße, kubische Häuser scharten sich um das Gewirr, in dem man sich als Ortsunkundiger leicht verlaufen konnte. Dazwischen wuchsen vom Wind zerzauste Palmen. Die Einheimischen galten als aufgeschlossen und freundlich.

Gérard saß mit seinen Freunden Ali und Karim in einer Holzhütte am Strand. Nicht weit entfernt ruhten sich Kamele im spärlichen Schatten auf dem Sand aus.

Es war später Nachmittag, eine brütende Hitze herrschte, Saharasand wirbelte durch die Luft, und der Wind pfiff durch die Ritzen der einfachen Holzkonstruktion, die auf Stelzen stand und nur über eine Leiter zugänglich war. Die Männer tranken Minztee und aßen gegrillte Sardinen mit Fladenbrot. Gérard beobachtete seit geraumer Zeit den Wellengang. Die Wogen schlugen immer höher, inzwischen einige Meter hoch. Die Brandung war gewaltig, der Ozean brodelte und übertönte beinahe das Kreischen der Möwen. Vor der Küste lag schemenhaft die sagenumwobene Insel Mogador. Als er seine Mahlzeit beendet hatte, stand er auf und zog mit entschlossenen Bewegungen seinen Neoprenanzug an. Karim sah ihn erschrocken an. »Du willst doch jetzt nicht Wellenreiten gehen?«

»Doch, warum denn nicht?«

»Schau doch, die hohen Wellen, der starke Wind … die See tost.«

»Gerade deshalb, sonst ist es doch keine Herausforderung.«

Ali mischte sich ein. »Das ist viel zu gefährlich. Kein Mensch ist auf dem Wasser, nicht einmal lebensmüde Kitesurfer.«

»Ihr kennt doch meinen Traum. Ich will an die portugiesische Küste, nach Nazaré, und mit den Big Wave Surfern trainieren. Dafür muss ich üben.«

Ali schüttelte verständnislos den Kopf.

»Warum willst du dich in Lebensgefahr bringen?«

»Mein Traum ist es, eines Tages den großen Preis der Big Wave Surfer zu gewinnen, er wird jedes Jahr in Santa Monica verliehen.«

Karim fuhr sich durch die schwarzen Locken. »Sind alle Franzosen so unvernünftig wie du?«

Gérard lachte. »Kein Risiko, kein Spaß, kein Preis!« Er verließ die Bretterbude über die Leiter, nahm sein Surfbrett und lief auf den Ufersaum zu. Seine Freunde folgten ihm beunruhigt. Es wollte ihnen nicht in den Kopf, dass ein Franzose nicht auf den Ratschlag von Einheimischen hörte. Mit erhobenem Brett kämpfte sich Gérard durch die Brandung. Als das Wasser tiefer wurde, legte er sich auf sein Board und ruderte mit kräftigen Armschlägen weiter hinaus. Manchmal verschwand er in Gischtwolken und Brandungswirbeln. Als er weit genug vom Ufer entfernt war, hielt er sein Surfbrett in der Balance, und als die perfekte Welle kam, drehte er es rasch und sprang gekonnt auf. Elegant und sicher ritt er auf dem schäumenden Wellenkamm, dann glitt er in schräger Linie die gläserne, blau leuchtende Woge hinab in ein gähnendes Tal. Hinter ihm erhob sich drohend die gewaltige Welle und jagte ihn. Gérard war schnell, sehr schnell, denn darauf kam es an.

Fast hätte er es geschafft. Doch das Wellenmonster brach plötzlich ein, riss ihn vom Brett und verschlang ihn. Er verschwand in den reißenden Fluten. Kurz darauf spuckte das Meer ihn wieder aus und schleuderte ihn gegen eine Klippe. Auf einer Sandplatte zwischen den Felsen blieb er reglos liegen. Seine Freunde rannten zu ihm, Ali schrie währenddessen aufgeregt in sein Handy.

Valérie und Lagarde fanden Samy und Etienne an einem Tisch unter der Markise, und sie setzten sich dazu. Die Freunde hatten Kaffee bestellt und diskutierten über den Fall.

»Wie lief die Befragung?«, wollte Samy wissen.

Lagarde fasste in kurzen Worten zusammen, was sie erfahren hatten, Valérie zeigte das Foto von Martin Legrand.

»Wenn er im Outback gewandert und bis heute nicht wiederaufgetaucht ist, ist er vermutlich tot«, stellte Samy nüchtern fest.

»Das Täterprofil könnte passen«, murmelte Etienne und betrachtete das Foto.

»Das ist richtig«, stimmte Lagarde ihm zu. »Aber für einen Schüler, der zurückgewiesen wurde, ist ein Mord eine unverhältnismäßig extreme Reaktion. Außerdem ist Valérie bei ihren Recherchen auf ähnliche Fälle gestoßen, die sich ereignet hatten, als Martin Legrand bereits in Australien war. Wir müssen so schnell wie möglich mit den anderen Opfern sprechen.«

Valérie nickte. »Ich kümmere mich darum.«

Interessiert betrachtete Samy das Foto mit der Collage von Claire Lamare. »War das Schwärmerei oder Besessenheit?«

»Seine Mutter spricht von harmloser Schwärmerei«, sagte Valérie.

Als die Bedienung an ihren Tisch kam, bestellten sie Käse-Schinken-Galettes, eine große Salatplatte für alle, Wasser und eine Karaffe Rosé. Sie waren inzwischen schon Stunden unterwegs und hatten Hunger. Während der Mahlzeit diskutierten sie weiter.

»Es ist ganz wichtig, dass wir diesen Gérard finden«, insistierte Lagarde. »Was hat die Mutter von Claire Lamare bei unserem letzten Besuch genau gesagt? Ihre Tochter war introvertiert, sie hatte nicht viele Freunde. In diesem Zusammenhang hat sie Carine, Gilles und den Klavierlehrer Monsieur du Plessis erwähnt.«

Sie sahen sich an. »Natürlich, der Klavierlehrer«!, meinte Valérie aufgeregt. »Könnte er nicht Gérard sein?«

Lagarde griff nach seinem Handy und wählte die Nummer von Ernestine Lamare. Glücklicherweise erreichte er sie sofort. »Bonjour, Madame Lamare, Philippe Lagarde hier. Ich hoffe, ich störe Sie nicht.«

»Bonjour, Monsieur le Commissaire. Sie stören nie.«

»Ich habe eine Frage. Wissen Sie, wie der Klavierlehrer von Claire mit Vornamen heißt?«

»Nein, ich habe keine Ahnung, meine Tochter hat immer von Monsieur du Plessis gesprochen.«

»Haben Sie ihn einmal gesehen? Wissen Sie, wie alt er ungefähr ist und wie er aussieht? Oder vielleicht, ob er neben dem Klavierunterricht noch einer anderen Tätigkeit nachgeht?«

»Ich habe ihn nie getroffen. Claire hat ihn sich selbst gesucht, sie hat so gut wie nie über ihn gesprochen, und der Unterricht fand immer in Sauveur statt.«

»Er wohnt in Sauveur?«

»Ja. Die Adresse weiß ich leider nicht.«

»Die finden wir schon heraus.«

»Sie suchen immer noch diesen Gérard, habe ich recht?«

»Ja, Madame Lamare. Wir werden ihn schon finden. Merci für Ihre Hilfe.«

»Viel Erfolg.«

Während er das Telefonat beendete, begann Valérie auf ihrem Smartphone zu tippen: Gérard du Plessis, Saint-Sauveur-le-Vicomte, Klavierlehrer. Kurz darauf lächelte sie zufrieden. »Bingo, ich habe ihn gefunden. Er hat keine Homepage oder so. Das ist merkwürdig, er muss doch Werbung machen, um Klavierschüler zu bekommen.«

»Vielleicht unterrichtet er nicht mehr«, überlegte Samy.

Valérie nickte und wählte die Festnetznummer aus dem Telefonbucheintrag. »Der Anschluss existiert nicht mehr«, informierte sie die anderen.

»Wir fahren heute noch hin«, entschied Lagarde. »Aber zunächst suchen wir Jean-Gustave Binet auf. Er erwartet uns heute Nachmittag.«

Nachdem sie ein Dessert genossen und einen Mokka getrunken hatten, machten sie sich auf den Weg nach Valognes.

Jean-Gustave Binet wohnte in der Stadt der Künste und der Geschichte in der Rue Pelouze, einer schmalen Nebenstraße, in der sich das herrschaftliche Hôtel de Thieuville befand. Das schmale, lachsfarben gestrichene Haus mit den blauen Fensterläden wurde von einem Antiquariat und einer Pâtisserie flankiert. Im Erdgeschoss war ein Juwelierladen untergebracht, darüber befanden sich zwei Appartements. Monsieur Binet wohnte im zweiten Stock.

Wenige Sekunden, nachdem Lagarde geklingelt hatte, wurde die Wohnungstür geöffnet, und ein Mann begrüßte sie. Er hatte schütteres dunkles Haar und eine Stirnglatze. Sein Gesicht war frühzeitig gealtert, die Haut fahl, die Augen wirkten müde. Als er ein Lächeln andeutete, sah man, dass er schlechte Zähne hatte. Valérie war überrascht. Sie hatte sich den inzwischen zweiundvierzigjährigen Mann ganz anders vorgestellt.

»Bonjour, Monsieur Binet«, sagte Lagarde und stellte sich und die Kollegen vor. »Dürfen wir eintreten?«

»Selbstverständlich, wir sind doch verabredet. Gehen wir in die Küche, den Salon tapeziere ich gerade neu.«

Er führte sie in eine kleine quadratische Küche, die minzfarben gestrichen war. Der Holztisch und die Stühle standen auf einem Schachbrettmusterboden. In einem altmodischen Küchenschrank stapelten sich hinter den Glasscheiben Teller und Tassen. Daneben stand ein Fernseher. Binet schaltete ihn aus und zeigte auf die Sitzecke.

»Setzen Sie sich bitte. Ich habe Kaffee gekocht und eine Tüte Kekse gekauft, Sie können sich gerne bedienen.« Kraftlos sank er auf einen Stuhl.

»Wohnen Sie allein hier, Monsieur Binet?«, fragte Etienne.

»Ja, es ist eine kleine Wohnung, aber sehr schön. Ich habe auch eine Gartenparzelle hinter dem Haus, dort halte ich mich oft auf, die frische Luft und der Duft der Blumen tun mir gut. Sie können sie von hier aus sehen.«

Die Polizisten taten ihm den Gefallen, standen kurz auf und betrachteten sein begrüntes Refugium, dessen Mittelpunkt ein stabiles Blockhaus mit herzförmigen Fenstern und ein Sauerkirschbaum bildeten. »Ein schöner Platz«, stimmte Etienne zu.

»Ja«, erwiderte der Mann mit leiser Stimme.

Lagarde erklärte ihm den Anlass ihres Besuches, und nachdem er einen Schluck Kaffee getrunken hatte, begann er mit der Befragung. »Monsieur Binet, Sie gerieten damals unter Verdacht, Claire Lamare getötet zu haben. Wie kam das zustande?«

»Es gab einen Zeugen, der behauptete, mich zum fraglichen Zeitpunkt in der Nähe des Tatorts gesehen zu haben.«

»War das so?«

»Nun, ich hatte an jenem Abend Streit mit meinem Lebensgefährten, einen heftigen Streit, so schlimm wie noch nie. Ich konnte es in der Wohnung nicht mehr aushalten. Ich fuhr mit meinem Peugeot ziellos durch die Gegend. Das mache ich immer, wenn ich aufgewühlt bin. Irgendwann war ich dann in Saint-Jean-de-la-Rivière. Ich stellte das Auto ab und stieg aus, um eine Zigarette zu rauchen und mir die Füße zu vertreten.«

»Wo war das genau?«

»Ich stand am Rand des Marktplatzes an der Hauptstraße. Weiter oben, etwa fünfzig Meter entfernt, leuchtete ein Schild an einem Haus, auf dem *Le Phare Jaune* stand, eine Kneipe oder eine Disco, keine Ahnung.«

»Was haben Sie dann gemacht?«

»Ich bin ein Stück gelaufen.«

»Wohin?«

»Auf den Ortsausgang zu.«

»Und warum gerieten Sie in Verdacht?«

Binet seufzte. »Ein Zeuge hat von seinem Haus am Marktplatz aus beobachtet, wie ich mich ins absolute Halteverbot stellte, und hat mich und meinen Wagen inklusive Kennzeichen fotografiert, weil er mich anzeigen wollte. Nachdem das Mädchen gefunden worden war, meldete er sich bei der Polizei und hat eine Aussage gemacht. Ich sei in die Richtung gelaufen, wo man sie später entdeckt hatte. Nach der Zeiterfassung auf dem Bild war es exakt zwei Minuten nach zweiundzwanzig Uhr.«

Samy war überrascht. »Wegen dieser Aussage sind Sie verurteilt worden?«

»Nein, ich habe zunächst gesagt, dass ich mit der Tat nichts zu tun habe und dass ich nur zufällig in diesem Ort war. Das stimmte ja auch. Aber die Polizei hat mich wieder und wieder befragt, es waren zermürbende Verhöre. Eine Vernehmung in einem fensterlosen Raum im Keller dauerte sechzehn Stunden. Mein Anwalt war nicht dabei. Sie haben mich unter Druck gesetzt, in die Enge getrieben und mir Schläge angedroht. Da bin ich eingeknickt und habe einen Mord gestanden, den ich nicht begangen hatte.«

Lagarde schüttelte unmerklich den Kopf. Solch eine unzulässige Vorgehensweise kam leider gar nicht so selten vor. Binet fuhr fort.

»Nach fünf Monaten im Untersuchungsgefängnis wurde ich zu lebenslanger Haft verurteilt. Während der Untersuchungshaft hat sich ein Mitgefangener an mich herangemacht und versucht, sich mit mir anzufreunden und mein Vertrauen zu gewinnen. Mein Anwalt hat später herausgefunden, dass er mir Einzelheiten der Tat entlocken sollte, um die Anklage zu untermauern. Dafür waren ihm Hafterleichterungen in Aussicht gestellt worden.«

Valérie war entsetzt über diese unwürdigen und illegalen Methoden.

»Bei meiner Verurteilung spielte auch das Gutachten eines forensischen Psychiaters eine entscheidende Rolle. Er war gleichzeitig Leiter eines Instituts und hat Gelder für die Forschung akquirieren müssen. Nach dem Prozess stellte sich heraus, dass zwischen der Geldbeschaffung und dem Gutachten ein Zusammenhang bestand.«

Binet tupfte sich die Stirn mit einem Taschentuch ab.

»Aufgrund des unzulässigen Vorgehens der Ermittlungsbehörden und der Verfahrensfehler ging mein Anwalt in Revision, und ich wurde sechs Monate später freigesprochen. Es kam zu einem Justizskandal. Ich muss allerdings auch einräumen, dass ich meinem Anwalt verschwiegen hatte, dass ich homosexuell bin und noch nie das Bedürfnis hatte, mit einer Frau zu schlafen. Fragen Sie mich nicht, warum. Ich war einfach noch nicht bereit, damit an die Öffentlichkeit zu gehen. Einige Zeit nach meinem Freispruch habe ich von meinem Anwalt erfahren, dass die Akte Claire Lamare geschlossen wurde.«

Lagarde schwieg einen Moment und versuchte, sich

vorzustellen, welch eine Odyssee hinter diesem Mann lag.
»Wie geht es Ihnen jetzt?«

Binet rieb sich das stoppelige Kinn. »Nicht so gut. Vor dieser ganzen schrecklichen Geschichte hatte ich eine Stelle als Bauarbeiter. Die Arbeit hat mir gefallen. Als ich aus dem Gefängnis entlassen wurde, war mein Job weg. Mein Chef hat sich geweigert, mich wieder einzustellen. Auch bei anderen Bauunternehmen wollte mich niemand beschäftigen. Ich war ein potenzieller Mörder, die Leute waren mir gegenüber misstrauisch. Manche hatten sogar Angst vor mir. Irgendetwas bleibt immer hängen. Mein Lebensgefährte hat mich trotz des Freispruchs verlassen, weil er mir angeblich nicht mehr vertrauen könne. Auch viele Freunde haben sich von mir abgewandt. In meinem Rugbyverein haben sie mich geschnitten, bis ich nicht mehr hingegangen bin. Niemand aus meinem alten Freundeskreis will ein Bier mit mir trinken gehen. Neue Freunde habe ich nicht gefunden. Meinen Namen und die Vorwürfe mir gegenüber kannte jeder. Der Fall war ständig in der Presse, im Radio und im Fernsehen. Für die Medien war ich der Schuldige. Die ›Bestie von Saint-Georges‹ haben sie mich genannt. Niemand hat mir geglaubt, dass ich mit der ganzen Geschichte nichts zu tun habe. Es tut mir unendlich leid, was dem armen Mädchen zugestoßen ist, aber ich war es nicht.« Er seufzte. »Aufgrund der nervlichen Belastungen bin ich krank geworden. Meine Psyche ist angeschlagen, und ich leide unter Magengeschwüren und Migräneanfällen. Außerdem habe ich Panikattacken, und ich träume immer noch vom Gefängnis. Dort galt ich als Frauenmörder, und so wurde ich auch behandelt. Das wünsche ich niemandem, Details möchte ich Ihnen lieber ersparen.«

Lagarde wusste leider nur zu gut, wie Haftinsassen terrorisiert wurden, die wegen des Tötungsdelikts an einer Frau verurteilt worden waren. In der Hackordnung standen nur noch Kinderschänder weiter unten.

»Es tut mir leid, was Ihnen widerfahren ist«, versicherte er. »Können Sie trotzdem irgendetwas dazu beitragen, das uns helfen könnte, den Täter zu finden?«

Binet dachte lange nach und schüttelte schließlich den Kopf. »Eigentlich nicht. Da gibt es nur eine Sache, die Sie vielleicht interessiert.«

»Was für eine Sache?«

»Seit ich aus dem Gefängnis entlassen worden bin, fühle ich mich verfolgt. Verfolgt, beobachtet und bedroht.«

Samy wurde hellhörig. »Können Sie das genauer erzählen?«

»Wenn ich unterwegs bin, habe ich manchmal das Gefühl, dass mir jemand folgt. Ich höre Schritte, doch wenn ich mich umdrehe, ist da niemand. Vor ungefähr zwei Jahren ist nachts ein Wagen mit ausgeschalteten Scheinwerfern auf mich zugerast, und ich habe mich gegen eine Hauswand gedrückt. Ich war so überrumpelt, dass ich mich nicht mehr bewegen konnte. Kurz bevor es mich erwischte, betätigte der Fahrer die Lichthupe, drehte ab und fuhr davon.«

»War es ein Mann?«

»Ich weiß es nicht. Ich konnte das Gesicht nicht erkennen, weil die Scheinwerfer mich blendeten.«

»Was war das für ein Fahrzeug?«

»Ich habe keine Ahnung, ich war viel zu erschrocken, um darauf zu achten.«

»Ist noch mehr passiert?«

»Vor etwa eineinhalb Jahren hat jemand das Wort ›Mörder‹ in roter Farbe auf mein Gartenhaus gesprüht. Vor neun Monaten wurde meine Katze vergiftet.«

»Haben Sie einen Verdacht, wer das getan hat?«

»Nein, überhaupt nicht.«

»Sind Sie wegen dieser Vorfälle zur Polizei gegangen?«

Er lachte bitter. »Natürlich nicht.«

Lagarde trank seinen Kaffee aus. »Das war es im Moment von unserer Seite, Monsieur Binet. Danke, dass Sie sich die Zeit genommen haben. Meine Visitenkarte lege ich auf den Tisch. Wenn Ihnen noch etwas einfällt, melden Sie sich bitte bei uns.«

»Ich wünsche Ihnen viel Erfolg. Der Täter gehört ins Gefängnis.«

»Wenn wir ihn finden, sind Sie rehabilitiert.«

Er lächelte. »Ja, das wäre schön.«

Auf dem Weg nach Saint-Sauveur-le-Vicomte tauschten sie sich über das Gespräch aus.

»Was hast du für einen Eindruck von dem Mann, Philippe?«, wollte Valérie wissen.

»Das ist schwer zu sagen. Er ist aufgrund von Verfahrensfehlern freigesprochen worden. Ob ihn das als Täter tatsächlich ausschließt? Nicht unbedingt.«

»Das heißt auch, dass er wegen derselben Tat nicht ein zweites Mal verurteilt werden kann.«

»Genau, außer er gesteht sie.«

Schweigend fuhren sie weiter. Das Haus des Klavierlehrers stand in der Nähe eines Fußballplatzes. Es lag in einem kleinen Wohngebiet mit vorwiegend älteren Häusern und machte einen verlassenen Eindruck. Die weißen Fensterläden waren geschlossen, der Garten wirkte vernachlässigt und der Briefkastenschlitz war zugeklebt. Neben dem Gartentor gab es eine Klingel. Doch als Etienne sie betätigte, rührte sich nichts. Auf der Wiese des angrenzenden Grundstücks stand eine ältere Frau in einer Kittelschürze, die Wäsche aufhängte und sie nicht aus den Augen ließ. Neben ihr saß ein Mischlingshund mit gespitzten Ohren. Jetzt setzte sie sich in Bewegung und kam an den Zaun. Das Tier trottete hinterher.

»Kann ich Ihnen helfen?«, fragte sie mit misstrauischer Miene.

Lagarde zeigte ihr seinen Dienstausweis. »Bonjour Madame. Wir möchten zu Gérard du Plessis. Er wohnt doch hier?«

»Nein, schon lange nicht mehr.«

»Ist er umgezogen?«

»Ich würde eher sagen, er ist ausgewandert.«

»Wie lange ist das her?«

»Ungefähr vier Jahre. Bevor er abgereist ist, hat er mich gebeten, ab und zu nach seinem Haus zu sehen. Seine Großeltern haben es ihm vererbt. Das waren ganz nette Nachbarn. Er wollte mir sogar Geld dafür geben, ich habe es aber nicht genommen. Unter Nachbarn hilft man sich doch. Ich lüfte nur ab und zu, drehe im Winter die Heizung auf und gieße den Garten. Die Post lässt er sich nachsenden.«

»Wohin ist er ausgewandert?«

»Nach Marokko. Er hat schon immer von diesem Land geschwärmt, vom wilden Ozean, der unberührten Natur und den freundlichen Menschen dort.«

»Hat er Ihnen seine Adresse hinterlassen oder eine Telefonnummer?«

»Nein, er hat gesagt, er würde sich bei Bedarf melden. Doch das hat er bis jetzt nicht getan.«

»Sie können ihn also nicht erreichen?«

»Nein.«

»Hat er Ihnen erzählt, was er in Marokko vorhatte?«, fragte Etienne.

»Oh ja, er wollte eine Surf- und Tauchschule eröffnen und Kurse für Touristen anbieten. Gérard ist sehr sportlich und kann gut mit Menschen umgehen.«

Samy überlegte. Lag vielleicht eine Verwechslung vor? »Wir sprechen schon von dem Klavierlehrer?«

Die Nachbarin nickte eifrig. »Aber ja! Gérard hat hier in seinem Haus Klavierunterricht gegeben. Er hat viele Talente.«

»Hat er Ihnen erzählt, wo er diese Schule aufmachen wollte?«

»Er hat mir den Ort genannt, aber er ist mir entfallen. Wie heißt er denn nur?«

Etienne zählte alle Küstenorte auf, die ihm spontan einfielen. »Tanger, Casablanca, Agadir, Rabat?«

Sie schüttelte den Kopf. »Ich glaube, es war ein Ort mit M. Marrakesch!«

»Marrakesch liegt nicht am Meer.«

»Nein?«

»Nein.«

»Warten Sie, es war ein Ort mit E, ich bin mir fast sicher.«

Valérie erinnerte sich an einen traumhaft schönen Urlaub mit ihrem damaligen Freund Raymond an einem zauberhaften Ort. »Essaouira?«

»Ja! Genau das war es. Wenn man Gérard Glauben schenken wollte, liegt dort das Paradies auf Erden.« Sie lachte. »Da kriege ich meinen Mann Roland niemals hin. Na ja, bei uns ist es auch schön und nicht so heiß.« Dann runzelte sie die Stirn. »Was wollen Sie eigentlich von Gérard?«

»Er könnte ein wichtiger Zeuge sein, wir müssen mit ihm reden«, erklärte Lagarde.

Er zeigte ihr eine Fotografie von Claire Lamare. »War diese Frau manchmal hier?«

Die Nachbarin betrachtete interessiert das Bild. »Das ist die junge Frau, die an den Bahngleisen bei Saint-

Georges getötet wurde, Claire Lamare. Eine furchtbare Geschichte.«

»Ja, das ist Mademoiselle Lamare. Wir haben die Ermittlungen wieder aufgenommen.«

»Das ist gut, der Täter läuft noch immer frei herum. Das kann doch gar nicht sein.«

»Können Sie sich erinnern, ob sie manchmal hier war?«

»Ja, sie war oft hier, sie war eine seiner Klavierschülerinnen. Hin und wieder haben sie zusammen gespielt. Dann habe ich mich, wenn ich Zeit hatte, mit einem Gläschen Wein auf meine Terrasse gesetzt und zugehört. Es war wunderschön. Sie spielten Bizet, Berlioz, Mozart, Schubert und weitere Komponisten. Ich betrachtete es als eine Art Privatkonzert nur für mich.«

»Merci, Madame. Wie war Ihr Name?«

»Meunier, Solange Meunier.«

»Sie haben uns sehr geholfen.«

Als sie wieder im Auto saßen, suchte Valérie auf ihrem Smartphone im Internet nach Surf- und Tauchschulen in Essaouira. Es gab drei. Auf der Homepage der dritten Schule war als ein Teilhaber Gérard du Plessis aufgeführt, ebenso eine Mailadresse. Nach Absprache mit ihren Kollegen schickte sie ihm eine Nachricht mit der Bitte, sich dringend zu melden.

Als sie das *Mirabelle* erreichten, senkte sich die Dämmerung über das Cotentin, und die ersten Sterne funkelten am stahlblauen Himmel. Da sie keine Lust mehr hatten, einzukaufen und zu kochen, wollten sie bei Odette essen. Selbst am Abend war die Luft noch lau, und fast alle Tische auf der Terrasse waren besetzt. Odette freute sich über den spontanen Besuch und führte sie zu einem freien Tisch unter einem Kastanienbaum, in dessen Laubwerk winzige Lichter glitzerten. Aus Lautsprechern erklangen leise französische Chansons.

»Was möchtet ihr trinken?«, fragte Odette. »Ich habe als Aperitif einen wunderbaren Pommeau, einen Apfellikör, hier aus der Gegend.«

»Das hört sich gut an«, meinte Valérie.

Odette musterte die schweigenden Männer amüsiert. »Ihr wollt erst einmal ein kaltes Bier, stimmt's?«

Lagarde lächelte sie an. »Das wäre großartig.«

»Ich bin gleich wieder da, seht euch doch schon mal die Speisekarte und das Menü des Tages an.«

Sie entschieden sich für das Tagesgericht:

Artischocken mit Garnelen, Aioli und
warmem Baguette

Zackenbarsch auf mediterranem Gemüsebett

Crème brûlée mit Rhabarber

Odette hatte einen passenden Weißwein aus den Corbières ausgewählt und leistete ihnen beim Essen Gesellschaft. Als hätten sie es vorher vereinbart, redeten sie nicht über den Fall. Sie ließen es sich schmecken und unterhielten sich angeregt. Etienne lobte das Menü wieder in den höchsten Tönen.

Beim Mokka ließ Valérie den Blick über die Terrasse schweifen und stutzte plötzlich. Neugierig wandte sie sich an Odette. »Du, sag mal, der Mann da drüben an dem Tisch mit der blonden Frau … ist das nicht Gérard Depardieu?«

Odette lachte. »Das habe ich auch erst gedacht, als ich ihn gesehen habe. Aber er ist es nicht, er sieht ihm nur unheimlich ähnlich.«

»Schade, ich hätte so gerne ein Autogramm von ihm. Er ist ein genialer Schauspieler.«

»Ja, ich liebe den Film *Cyrano von Bergerac*.«

»Ich auch, er ist ganz bezaubernd.«

Als es schon spät war und sie aufbrechen wollten, blieb Lagarde bei seiner Verlobten. Er musste nur noch das Geschenk für sie aus seinem Auto holen, das er nun lange genug spazieren gefahren hatte.

Er wandte sich an seine Freunde. »Fahrt ohne mich, ich bleibe hier. Odette und ich wollen noch ein Glas Veuve Clicquot zusammen trinken. Zu unserer Besprechung morgen früh werde ich pünktlich sein.«

»Wie du willst«, sagte Etienne mit einem Grinsen. »Wenn wir Valérie heimgefahren haben, zünden wir auf deiner Terrasse ein Feuer im Kamin an, holen den besten Roten aus deinem Keller und erzählen uns Räubergeschichten von früher.«

»Macht, was ihr wollt, aber vergesst auf keinen Fall, Alexandre zu füttern.«

»Niemals«, versicherte Samy. »*Bonne Nuit!*«

»*Bonne Nuit!*«

Jean-Gustave Binet machte im Stadtpark von Valognes einen Abendspaziergang. Die letzten Sonnenstrahlen tauchten die steinernen Skulpturen und den Springbrunnen in goldenes Licht, dann verschwand die Sonne hinter dem Horizont. Er dachte über das Gespräch mit den Polizisten nach und war sehr beunruhigt. Waren sie wirklich nur gekommen, um seine Geschichte zu hören, oder hatten sie ihn erneut in Verdacht? Darüber konnte er nur spekulieren, er hatte keine Ahnung, welche Absichten sie verfolgten. Als er an einer Gruppe junger Leute vorbeikam, die auf einer Wiese saßen, sich eine Flasche Rotwein teilten und zu den Klängen einer Gitarre sangen, überfiel ihn tiefe Traurigkeit. Er hatte auch einmal ein glückliches Leben geführt, doch das war lange vorbei.

Zu Hause aß er Knoblauchbaguette und Salat, sah fern und ging schließlich zu Bett. Zuvor kippte er das Fenster im Schlafzimmer, denn er schlief gerne bei frischer Luft. Er wälzte sich im Bett hin und her und konnte lange nicht einschlafen. In seinem Traum war er wieder im Gefängnis, bedrohlich wirkende Männer umringten ihn beim Hofgang und kamen immer näher. Die Wärter sahen in die andere Richtung. Als ihn die erste Faust in den Magen traf, schreckte er hoch.

Verwirrt blickte er sich mit rasendem Herzschlag um, bis er begriff, dass er sich in seinem Bett befand. Er lehnte sich zurück und versuchte, sich zu beruhigen. Es war nur ein böser Traum gewesen.

Doch dann hörte er das Geräusch. Es knisterte und knackte. Zunächst dachte er, dass es Regen war, der gegen das Fenster prasselte. Doch ein greller, gelboranger Lichtschein im Garten irritierte ihn. Was war das? Er sprang aus dem Bett und schaute aus dem Fenster. Entsetzt stellte er fest, dass sein Gartenhaus lichterloh brannte. Die Flammen schlugen hoch in den schwarzen Himmel, fraßen sich ins Holz und fauchten.

Rasch zog er sich an, rannte die Treppe hinunter ins Erdgeschoss und riss unterwegs den Feuerlöscher im Flur aus der Verankerung. Als er in den Garten stürzte, schlug ihm glühende Hitze entgegen. Erschrocken trat er einige Schritte zurück. Mit zitternden Fingern aktivierte er den Feuerlöscher und sprühte den Schaum auf das Feuer, obwohl im klar war, dass er damit nichts mehr ausrichten konnte.

Der Nachbar im ersten Stock beugte sich aus dem Fenster. »Geh vom Feuer weg, Jean! Das hat doch keinen Sinn. Ich habe die Feuerwehr gerufen, sie wird gleich da sein. Meine Frau und ich verlassen jetzt das Haus, bevor der Brand noch übergreift. Wir treffen uns vor der Haustür auf der Straße, dort sind wir in Sicherheit. Los, mach schon!«

Als Binet sich endlich aus seiner Starre riss und der

Aufforderung folgte, gab es eine Verpuffung. Die Tür des Blockhauses wurde aus den Scharnieren gerissen und wirbelte wie ein Blitz durch den Garten, um dann in ein Blumenbeet zu stürzen. Die Druckwelle drückte Binet an die Hauswand, und er zog sich in den Flur zurück.

Als er auf der Straße auf seine Nachbarn und Schaulustige traf, hörte er schon von weitem die Feuerwehrsirenen.

ACHTER TAG

FLASCHENPOST

Lagarde traf kurz vor neun zu Hause ein und fand seine Kollegen im Arbeitszimmer. »Bonjour«, wünschte er gut gelaunt, und mit einem Blick auf den Tisch fügte er hinzu: »Ihr habt Kaffee gekocht und Rosinenschnecken besorgt, *merci bien*. Ich bin am Verhungern.«

»Das Gebäck ist vom Bäcker in Barfleur«, erzählte Valérie. »Er macht die besten Schnecken.«

»Das stimmt.«

»Wir haben deinen Kater gefüttert«, meldete Etienne. »Zum Dank hat er uns angefaucht.«

»Heute Morgen habe ich sogar seine Näpfe geschrubbt«, informierte Samy ihn. »Zum Frühstück gab es Katzenmilch und Kaninchen-Pâté.«

»Ich danke euch.«

»Nach der Fütterung des Raubtieres bin ich schwimmen gegangen, das Wetter ist herrlich heute, und stell dir vor, ich habe auf den Klippen Brandseeschwalben gesehen.« Samys Augen leuchteten vor Begeisterung. »Hier wirkt der Himmel höher als am Verdon, das liegt wahrscheinlich an der Nähe des Meeres.«

»Ich habe ihn zur Bucht begleitet«, erzählte Etienne. »Er hat sich benommen wie ein liebestoller Fischotter.«

Samy war empört. »Jetzt übertreibst du aber.«

Sein Freund grinste, wurde dann aber wieder ernst und klatschte in die Hände. »Lasst uns anfangen.«

»Einverstanden.« Valérie stand auf und begann die Liste an der Pinnwand mit den verdächtigen Personen fortzuführen:

- Gilles Morgan: Haare von Natur aus blond?; Motiv unklar; Gelegenheit ja
- Pierre Ferret: DNA-Vergleich liegt noch nicht vor; Motiv schwach; Gelegenheit ja
- Martin Legrand: nach Auskunft der Mutter im australischen Outback verschollen
- Hendrik aus Schweden: Umweltaktivist bei Greenpeace; Motiv unklar; Gelegenheit ja
- Jean-Gustave Binet: Motiv unklar; Gelegenheit ja
- Gérard du Plessis: Motiv unklar; Gelegenheit unklar

Samy blickte auf den Namen Hendrik und tippte dann auf seinem Tablet. Ihm war eine Idee gekommen, und er loggte sich auf die Website der Zentrale von Greenpeace Schweden ein. Es gab zahlreiche Links. Eine Verbindung führte zu kleinen YouTube-Filmen, die Umweltaktivisten selbst aufgenommen hatten. Er klickte die Aufzeichnungen der letzten Monate durch und landete tatsächlich einen Treffer.

»Schaut euch das an.« Er deutete auf den Bildschirm. Die anderen stellten sich neugierig hinter ihn, und gemeinsam sahen sie sich den kurzen Film an. Zunächst tauchte eine Ölplattform auf, die von hohen Wellen und Gischt umspült wurde. Dem norwegischen Schriftzug auf einem Container nach handelte es sich wohl um die Nordsee. Dann wurde eine Szene herangezoomt, die einen jungen Mann mit vom Wind zerzausten dunklen Haaren zeigte, der sich in Schwindel erregender Höhe an einen Eisenpfeiler gekettet hatte und eine entschlossene Miene zeigte. Es handelte sich zweifelsfrei um den Hendrik vom Foto. Um den Hals hatte er ein Schild, auf dem stand: *Greenpeace fordert: Stoppt das Abschlachten der Wale und die Ausbeutung der Meere weltweit sowie die Erdölförderung und die dadurch entstehende Umweltverschmutzung!*

»Er hat Carine die Wahrheit erzählt«, stellte Samy fest. »Hendrik ist tatsächlich Umweltaktivist bei Greenpeace. Ich werde dort in der Zentrale anrufen und darum bitten, dass er sich so schnell wie möglich melden soll.«

»Sehr gut«, meinte Lagarde. »Ich bin gespannt, ob er das auch tut.«

Valérie hatte den Laborbericht über die Untersuchung der Flaschenpost vor sich auf dem Tisch liegen. »Auf der Flasche fanden sich, abgesehen von den Fingerabdrücken des Schäfers, keinerlei Spuren, wahrscheinlich, weil sie längere Zeit im Wasser lag. Das Etikett auf dem Glas war karmesinrot, alle anderen Hinweise hat das Wasser weggespült. Die Vermutung steht im Raum, dass es sich um einen selbst entworfenen ausgedruckten Aufkleber handeln könnte und nicht um ein Industrieetikett. Der Inhalt der Flasche war Calvados, hochprozentig, es handelte sich also womöglich um selbst gebrannten beziehungsweise schwarz gebrannten Schnaps. Die handelsübliche Ware hat einen geringeren Alkoholanteil. Auf dem Blatt, auf dem die Nachricht stand, konnten Fingerabdrücke sichergestellt werden, die jedoch nicht identifizierbar waren.«

»Was fangen wir mit diesen Informationen an?«, fragte Etienne und fuhr sich durch seine störrischen Locken.

»Wir stellen sie vorläufig zurück«, sagte Lagarde. »Was mich im Moment mehr interessiert, sind Valéries Recherchen über ähnliche Überfälle auf Frauen in der Gegend.«

Valérie holte andere Unterlagen aus dem Stapel und breitete sie vor sich aus. »In Ordnung, ich bin bei der chronologischen Durchsicht von Polizeiberichten der letzten zehn Jahre auf dem Cotentin auf drei Fälle gestoßen, die Ähnlichkeiten mit dem Angriff auf Claire Lamare haben. Marianne Fleury, damals neunzehn Jahre alt, wurde am Abend des 11. November 2013 in der Nähe der Ortschaft Urville-Bocage beim Joggen überfallen. Sie konnte flüchten und sich verstecken. Sie gab an, dass es sich bei dem Angreifer um einen Mann handelte, beschreiben konnte sie ihn nur ungenau. Er wurde nie gefunden.« Sie trank einen Schluck Wasser, dann fuhr sie fort. »Mireille le Clerc, damals zweiundzwanzig Jahre alt, wurde im Juni 2016 abends im Wald bei Bricquebec angegriffen. Ein Jäger hörte ihre Schreie und kam ihr zu Hilfe, der Täter flüchtete unerkannt. Sie sagte aus, dass er dunkle Haare hatte und schwarz gekleidet war. Der Mann wurde ebenfalls nie gefunden und hinterließ keine verwertbaren Spuren. Der dritte Fall betrifft Brigitte Duval, damals achtzehn Jahre alt. Sie machte am Abend des 7. September 2017 einen Strandspaziergang an der Trichtermündung von Portbail. Dort wurde sie überfallen und vergewaltigt. Sie beschrieb den Mann als kräftig, mehr konnte sie jedoch nicht sagen. Auch er wurde nie gefunden. An ihrer Kleidung befanden sich Spuren des Täters, die untersucht wurden, leider ohne Ergebnis. Ich habe veranlasst, dass sie mit der DNA, die bei Claire Lamare sichergestellt wurde, verglichen werden.« Bedrückt schenkte sie sich Kaffee nach.

Lagarde sah in die Runde. »Wir müssen dringend mit den Opfern sprechen.«

In diesem Moment begann das Faxgerät zu rattern. Etienne zog ein Papier heraus und warf einen kurzen Blick darauf. »Es sind die Laborergebnisse der Untersuchung des Armbandes und des Klappmessers.« Er setzte sich wieder an den Tisch und berichtete: »Auf dem Armband wurden keine Spuren gefunden, aber auf dem Messer konnten Fingerabdrücke gesichert werden, die in einem Polizeiregister hinterlegt sind.« Verblüfft hielt er inne und starrte auf den Text. »Hier stehen einige Angaben über diese Person.«

»Was ist denn los?«, wollte Samy wissen.

»Das gibt es doch nicht. Die Spuren stammen von einem Serge Montebourg, zweiundfünfzig Jahre alt. Er ist ein polizeibekannter Kleinganove und hat etliche Vorstrafen: Körperverletzung, Diebstahl, Einbruchdiebstahl, Hehlerei, Kleindealerei, Betrug und so weiter und so weiter.« Kopfschüttelnd las er weiter vor: »Der Mann hat zum Beispiel aus dem Teich des Schlosses Urville-Nacqueville wertvolle Kois gestohlen und sie verkauft. Am Bahnhof von Cherbourg hat er gedealt. Aber viel interessanter ist seine Adresse.« Erwartungsvoll sahen die anderen ihn an. »Sein Wohnsitz ist die Gärtnerei Tournesol in Bricquebec.«

»Was?« Samy starrte ihn mit hochgezogenen Augenbrauen an. »Die Gärtnerei, die in dem Brief in der Flaschenpost erwähnt wird und einer gewissen Virginie Montebourg gehört?«

»Exakt.«

»Ich schlage vor, wir fahren hin und klären die Sache auf, am besten sofort.«

»Was haltet ihr davon, wenn wir uns aufteilen?«, meinte Lagarde. »Valérie und ich fahren zu der Gärtnerei, und ihr beide versucht, den Absender der Flaschenpost zu finden. Mir ist klar, dass das keine leichte Aufgabe ist, aber einen Versuch ist es wert. Anschließend treffen wir uns wieder und besuchen die Opfer der Überfälle.«

Etienne hatte Bedenken. »Wie soll das gehen, Philippe? Der Schäfer hat die Flaschenpost vor vier Jahren kurz nach dem Mord an Claire Lamare am großen Wehr entdeckt. Da gibt es tausend Möglichkeiten.«

»Zehntausend«, meinte Samy. »Uns fällt schon etwas ein, Kumpel.«

Dann klingelte Lagardes Handy. Nachdem er das kurze Gespräch beendet hatte, sagte er: »Das war Jean-Gustave Binet. Seine Gartenhütte ist heute Nacht abgebrannt. Er möchte, dass wir vorbeikommen und uns den Schaden ansehen. Ich habe zugesagt, weil die Brandursache aufschlussreich sein könnte. Praktischerweise liegt Valognes auf dem Weg.«

Sie fuhren mit zwei Fahrzeugen und erreichten Valognes nach einer guten halben Stunde. Da die wenigen Parkbuchten in der Rue Pelouze besetzt waren, fuhren sie ein Stück weiter zum Parkplatz des Boulodrome und gingen zu Fuß zu Jean-Gustave Binets Haus. Die Haustür war verschlossen, und niemand öffnete auf ihr Klingeln hin. Ein schmaler Durchgang zwischen zwei Gebäuden führte sie zu der Gartenanlage. Auf dem Zufahrtsweg hinter den Parzellen standen noch ein Einsatzleitfahrzeug der Feuerwehr und ein Löschfahrzeug, die anderen Autos waren offenbar bereits abgerückt.

Die Parzelle von Binet war ein Ort der Verwüstung. Von dem hübschen Gartenhäuschen waren nur noch verkohlte, vom Feuer angefressene Bretter und Dachlatten sowie rußschwarze Metallverstrebungen übrig. Der Rest der Tür lag in einem Blumenbeet, die herzförmigen Fenster wirkten angesichts der vorausgegangenen Feuerkatastrophe grotesk. Der verbrannte Obstbaum ragte skelettartig in den lichtblauen Herbsthimmel, und in der Luft lag nach wie vor beißender Rauchgeruch. Auf dem

Grundstück standen Binet, ein Mann im Jogginganzug und Feuerwehrleute.

Als Binet sie sah, winkte er sie zu sich. »Danke, dass Sie gekommen sind.«

Der Mann in Freizeitkleidung stellte sich als ein Nachbar vor. Die Feuerwehrfrau nahm die Mütze ab, schüttelte die kastanienbraunen Locken und wandte sich an die Polizisten. »Wir gehen von Brandstiftung aus. So wie sich die Sachlage bisher darstellt, hat jemand in der Hütte mehrere Liter Benzin vergossen, damit eine Spur bis nach draußen gezogen und sie entzündet. Da die Hütte abgesperrt war, muss jemand das Schloss aufgebrochen haben. Es handelte sich um ein einfaches Vorhängeschloss.«

»Wann brach der Brand aus?«, wollte Lagarde wissen.

»Gegen halb zwei. Kurz darauf ging bei uns der Notruf ein, und wenige Minuten später waren wir hier. Wenn wir nicht so schnell ausgerückt wären, hätte das Feuer auf das Wohnhaus übergreifen können. Der Brandmeister will die police judiciaire in Cherbourg einschalten, denn wenn sich die Hinweise auf Brandstiftung bestätigen, muss natürlich ermittelt werden.«

»Haben sich Zeugen gemeldet?«

»Bisher leider nicht. Gendarmen sind gerade bei einer Anwohnerbefragung, hoffentlich sind sie erfolgreich.« Sie wandte ihm das blasse Gesicht mit den zarten Sommersprossen zu. Sie wirkte besorgt. »Wir befinden uns hier inmitten des historischen Stadtzentrums, Monsieur le Commissaire. Hier gibt es Fachwerkhäuser, Holzbalkone, Reetdächer, der ganze Stadtteil hätte abbrennen können, das geht rasend schnell. Die Polizei muss den Brandstifter finden.«

Sie verabschiedeten sich. Binet begleitete sie noch bis zu ihren Autos. Er war aufgebracht und sah übernächtigt aus. »Wer macht denn so etwas?«

»Das frage ich mich seit unserem gestrigen Gespräch«, antwortete Lagarde. »Es könnte sein, dass jemand Hass gegen Sie hegt. Das ist ein sehr persönliches Motiv. Die Frage ist nur, wer glaubt, einen Grund dafür zu haben. Wir werden mit den Kollegen in Cherbourg zusammenarbeiten und uns austauschen. Passen Sie gut auf sich auf, bis die Polizei den Brandstifter überführt hat. Der scheint es ernst zu meinen. Rufen Sie mich an, wenn ich etwas für Sie tun kann.«

»Merci beaucoup, Monsieur le Commissaire.«

Valérie fuhr über die Landstraße nach Bricquebec. Die hügelige Landschaft war von Weiden und Feldern gesäumt, aus deren Erde Lauchstangen ragten. Schwarzweiß gefleckte Rinder standen in der Sonne und grasten. Hin und wieder durchquerten sie einen Wald mit efeuumrankten Buchen und Eichen mit mächtigen Laubkronen. Auf einer Anhöhe lag ein Weiler, der von einer bewehrten Granitsteinkirche überragt wurde.

Valérie zog die Stirn kraus. »Und wenn Binet doch Claires Mörder ist und sein Gartenhaus selbst angezündet hat, um von sich abzulenken?«

»Das ist natürlich nicht auszuschließen, aber es erscheint mir sehr unwahrscheinlich«, erwiderte Lagarde. »Ich hatte den Eindruck, dass er sehr an der Hütte hängt.«

»Es schadet doch nichts, einen DNA-Test mit ihm zu machen und das Ergebnis mit den Spuren an Claire Lamares Körper zu vergleichen.«

»So einfach ist das nicht. Schließlich wurde er freigesprochen. Er müsste einem solchen Test zustimmen. Warum sollte er das tun?«

»Um sich zu entlasten?«

»Er ist durch den Freispruch bereits entlastet.«

Sie seufzte. »Das stimmt.«

Nach einer Viertelstunde erreichten sie Briquebec, einen malerischen kleinen Ort, in dem die Zeit stehengeblieben war. Sie passierten die Burganlage aus dem dreizehnten Jahrhundert und fuhren wenige hundert Meter wieder aus der Ortschaft hinaus bis zu einer Kreuzung, an der ein schiefes, ramponiertes Schild mit der Aufschrift *Gärtnerei Tournesol* stand. Von dort aus sahen sie auf einer Anhöhe vereinzelte Gebäude und Gewächshäuser inmitten von altem Baumbestand. Sie kamen an einer Schafherde vorbei, die sich in einem Freilauf aufhielt, dann fuhren sie durch ein offen stehendes Holztor auf den Hof der Gärtnerei. Valérie parkte vor dem Haupthaus neben einem verbeulten Renault-Pritschenwagen.

Sie stiegen aus und schauten sich um. Kein Mensch war zu sehen. Das Gebäude, vor dem sie standen, machte einen heruntergekommenen Eindruck. Von der ockerfarbenen Fassade bröckelte der Putz, die Fensterläden waren vom Wetter ausgebleicht, und die Gardinen wirkten gelblich verschlissen. Über eine provisorische Steintreppe gelangten sie zur Eingangstür. Da es keine Klingel gab, klopfte Lagarde kräftig gegen das Holz. »Bonjour«, rief er. »Wir sind von der Polizei und wollen mit Ihnen reden.« Keinerlei Reaktion. »Sehen wir uns mal um«, schlug er vor.

Der Weg führte um das Haus herum durch eine Wiese, die schon lange niemand mehr gemäht hatte und auf der einige Hühner in der Erde pickten. Rechter Hand gab es zwei kleine Gebäude, die einen verlassenen Eindruck machten, und eine Garage, die bis auf einen Reifenstapel und einige Kanister leer war. Dazwischen stand ein altmodischer Backofen mit verrußtem Einschub. Hinter den Häusern erstreckten sich parallel verlaufende Blumenbeete mit verdorrten Pflanzen, links davon standen drei Folientunnel. Die durchsichtigen Kunststoffplanen wiesen zum Teil Risse auf, an manchen Stellen waren Dreiecke herausgerissen, die im Wind flatterten. Daneben befand sich eine tiefe betonierte Grube, die mit organischem Abfall fast bis zur Mitte gefüllt war. Der Komposthaufen verströmte einen unangenehm süßlichen Fäulnisgeruch. Bis auf das Rauschen der Laubkronen und dem Vogelgezwitscher war kein Geräusch zu hören. Valérie empfand diese abgelegene, verwahrloste Örtlichkeit als unheimlich, und sie fuhr zusammen, als plötzlich eine schwarze Katze an ihr vorbeirannte. Lagarde blickte sich suchend um und meinte schließlich im ersten Folientunnel eine Bewegung wahrgenommen zu haben. »Ich glaube, da ist jemand.«

Tatsächlich stand, halb von einer Trennwand verborgen, ein Mann vor langen, leeren Tischreihen, neben ihm ein Haufen Erde. Er war damit beschäftigt, Blumentöpfe aus Kunststoff in einen Sack zu stopfen. Neben ihm stand eine Flasche Bier, zwischen den Lippen hing eine Zigarette. Als Lagarde ihn ansprach, fuhr er erschrocken herum. Die Augen unter den buschigen Brauen blitzten zornig auf, nervös fuhr er sich mit der Hand über das aus der zerfurchten Stirn gekämmte fettige Haar.

»Was wollen Sie hier?«, herrschte er sie an. Dabei fiel ihm die Zigarette aus dem schmalen Mund, und er drückte sie mit seinem Stiefel aus. »Sie können hier nicht einfach eindringen. Das ist Privatbesitz, verschwinden Sie.«

»Immer mit der Ruhe«, versuchte Lagarde, ihn zu beschwichtigen, und hielt seinen Dienstausweis hoch. »Wir sind von der Polizei und wollen mit Serge Montebourg sprechen. Sind Sie das?«

»Ja, aber ich will nicht mit Ihnen sprechen. Verlassen Sie sofort mein Grundstück. Es gibt nichts zu reden, ich habe nichts verbrochen.«

»Das behauptet auch niemand, es handelt sich nur um eine Befragung.«

Er rieb sich mit wütendem Gesichtsausdruck die Boxernase, griff dann unvermittelt nach einer Harke, erhob sie drohend und brüllte: »Raus!«

Valérie fuhr erschrocken zurück.

»Das ist Bedrohung von Polizeibeamten«, sagte Lagarde mit ruhiger Stimme. Nur wer ihn kannte, wusste, dass er bald die Geduld verlieren würde. »Legen Sie die Harke sofort wieder hin, und hören Sie mir jetzt bitte genau zu. Wir ermitteln in einem Mordfall. Eine junge Frau, Claire Lamare, wurde vor vier Jahren bei Saint-Jean überfallen und getötet. In der Nähe des Tatorts wurde ein Klappmesser gefunden, auf dem sich Ihre Fingerabdrücke befinden.«

Aufgebracht starrte der Mann ihn an und ließ die Harke sinken. »Sie wollen mir einen Mord anhängen? Sind Sie verrückt? Okay, ich war schon ein paarmal im Knast, wie Sie sicher bereits in Erfahrung gebracht haben, aber nur wegen Bagatellen. Nie habe ich einer Frau etwas getan, das schwöre ich. Ich bin doch kein Mörder.«

»Ich schlage vor, wir gehen ins Haus und sprechen in Ruhe miteinander. Wenn Sie sich weigern, nehmen wir Sie auf die Wache nach Cherbourg mit.«

»Also gut, kommen Sie.« Er steckte sich mit fahrigen Händen eine weitere Zigarette an und ging mit ihnen zum Hauptgebäude. Durch einen düsteren Korridor führte er sie über einen abgewetzten Linoleumboden in die Küche, die mit einer altmodischen Blümchentapete tapeziert war. Sie setzten sich um den Tisch, auf dem sich benutzte Teller, Töpfe mit eingetrocknetem Essen und leere Pizzaschachteln stapelten. Die Luft in dem gedrungenen Raum war abgestanden, und es roch nach altem Fett.

Unter den bösen Blicken von Montebourg stand Valérie auf und öffnete ein Fenster, dann setzte sie sich neben Lagarde. Der Mann in dem verdreckten Overall war ihr unangenehm. Intuitiv spürte sie, dass von ihm eine latente Gefahr ausging. Lagarde warf ihr einen kurzen Blick zu, der sie wohl beruhigen sollte, und ergriff das Wort.

»Die Eigentümerin der Gärtnerei ist Virginie Montebourg, ist das richtig?«

»Ja.«

»Wer ist das?«

»Das ist meine Tante.«

»Sie wohnen hier zusammen?«

»Genau. Ich helfe ihr bei der Grabpflege auf dem Friedhof von Bricquebec, damit verdienen wir unser Geld. Meine Tante ist siebenundsiebzig Jahre alt und braucht bei dieser Arbeit meine Unterstützung. Aber eigentlich mache ich sie inzwischen fast allein. Virginie ist krank und häufig bettlägerig. Außerdem leidet sie unter fortgeschrittener Demenz.«

»Ist sie hier im Haus?«

»Ja, natürlich, wo denn sonst? Sie ist oben in ihrem Schlafzimmer. Ich kümmere mich um sie, koche für sie und pflege sie.«

»Dürfen wir Ihre Tante kurz besuchen und ihr guten Tag sagen?«

»Das geht jetzt leider nicht, ich habe ihr vorhin ihre Medikamente gegeben, und jetzt schläft sie. Ich möchte sie nicht aufwecken, sie braucht ihre Ruhe.«

»Wie Sie meinen. Wohnt sonst noch jemand hier?«

»Nur wir beide.«

Lagarde holte den Beutel mit dem Klappmesser aus der Jackentasche, schob mit seinem Unterarm einen Stapel Teller zur Seite und legte den Beutel auf den Tisch. »Sehen Sie sich das Messer an. Kommt es Ihnen bekannt vor?«

»Nein.«

»Monsieur Montebourg, Ihre Fingerabdrücke befinden sich darauf. Sie müssen es zumindest einmal in der Hand gehalten haben.«

Der Mann betrachtete die Waffe genauer. »Das ist ein schönes Messer mit Olivenholzschalen, sehr hochwertig.«

»Jagen Sie?«

»Nein, aber ein paar Kumpels von mir, deshalb kenne ich mich ein bisschen aus.«

»Ist das Ihr Messer?«

»Vielleicht habe ich mal ein solches Messer besessen, vielleicht hatte ich es mir ausgeliehen, vielleicht habe ich es verloren.« Eindringlich sah er Lagarde an. »Ich kann mich nicht mehr erinnern. Sie haben doch selbst gesagt, dass es vor vier Jahren irgendwo gefunden wurde. Wie soll ich das jetzt noch wissen?«

»Es wurde nicht einfach irgendwo gefunden, es wurde auf einem Feldweg zwischen Saint-Jean und Saint-Georges entdeckt, und wir gehen davon aus, dass ein Zusammenhang mit dem Mord besteht. Was haben Sie vor vier Jahren an den Bahngleisen bei Saint-Jean gemacht?«

»Ich war da noch nie.« Er wurde laut. »Jemand anderes muss das Messer verloren haben. Womöglich ist es mir gestohlen worden.«

»Sind Sie Claire Lamare gefolgt, nachdem sie die Disco verlassen hatte, und sind Sie dann im Schutz der Dunkelheit über sie hergefallen?«

»Nein! Ich weiß doch gar nicht, wer das ist, und ich erwürge auch keine Frauen!«, brach es aus ihm hervor.

Ein Moment der Stille trat ein. »Woher wissen Sie, dass sie erwürgt wurde?«

Er zuckte unbehaglich die Schultern. »Es stand in der Zeitung.«

»Sie bestreiten also, die Tat begangen zu haben?«

»Genau das tue ich. Sie können mir nichts nachweisen. Jeder könnte das Messer in seiner Hosentasche gehabt haben.«

»Oder es war in Ihrer Hosentasche.«

»Blödsinn.«

»Wo waren Sie am Abend des 28. September 2014 gegen zweiundzwanzig Uhr?«

»Wo waren Sie denn da? Das weiß doch kein Mensch mehr.«

Lagarde lehnte sich zurück, verschränkte die Arme und sah Montebourg mit ernster Miene an. »Ihre Aussagen überzeugen mich nicht. Fingerabdrücke auf einer Waffe in der Nähe eines Tatortes sind ein starkes Indiz. Außerdem muss ich nach Ihrem Verhalten vorhin davon ausgehen, dass Fluchtgefahr besteht. Monsieur Montebourg, ich verhafte Sie wegen des dringenden Tatverdachtes, Claire Lamare am späten Abend des 28. September 2014 getötet zu haben.«

Montebourg sprang erbost auf. »Das können Sie nicht machen! Ich bin unschuldig.«

»Setzen Sie sich wieder hin.«

Der Mann sank auf den Stuhl zurück und rieb sich aufgeregt das Stoppelkinn.

»Valérie, rufst du bitte in Cherbourg an? Sie sollen einen Streifenwagen vorbeischicken und ihn abholen«, bat Lagarde sie.

»In Ordnung.«

»Kannst du danach bitte nach der alten Dame sehen? Wir können sie nicht hier allein lassen. Vielleicht kann man sie für ein paar Tage bei Nachbarn unterbringen oder in einem Kurzzeitpflegeheim.«

»Geht klar.« Nachdem Valérie telefoniert hatte, ging sie über die knarrenden Holzstufen in den ersten Stock.

Lagarde wandte sich an Montebourg. »Dann warten wir jetzt, bis die Kollegen eintreffen.«

Der Mann machte noch immer einen schockierten Eindruck, bohrte die geballten Fäuste in die Hosentaschen und brütete mit gerunzelter Stirn vor sich hin.

Lagarde stand auf und machte einen Schritt auf die Tür zu, weil er meinte, ein Geräusch im ersten Stock gehört zu haben. In dem Moment sprang Montebourg auf, stieß ihn gegen die Spüle und rannte aus der Küche. Doch es brauchte nur zwei Sätze, und Lagarde hatte ihn fest am

Arm.»Sie setzen sich jetzt auf den Küchenstuhl und warten, bis die Kollegen Sie abholen. Noch so ein Versuch, und ich werde Ihnen Handschellen anlegen.«

Der Mann setzte sich, starrte auf den Fußboden und sagte kein Wort mehr. Im ersten Stock konnte man Schritte hören, die sich langsam in Richtung Treppenabgang bewegten. Kurz darauf war Valérie zurück.

»Ich habe in alle Zimmer geschaut, da ist niemand.«

Sie sah fragend auf Montebourg. Er zeigte ein argloses Lächeln. »Dann ist Tante Virginie wieder davongelaufen. Demenzerkrankte Menschen machen das oft, sie sind manchmal etwas orientierungslos. Ich kann sie schließlich nicht einsperren, das ist ihr Zuhause, kein Gefängnis. Sie hat einen Lieblingsplatz im Wald, dort steht eine Futterkrippe, wo sie die Rehe beobachtet. Früher oder später kommt sie zurück, oder sie besucht ihre Freundin Caroline, die hier in der Nähe wohnt. Wir haben alles im Griff.«

»Wie ist Carolines Nachname?«

Der Mann zögerte unmerklich. »Leroux.«

Lagarde nickte. »Also gut. Gehen wir und warten wir vor dem Haus auf die Kollegen. Sie werden sicher gleich eintreffen.«

Serge Montebourg leistete keinerlei Widerstand, als die Polizisten ihn abführten und in den Wagen setzten. Als sie den Hof verlassen hatten, meinte Valérie: »Die Geschichte mit der Tante kommt mir komisch vor. Da stimmt doch was nicht. Oben in den Zimmern deutete nichts darauf hin, dass dort eine alte Frau lebt. Es waren zwar ein paar Frauenkleidungsstücke im Schrank, und im Badezimmer lagen Kosmetikartikel, aber es gab nichts Persönliches, keine Medikamente, keine Zeitschriften, keine Bücher, einfach nichts.« Ratlos sah sie ihn an. »Ich verstehe das nicht.«

»Das ist in der Tat seltsam. Der Mann und das ganze Anwesen sind seltsam. Wie kann man Grabpflege anbieten, wenn man keine Blumen hat? Das alles gefällt mir gar nicht.«

»Was unternehmen wir jetzt?«

»Wir warten erst mal ab, was Samy und Etienne herausfinden. Einverstanden?«

»Einverstanden.« Nachdenklich drehte sie ihren Zopf um den Finger. »Philippe?«

»Ja?«

»Glaubst du, dass er Claire Lamare getötet hat?«

»Ich weiß es nicht. Ein Tötungsdelikt passt eigentlich nicht zu seinem bisherigen Profil als Kleinkrimineller. Aber bei seinem Verhalten hatten wir keine andere Möglichkeit, als ihn erst mal mitzunehmen.«

Mireille le Clerc wohnte in einem Haus im Ortskern von Bricquebec. Nachdem sie geklingelt hatten, öffnete eine Frau um die fünfzig die Tür und sah sie freundlich an. Lagarde zeigte seinen Ausweis. »Wir möchten gerne mit Mireille le Clerc sprechen.«

Die Frau erschrak. »Ist etwas passiert?«

Lagarde beruhigte sie. »Es ist alles in Ordnung. Wir brauchen nur eine Aussage von ihr, sie könnte eine wichtige Zeugin sein. Darf ich fragen, wer Sie sind?«

»Mein Name ist Sophie le Clerc, ich bin Mireilles Mutter. Meine Tochter ist vor zwei Jahren überfallen worden, seitdem habe ich immer Angst um sie. Das war eine schwere Zeit.«

»Das kann ich gut verstehen. Wir wissen von dem Überfall, deshalb wollen wir mit ihr reden.«

»Suchen Sie den Täter?«

»Ja.«

»Hoffentlich finden Sie ihn, dann können wir endlich wieder ruhig schlafen.«

»Wir tun unser Bestes.«

»Mireille ist Verkäuferin in der Bäckerei im Ort. Fahren Sie weiter Richtung Kirche, dann am Kreisverkehr rechts. Das Geschäft liegt direkt am Marktplatz.«

»Vielen Dank, Madame le Clerc. Das finden wir.«

Sie fanden einen Parkplatz direkt vor der Bäckerei. Unter der Markise an einem Bistrotisch stand eine zierliche rothaarige Frau, die eine Schürze mit dem Bäckereilogo umgebunden hatte. Sie trank Kaffee und rauchte. Lagarde und Valérie stellten sich vor.

»Ich bin Mireille le Clerc«, sagte sie, »ich mache gerade Pause.«

Lagarde erklärte mit kurzen Worten ihr Anliegen. »Es könnte sein, dass es sich um denselben Täter handelt, deshalb möchten wir mit Ihnen sprechen. Können Sie uns bitte erzählen, was damals passiert ist?«

»Ja, sicher, ich möchte helfen. Darf ich Ihnen einen Kaffee anbieten?«

Sie lehnten dankend ab. Mireille drückte ihre Zigarette aus und konzentrierte sich. »Es war der Abend des 22. Juni 2016. Ich werde ihn nie vergessen. Mein Freund Albert und ich waren in seiner Jagdhütte verabredet. Er ist begeisterter Jäger, müssen Sie wissen, und er wollte an diesem Abend noch das Revier erkunden. Zu dieser Zeit riss ein streunender Hund immer wieder Schafe, und Albert hatte vor, nach ihm zu suchen. Gegen zweiundzwanzig Uhr wollten wir uns treffen.« Sie trank einen Schluck Kaffee und steckte sich die nächste Zigarette an. »Entschuldigen Sie, aber die Erinnerung macht mich total nervös.«

»Das ist nur zu verständlich, lassen Sie sich Zeit.«

»Um viertel nach neun Uhr bin ich losgegangen, ich habe mich so auf dieses Treffen gefreut, es sollte ein romantischer Abend werden, mit Kerzenlicht und einem Glas Wein, Sie wissen schon. Ich bin zum Ortsrand gegangen, einige hundert Meter auf einem Pfad durch den Wald und dann vorbei am medizinischen Labor. In meinem Rucksack hatte ich eine Taschenlampe, aber ich brauchte sie nicht. Es war dämmrig, und ich konnte den Weg gut sehen. Nachdem ich ein Stück auf der Hauptstraße gegangen war, bin ich in einen Waldweg eingebogen, der stetig aufwärts zu der Hütte führt. Als ich an den Bienenstöcken vorbeikam, hörte ich ein Geräusch. Es kam aus den Büschen. Zuerst hatte ich ein wenig Angst, aber dann sagte ich mir, dass dort sicherlich ein nachtaktives Tier unterwegs sei. Kurz vor dem Wasserturm sprang dann ein Mann aus dem Gebüsch und stürzte sich auf mich. Wir fielen beide auf die Erde, er umklammerte mich, und wir rollten ein Stück den Berg hinunter. Ich schrie unentwegt laut um Hilfe. Albert, der schon an der Hütte war, hörte mich und kam mir zu Hilfe. Als er den Mann sah, der mich überfallen hatte, schoss er mit seinem Jagdgewehr in die Luft. Daraufhin ließ der Angreifer von mir ab und rannte in den Wald. Albert sah kurz nach mir, dann verfolgte er ihn, aber er hat ihn nicht gefunden. Der Mann war wie vom Erdboden verschluckt.« Sie schwieg erschöpft.

»Soll ich Ihnen noch einen Kaffee holen?«, erkundigte sich Lagarde.

»Nein danke, ich muss gleich wieder rein, meine Pause ist vorbei.«

»Nur noch eine Frage. Ist Ihnen an dem Mann noch etwas aufgefallen, außer dass er dunkle Haare hatte und schwarz gekleidet war?«

»Ja, er hat fürchterlich nach Knoblauch gestunken. Seitdem wird mir übel, wenn ich Knoblauch rieche.«

»Hat er etwas gesagt?«

»Nein, er hat nur gekeucht. Es war schrecklich, noch nie im Leben hatte ich solche Angst.«

»Das glaube ich, zum Glück kam Ihr Freund zur rechten Zeit.«

»Ja, zum Glück.« Sie lächelte. »Wir sind inzwischen verlobt.«

»Herzlichen Glückwunsch.«

»Danke. Jetzt muss ich aber, meine Chefin schaut schon ganz grimmig. Au revoir.«

»Au revoir, Mademoiselle le Clerc. Danke, dass Sie sich die Zeit für uns genommen haben.«

Etienne und Samy stellten den Renault-Express neben dem Steinkreuz auf dem Feldweg zwischen Saint-Jean und Saint-Georges ab und stiegen aus. Die Sonne stand hoch am Himmel, und es war für die Jahreszeit ungewöhnlich warm. In der Ferne zog eine Schar Möwen eine Schleife über dem Ozean. Die Männer ließen ihre Jacken im Auto, und Samy griff nach seinem Rucksack. Etienne legte die Hand wie einen Schirm an die Stirn und betrachtete den weitläufigen Wiesengrund und die Heckenlandschaft, die im flirrenden Sonnenlicht lagen. »Wie gehen wir jetzt vor?«

»Ich denke, wir fangen beim großen Wehr an, wo der Schäfer die Flaschenpost gefunden hat, und arbeiten uns dann bachaufwärts vor.«

»Das hört sich vernünftig an. Hast du genug Wasser dabei?«

»Selbstverständlich. Also, auf geht's!«

Sie liefen über eine mit Maulwurfshügeln übersäte Wiese und steuerten das Wehr an. Auf der anderen Seite des Baches erhob sich eine Gruppe von Pappeln, die höher waren als die anderen Bäume. Als sie das Wehr erreicht hatten, sahen sie es sich genau an. Unter dem Übergang, der aus einem schmalen Holzbrett bestand, befand sich eine verrostete Eisenkonstruktion mit einem Gitter. Durch die Streben gurgelte das Wasser und speiste einen Teich, über den eine Entenfamilie schwamm. Vor der Absperrung hatten sich Äste und Plastikflaschen gesammelt, gelblicher Schaum bedeckte das Wasser. Samy zeigte auf die Stelle.

»Dort muss die Flaschenpost hängen geblieben sein. Wir gehen jetzt bachaufwärts. Wenn wir ein weiteres Wehr finden, können wir den Bereich, in dem die Flasche ins Wasser geworfen wurde, eingrenzen.«

»Wenn es ein Spaziergänger war, finden wir ihn nie.«

»Da hast du wahrscheinlich recht, aber vielleicht war es ein Anwohner.«

Etienne blickte skeptisch in Richtung Norden, aus der ihnen der Wasserlauf entgegenplätscherte. »Hier gibt es keine Anwohner, nur Vögel und Kaninchen.«

»Das stimmt, aber vielleicht gibt es welche auf der anderen Seite des Baches. Komm, einen Versuch ist es wert, ansonsten bitten wir die Presse um Unterstützung und machen einen Aufruf an die Bevölkerung. Außerdem haben wir die Fingerabdrücke des Absenders, irgendwann finden wir ihn.«

Sie gingen am Bach entlang, der sich gemächlich durch die Marschlandschaft schlängelte. Gesäumt war er von Bäumen, Sträuchern und Dornengestrüpp. Einige Male mussten sie Sumpflöcher umgehen und Wassergräben überwinden. Dann stießen sie auf einen Kanal, dem sie einige hundert Meter auf einem Feldweg Richtung Westen folgten. Über eine kleine Holzbrücke gelangten sie schließlich auf die andere Seite.

Im Schilf saß ein Angler in einem Kahn und schenkte ihnen keinerlei Beachtung. Sie fanden einen Pfad, der zurück an den Wasserlauf führte. Am Ufer reihten sich dicht an dicht Weiden und Ahornbäume, die ihnen die Sicht auf die andere Uferseite versperrten. Nach ungefähr zwei Kilometern gelangten sie an ein weiteres Wehr, das kleiner war als das erste. Bis auf eine schmale Öffnung war es mit einer Eisenplatte versperrt, vor der sich Blattwerk und allerlei Unrat angesammelt hatte. Samy deutete auf den Spalt.

»Die Flasche hätte dort nicht durchgepasst. Jetzt haben wir unsere Begrenzung. Wir werden den Bach überqueren und zurücklaufen. Es kann sein, dass auf der anderen Seite Leute wohnen.«

Sie gingen das kurze Stück auf einem Trampelpfad, stiegen einige Lehmstufen hinauf und gelangten über einen gemauerten Steg auf die andere Seite des Baches. Sie stapften über den feuchten Boden zwischen Weiden hindurch und stießen auf einen Weg, der nach Süden führte. Dort verweilten sie einige Minuten im Schatten und tranken Wasser. Etienne wischte sich mit einem Taschentuch den Schweiß von der Stirn.

Nach hundert Metern standen sie vor einem Schlöss-

chen, das über dem Wasserlauf auf einem Hügel thronte.
»Das könnte das *Manoir de Rossignol* sein«, meinte
Etienne. »Ich habe es auf der Landkarte gesehen, als ich
mich mit der Gegend hier beschäftigt habe. Es ist ein
wirklich schönes Bauwerk.« Begeistert betrachtete er
das Manoir. Der einstöckige Granitsteinbau wurde von
einem runden und einem quadratischen Turm flankiert.
Die Sprossenfenster und die Türen waren rot lackiert, das
Dach mit Schieferplatten gedeckt. Ein gepflegter Rasen,
auf dem Rhododendronbüsche, Hortensien und Palmen
wuchsen, reichte bis zu einer niedrigen Mauer mit einer
Gartenpforte, die nur angelehnt war. Auf der Terrasse unter einem Sonnenschirm stand eine elegante Sitzgruppe.

Plötzlich wurde die Glastür geöffnet, und ein korpu-
lenter Mann in einem goldverzierten Morgenmantel trat
heraus. Er stellte ein Tablett auf dem Tisch ab. Als er auf-
blickte und die beiden bemerkte, ging er über den Rasen
auf sie zu. »Bonjour, Messieurs. Kann ich Ihnen helfen?«

Als er hinter der Pforte stehen blieb, zeigten Samy und
Etienne ihre Ausweise.

»Dürfen wir Sie kurz sprechen, Monsieur …?«, fragte
Samy.

»Entschuldigen Sie, ich habe mich noch gar nicht vorgestellt. Wie unhöflich. Victor de Rossignol. Kommen Sie
doch bitte mit auf die Terrasse, wir müssen hier nicht im
Stehen reden.«

Er bat sie, Platz zu nehmen. »Darf ich Ihnen einen Kaffee anbieten?«

»Nein, vielen Dank.«

Victor de Rossignol zeigte auf das Tablett, auf dem eine Flasche Champagner, zwei Kristallflöten und zwei Glasschalen mit Kaviar auf Eis standen. »Ich könnte Ihnen auch ein Glas Champagner anbieten, aber das ist wahrscheinlich unangemessen, da Sie im Dienst sind.«

»Wir haben Wasser dabei«, antwortete Samy. »Vielen Dank.«

»Meine Frau Corinne schläft noch. Wir waren gestern Abend in der Oper, *La Bohème* wurde aufgeführt, es war wunderbar. Als wir zu Hause eintrafen, war es schon ziemlich spät. Meine Frau und ich haben unseren zehnten Hochzeitstag gefeiert. Entschuldigung, jetzt habe ich aber genug erzählt. Was kann ich für Sie tun?«

Samy sagte: »Vor vier Jahren ist hier in der Nähe eine junge Frau überfallen und getötet worden. Der Täter wurde bis heute nicht gefasst, deshalb haben wir die Ermittlungen wieder aufgenommen.«

»Sie sprechen von Claire Lamare, nicht wahr?«

»Kannten Sie sie?«

»Nein, aber wir haben natürlich davon gehört und waren sehr erschüttert.«

»Im Rahmen dieser Ermittlungen suchen wir den Absender einer Flaschenpost«, erklärte Etienne. »Die Frage kommt Ihnen vielleicht etwas merkwürdig vor, aber kann es sein, dass Sie oder Ihre Frau vor vier Jahren eine Flasche mit einer Nachricht in den Bach geworfen haben oder Sie etwas darüber gehört haben?«

Verblüfft sah der Mann ihn an. »Meinen Sie das im Ernst?«

»Selbstverständlich«, versicherte Samy. »Es ist wirklich wichtig.«

»Natürlich, entschuldigen Sie bitte, die Frage hat mich nur etwas überrascht. Nein, das waren wir bestimmt nicht.«

Samy seufzte. »Das habe ich mir schon gedacht. Entschuldigen Sie bitte die Störung, und danke, dass Sie sich Zeit für uns genommen haben. Wir wünschen Ihnen noch einen schönen Tag.«

»Viel Erfolg bei Ihren Ermittlungen.«

Nachdem sie sich verabschiedet hatten, verließen Samy und Etienne das Grundstück durch die Gartenpforte und setzten ihren Weg fort. Einmal kam ihnen eine Mountainbikerin entgegen, die freundlich grüßte und schnell hinter der nächsten Biegung verschwunden war. Nach einigen hundert Metern kamen sie an einen Steg, auf dem drei Kinder saßen und aus Baumrinde Schiffchen schnitzten.

»Bonjour«, grüßte ein Mädchen mit blonden Zöpfen und zeigte beim Lächeln eine Zahnlücke. Die beiden anderen Kinder waren vollkommen in ihr Werk vertieft.

»Bonjour!« Etienne schätzte das Alter der Kinder auf sieben oder acht Jahre, es hatte keinen Sinn, sie nach einer Flaschenpost zu fragen. Sie folgten weiter dem Pfad, der vor einem umzäunten Grundstück plötzlich einen Haken nach links schlug und um das Anwesen herumführte.

Etwa zehn Meter hinter dem verbogenen Maschendraht-zaun stand ein Blockhaus am Hang inmitten von Apfel-bäumen. Davor saß ein Mann auf einer Bank und sto-cherte mit einem Stock in der Glut einer Feuerstelle. Auf dem Rost brutzelten Würstchen, die einen einladenden Duft verströmten.

»Bonjour, Monsieur!«, rief Samy. »Können wir Sie kurz sprechen?«

Der Mann sah auf. »Was wollen Sie von mir?«

»Wir sind von der Polizei und haben ein paar Fragen, vielleicht können Sie uns weiterhelfen?«

»Der Zaun verläuft nicht bis zum Ufer, an der Stelle können Sie auf mein Grundstück kommen.«

Samy schätzte den Mann auf Mitte siebzig, auf den kurzen grauen Haaren saß schräg eine Baskenmütze. Seine hellblauen Augen blickten freundlich, wirkten aber zugleich wachsam.

»Ich heiße Jacques Leroux«, sagte er und deutete auf einen Plastiktisch, um den drei Stühle standen. »Setzen Sie sich doch.« Mit einer Zange drehte er die Würstchen, dann verschwand er in der Hütte und kam mit einer Fla-sche und drei Wassergläsern zurück. »Trinken wir einen Calvados, wenn Sie schon mal hier sind. Ich brenne ihn selbst mit meinen eigenen Äpfeln. Er ist wirklich gut.«

Ohne auf eine Antwort zu warten, schenkte er die bern-steinfarbene Flüssigkeit ein und stellte die Flasche auf den Tisch. Samy und Etienne betrachteten sie aufmerk-sam. Das Etikett war karmesinrot. Darauf stand unter einem goldgelben Apfel in schwarzen Buchstaben: *Calvados*. Die beiden warfen sich einen raschen Blick zu.

»*Santé*«, sagte der Mann, und sie stießen an.

»Ihr Calvados ist wirklich hervorragend«, sagte Etienne anerkennend. »Und ganz schön stark.«

»Ja, das ist er.«

»Das Etikett ist originell. Machen Sie die selbst?«

»Ein Freund von mir druckt sie an seinem Computer aus. Ich habe keine Ahnung von solchen Sachen.«

»Wohnen Sie hier, Monsieur Leroux?«

»Ja, schon seit fünf Jahren. Ich hatte eine kleine Wohnung in Saint-Georges, aber eines Tages hat der Vermieter mir gekündigt. Daraufhin habe ich dieses Blockhaus gekauft. Ursprünglich war es das Vereinshaus des Anglervereins, aber sie sind umgezogen, und ich habe es zu einem günstigen Preis bekommen. Mir gefällt es hier, ich bin nicht mehr von einem Vermieter abhängig und kann machen, was ich will.«

Samy sah sich um. »Hier ist es wirklich schön und so ruhig.« Er beschloss, auf den Grund ihres Besuchs zu kommen. »Wir haben die Ermittlungen im Fall Claire Lamare wieder aufgenommen. Haben Sie davon gehört?«

»Ja, natürlich. Jeder in der Gegend hier weiß, was damals passiert ist. Finden Sie diesen Kerl, er gehört weggesperrt.«

»Bei unseren Nachforschungen sind wir auf eine Flaschenpost gestoßen, die vor mindestens vier Jahren in diesen Bach geworfen wurde. Wir suchen den Absender.«

Aufmerksam musterte er den alten Mann, der einen großen Schluck von dem Schnaps trank und sich danach mit dem Ärmel über den Mund wischte.

»Auf dem Brief befinden sich Fingerabdrücke«, ergänzte Samy. »Wir könnten sie mit den Ihren vergleichen, aber ich denke, dass wir uns das sparen können. Wir suchen nach Antworten, Monsieur Leroux, bitte helfen Sie uns.«

Nachdenklich sah Leroux sie an und rückte seine Baskenmütze zurecht.

»Ich weiß eigentlich auch nicht, warum ich das damals gemacht habe, es war eine sonderbare Geschichte.«

»Würden Sie uns diese Geschichte erzählen?«, bat Etienne.

»Ja, warum nicht, womöglich können Sie sie besser einordnen.«

Lautstark schnäuzte er sich, dann begann er. »Meine Schwester Caroline wohnte außerhalb von Bricquebec in der Nähe der Gärtnerei *Tournesol*. Sie war mit der Besitzerin Virginie Montebourg eng befreundet. Vor vier Jahren, Ende August hat Caroline mich angerufen, sie war ganz aufgeregt. Sie hat erzählt, dass Virginie verschwunden sei. Sie sei nicht zu Hause, und bei ihrem vierten Besuch habe deren Neffe Serge sie nicht mehr ins Haus gelassen. Er habe behauptet, seine Tante sei im Krankenhaus. Daraufhin hat meine Schwester in den umliegenden Krankenhäusern angerufen, aber da war sie auch nicht. Sie ging zur Gendarmerie, weil sie sich große Sorgen um ihre Freundin machte. Ein Polizist befragte den Neffen, der erzählte, dass sie auf Besuch bei einer Bekannten in Carentan sei. Damit war für die Gendarmerie die Sache erledigt. Caroline ist 2014 verstorben. Kurz davor hat sie noch eine merkwürdige Beobachtung gemacht. Serge Montebourg, ein absolut fauler und arbeitsscheuer Kerl, hat plötzlich den Garten umgegraben und einen kanadischen Ahorn gepflanzt. Nach dem Tod meiner Schwester wusste ich nicht, was ich mit ihrer Geschichte anfangen sollte, zur Polizei wollte ich nicht, meine Schwester war ja bereits abgewiesen worden. Aber sie hat mir auch keine Ruhe gelassen, deshalb habe ich den kleinen Brief geschrieben, ihn in eine meiner Flaschen gesteckt und sie in den Bach geworfen. Was ich mir dabei gedacht habe, ist mir selbst nicht ganz klar. Vielleicht wollte ich es einfach loswerden? Seitdem habe ich immer seltener daran gedacht. Und jetzt nach vier Jahren kommen Sie und fragen danach. Das ist schon seltsam.« Er stand auf und wendete die Würstchen. »Können Sie mit dieser Geschichte etwas anfangen?«

»Das mag schon sein«, antwortete Etienne ausweichend. »Wir müssen uns mit den Kollegen austauschen, dann sehen wir weiter.«

»Ich würde mich sehr freuen, wenn es hilft, den Mörder von Claire Lamare zu finden. Sie war eine freundliche junge Frau und so begabt.«

»Kannten Sie Mademoiselle Lamare?« Etienne zog überrascht die Augenbrauen hoch.

»Nein, ich habe sie nur einmal gesehen. Im Bürgerhaus in Saint-Georges fand ein Konzert statt, sie hat Klavier gespielt. Es war wunderbar.«

»Merci, Monsieur Leroux, Sie haben uns sehr geholfen.«

»Möchten Sie nicht zum Essen bleiben? Die Würstchen sind hervorragend.«

»Das ist sehr nett von Ihnen, aber wir müssen weiter«, sagte Samy.

»Dann nehmen Sie wenigstens eine Flasche von meinem Calvados mit.«

»Da sagen wir nicht nein.«

Auf dem Weg zum Auto sahen die beiden den Schäfer Dubonnet am Rand eines Ackers stehen. Er winkte ihnen zu, und sie grüßten freundlich zurück.

»Wir müssen heute Abend mit Valérie und Philippe über diese sonderbare Geschichte sprechen«, bemerkte Etienne.

»Unbedingt«, stimmte Samy ihm zu. »Wir gehen jetzt erst mal einkaufen. Ich koche heute Abend.«

»Was gibt es denn Feines?«

»Quiche, als Hauptgericht Entrecôte Frites und als Dessert Eis mit frischen Früchten.«

»Das hört sich großartig an. Aber ich brauche jetzt eine kleine Stärkung. Da ist doch dieses hübsche Café in Saint-Jean.«

Samy lachte. »Du hast mich überredet. Gehen wir erst einen Kaffee trinken. Ach übrigens, Claudine hat erzählt, dass sie Mariette in Moustiers-Sainte-Marie getroffen hat. Sie lässt dir schöne Grüße ausrichten, und sie hat Claudine verraten, dass sie dich vermisst.«

Etienne strahlte. »Echt?«

»Echt.«

»Vielleicht habe ich doch eine Chance.«

»Ich finde, es sieht nicht schlecht aus.«

Laut Polizeibericht wohnte Brigitte Duval in Portbail. Lagarde fand einen Parkplatz vor einem Geschäft, das Anglerzubehör und Strandausrüstung verkaufte. Nach wenigen Metern standen sie vor einem schmalen, weiß verputzten Haus mit grünen Fensterläden und einem kleinen gepflegten Vorgarten. Auf ihr Klingeln und Klopfen hin öffnete niemand.

»Eugène ist nicht da«, rief eine tiefe Stimme. Valérie sah sich um und entdeckte im ersten Stock des Nachbarhauses einen glatzköpfigen Mann im gerippten Unterhemd, der aus dem Fenster schaute. Seine Unterarme ruhten auf einem Kissen, in einer Hand hielt er eine Pfeife, aus der Rauchwölkchen aufstiegen.

»Bonjour, Monsieur!«, rief Valérie. »Wir möchten zu Brigitte Duval.«

Er zwirbelte seinen Schnurrbart und sah sie überrascht an. »Da müssen Sie auf den Friedhof gehen.«

»Wie bitte?«

»Na, sie ist tot.«

Valérie sah ihn verwirrt an.

»Nach diesem scheußlichen Verbrechen wollte sie offenbar nicht mehr weiterleben.«

»Wer wohnt denn jetzt in dem Haus?«, fragte Lagarde mit gerunzelter Stirn.

»Nur noch ihr Großvater, Eugène Duval, sonst niemand. Ihre Eltern sind nach diesem Schicksalsschlag in ihren Campingbus gestiegen und einfach losgefahren. Das ist bestimmt schon fünf Monate her.«

»Haben Sie eine Ahnung, wo Monsieur Duval sich aufhalten könnte?«

»Er ist bestimmt auf dem Friedhof, wie die meiste Zeit. Nur gegen Abend treffen wir uns mit Freunden im Bistro *Au Rendezvous des Pêcheur* und trinken ein Glas Roten zusammen.«

»Wo ist der Friedhof?«

»Folgen Sie der Straße bis zur Kirche. Es ist nicht weit.«

»Merci, Monsieur.«

Sie betraten den von einer hohen Mauer umgrenzten Friedhof durch ein offen stehendes, mit goldenen Spitzen bewehrtes Gittertor. Viele Gräber waren mit Herbstblumen geschmückt, auf manchen lagen dickbackige Engel. In der zweiten Reihe zupfte eine Frau Unkraut, und auf einer Bank neben der Aussegnungshalle saß ein alter Mann mit einer schwarzen Fischermütze. Er starrte auf ein Urnengrab, vor dessen Gedenkstein ein Rosenstock blühte. In den Gedenkstein war ein Bild eingelassen, das eine lachende junge Frau mit schwarzen Locken zeigte, darunter stand in goldenen Lettern: *Brigitte Duval*.

Valérie und Lagarde gingen auf ihn zu und wollten sich vorstellen, doch als er Valéries Uniform wahrnahm, sprang er auf und schrie sie an.

»Was wollen Sie hier?«

Sie hob beschwichtigend die Hände. »Monsieur Duval? Wir ermitteln in einem Mordfall und möchten mit Ihnen über den Überfall auf Ihre Enkelin sprechen.«

»Sie haben hier nichts verloren. Wäre die Polizei nicht so unfähig gewesen, würde meine Brigitte noch leben.« Aus wütenden Augen funkelte er sie an.

»Was ist mit Ihrer Enkelin passiert, Monsieur Duval?«, fragte Valérie mit sanfter Stimme.

Er ließ sich auf die Bank sinken und stützte den Kopf in die Hände. »Ein halbes Jahr nach dem Überfall hat sich Brigitte auf dem Dachboden erhängt, meine wunderbare Enkelin.« Er sprach leise, und seine Stimme zitterte. »Sie hatte nur noch Angst, dass ihr Peiniger wiederkommt und erneut über sie herfällt, solche Angst, dass sie nicht mehr weiterleben wollte.«

»Es tut mir so leid, Monsieur Duval.«

»Davon wird sie auch nicht wieder lebendig.«

»Nein, aber wir könnten den Täter finden.«

»Wenn Sie so unfähig sind wie Ihre Kollegen damals, werden Sie ihn nicht finden.«

»Wir sind nicht unfähig. Glauben Sie mir, wir tun wirklich alles, was in unserer Macht steht. Ich kann Ihnen nur so viel sagen, dass wir im Mordfall Claire Lamare ermitteln, der sich vor vier Jahren bei Saint-Jean ereignet hat und von dem Sie vielleicht gehört haben. Dabei untersuchen wir auch ähnliche Vorfälle. Also, wenn Sie etwas wissen, wenn Brigitte Ihnen etwas anvertraut hat, das uns weiterhelfen könnte, sagen Sie es uns bitte. Jedes noch so kleine Detail kann wichtig sein.«

Er schwieg und blickte mit erstarrten Gesichtszügen auf das Bild seiner Enkelin.

»Sie hatte Angst vor der Stimme des Angreifers, dass sie sie jemals wieder hören müsste. Panische Angst.«

»Die Stimme des Mannes, der sie angegriffen hat?«

»Ja.«

»War daran etwas auffällig?«

»Brigitte hat mir erzählt, dass sie für einen Mann ungewöhnlich hoch war.«

Valérie und Lagarde wechselten einen kurzen Blick.

»Was hat er zu Brigitte gesagt?«, wollte Valérie wissen.

»Er hat gesagt: ›Wenn du schreist, bringe ich dich um.‹«

»Konnte sie sich noch an etwas anderes erinnern?«, fragte Lagarde.

»Er war schwarz gekleidet und stark, weiter weiß ich leider nichts. Würden Sie mich jetzt bitte wieder mit meiner Trauer allein lassen?«

»Selbstverständlich, Monsieur Duval.«

»Melden Sie sich bei mir, wenn Sie den Täter gefunden haben?«

»Ja, Sie können sich auf uns verlassen. Au revoir, Monsieur Duval.«

»Au revoir.«

Der alte Mann sah ihnen lange nach, dann seufzte er und erhob sich schwerfällig. Nach dem Tod seiner Enkelin war sein Glaube an die Polizei verloren gegangen, doch diese junge Polizistin hatte eine derartige Überzeugungskraft ausgestrahlt, dass er wieder Hoffnung schöpfte. Womöglich würden sie den Täter doch noch finden.

Auf der Rückfahrt nach Barfleur beschloss Lagarde, dem Ehepaar Lamare einen kurzen Besuch abzustatten und ihnen Valérie vorzustellen. Sie sollten sich ab und zu bei ihnen melden, um sie nicht völlig über ihre Schritte im Ungewissen zu lassen. Er rief an, und Ernestine Lamare nahm den Anruf entgegen.

»Bonjour, Monsieur le Commissaire.« In ihrer Stimme hörte er Freude.

»Madame Lamare, meine Kollegin und ich sind ganz in der Nähe und wollten fragen, ob wir kurz vorbeikommen dürfen.«

»Aber natürlich, Sie dürfen immer vorbeikommen. Mein Mann und ich freuen uns. Ich setze schon mal Kaffee auf.«

»Gut, dann bis gleich.«

Nachdem sie den Weiler Villot erreicht hatten, fuhren sie durch die Pappelallee zum Anwesen der Familie Lamare. Valérie war beeindruckt. »Schön ist es hier.«

Sie wurden vom Ehepaar Lamare empfangen und in den Wintergarten geführt. Dort standen Kaffee und Kuchen bereit.

»Das ist meine Kollegin Valérie Anger«, sagte Lagarde und wandte sich an Madame Lamare. »Etienne Bergerac haben Sie bereits kennengelernt. Er ist im Moment mit Samy Pioline unterwegs.«

Alphonse trank einen Schluck Kaffee. »Es ist schön, dass Sie uns besuchen. Ich weiß natürlich, dass Sie über laufende Ermittlungen keine Auskunft geben dürfen, aber vielleicht können Sie uns ja doch ein paar Neuigkeiten berichten?«

Lagarde lächelte und gab einen kurzen Überblick darüber, woran sie gerade arbeiteten.

Madame Lamare lächelte traurig, als er fertig war und ein Stück von seinem Kuchen aß. »Wenn es jemand schafft, das Verbrechen aufzuklären, dann Sie mit Ihrem tollen Team.«

»Wollen Sie nicht zum Abendessen bleiben?«, lud Monsieur Lamare sie ein.

»Das geht leider nicht, Samy kocht heute für uns. Wir müssen uns jetzt wieder auf den Weg machen.«

»Es freut mich sehr, dass Sie Kontakt halten. Für meine Frau und mich ist das sehr wichtig.«

»Ich weiß.«

Das Ehepaar brachte sie noch bis zur Tür und winkte ihnen nach, als sie auf die Allee fuhren.

»Das sind nette Leute«, meinte Valérie. »Ihre Trauer ist förmlich greifbar.«

»Ja, der Verlust ihrer Tochter hat sie vollkommen aus der Bahn geworfen.«

Am Abend saßen sie auf der Terrasse hinter Lagardes Haus und lobten die Quiche, die Samy zubereitet hatte, in den höchsten Tönen. Sie duftete nach Sahne und Speck. Valérie und Lagarde berichteten von ihrem Besuch der Gärtnerei Tournesol.

»Du hast ihn verhaftet?«, fragte Samy ungläubig nach.

»Ja«, erwiderte Lagarde. »Er wollte sich nicht zu dem Klappmesser äußern. Außerdem hat er mich angegriffen und wollte flüchten.« Nachdenklich trank er einen Schluck Rotwein. »Er passt allerdings nicht wirklich ins Täterprofil.«

Samy stand auf und servierte das Entrecôte. Es war zart und rosa, einfach perfekt, und er war sichtlich stolz auf sein Werk.

Etienne erzählte, was sie von Jacques Leroux erfahren hatten.

»Wenn seine Schwester Caroline im September 2014 gestorben ist, kann Virginie Montebourg heute nicht bei ihr gewesen sein«, sagte Valérie. »Ihr Neffe hat gelogen. Ich frage mich, wo sie ist?«

»Wir werden Serge Montebourg fragen«, erklärte Lagarde. »Die ganze Sache gefällt mir nicht.«

Samy stimmte zu. »Da ist etwas faul, das ist doch offensichtlich.«

Als sie beim Mokka saßen, rief Cleroc an. Lagarde stellte sein Handy auf laut. »Bonsoir Ludovic, das Team hört mit.«

»Bonsoir, alle zusammen. Störe ich?«

»Aber nein, du störst doch nicht.«

»Ich wollte euch gerne über die abgebrannte Gartenhütte informieren. Es war definitiv Brandstiftung, und leider haben wir bisher keinerlei Spuren gefunden. Zeugen gibt es bisher auch keine. Aber wir machen weiter, vielleicht ergibt sich noch etwas. Wir ermitteln wegen versuchten Mordes.«

»Danke für die Info.«

»Der Mann, den du verhaftet hast, dieser Serge Montebourg, wird morgen um elf Uhr dreißig dem Haftrichter vorgeführt. Der wird dann entscheiden, ob er in Untersuchungshaft kommt oder auf freien Fuß gesetzt wird.«

»Wir werden pünktlich da sein.«

»Gut, dann bis morgen.«

»Danke, Ludovic, bis morgen. Was hast du heute noch vor?«

»Ich gehe jetzt ein Bier trinken, Suzanne hat Kinderdienst.«

»Dann wünsche ich dir einen schönen Abend.«

Nach dem Telefonat hatte Etienne eine Idee. »Ihr müsst unbedingt den Calvados von Jacques Leroux probieren! Ich hole ihn.«

NEUNTER TAG

SONNENHOF

Samy stand in Lagardes Küche und setzte Kaffee für die Morgenbesprechung auf, als sein Handy klingelte und einen Anruf aus Schweden anzeigte. Neugierig nahm er das Gespräch an.

»Samy Pioline.«

»Bonjour, Monsieur Pioline, hier ist Hendrik Gulbrandsson. Ich soll mich bei Ihnen melden. Was ist denn los? Im Büro von Greenpeace hat man mir gesagt, dass Sie in einem Mordfall ermitteln und mich als Zeugen befragen wollen.«

»Ja, das stimmt. Vielen Dank für Ihren Anruf. Ich habe ein paar Fragen an Sie. Es geht um Claire Lamare. Können Sie sich an die junge Frau erinnern?«

Einen Moment herrschte Stille. »Nein. Wer ist das?«

»Sie haben sie vor vier Jahren in der Disco *Le Phare Jaune* in Saint-Jean-de-la-Rivière kennengelernt, dafür gibt es Zeugen und ein Foto.«

»Ach, jetzt erinnere ich mich. Ich war in der Disco, und wir haben uns unterhalten und richtig gut verstanden. Claire war sehr nett. Wissen Sie, wenn man allein unterwegs ist, freut man sich über ein gutes Gespräch. Ich war als Rucksacktourist unterwegs, und sie hat mir einige

Tipps gegeben, welche Sehenswürdigkeiten ich mir ansehen könnte.«

Plötzlich verstummte er, dann sprach er mit aufgeregter Stimme weiter. »Sie haben gesagt, dass Sie in einem Mordfall ermitteln. Es geht doch nicht um Claire, oder?«

»Doch, leider schon. Sie wurde an diesem Abend überfallen und getötet.«

»Das ist ja furchtbar.«

»Wussten Sie nichts davon? Es stand in allen Zeitungen.«

»Ich lese keine französischen Zeitungen, so gut beherrsche ich die Sprache nicht.«

»Okay. Ist Ihnen an diesem Abend etwas aufgefallen, das uns weiterhelfen könnte?«

»Nein, es ist auch schon so lange her.«

»Wissen Sie noch, wie lange Sie in der Disco waren?«

»Ich schätze, so bis Mitternacht.«

»Was haben Sie anschließend gemacht?«

»Ich habe im Wald eine passende Stelle gesucht, mein Zelt aufgeschlagen und mich schlafen gelegt.«

»Sie waren allein?«

»Ja, und am nächsten Tag bin ich weitergereist nach Lessay.«

»Wir brauchen Ihre Kontaktdaten.«

»Selbstverständlich.« Er gab sie durch und fragte dann erschrocken: »Sie verdächtigen doch nicht etwa mich?«

»Nein, aber wir gehen jeder Spur nach, das verstehen Sie doch sicher, Monsieur Gulbrandsson?«

»Ja, natürlich. Ich kann zu meiner Verteidigung nur sagen, dass ich damals schon eine feste Freundin hatte, mit der ich jeden Tag SMS ausgetauscht habe. Wir waren sehr glücklich, und ich war nicht auf der Suche nach einer anderen Frau. Inzwischen bin ich verheiratet. Meine Frau Britta und ich erwarten unser erstes Kind. Ich würde niemals einer Frau etwas antun.«

»In Ordnung, Monsieur Gulbrandsson. Ich habe keine weiteren Fragen mehr an Sie. Vielen Dank, dass Sie sich gemeldet haben.«

Samy ging ins Arbeitszimmer und berichtete den anderen von dem Telefonat.

»Könnte er es gewesen sein?«, überlegte Etienne.

»Er hatte die Gelegenheit, aber mit dem Motiv habe ich meine Probleme. Wir haben hier einen jungen, attraktiven Mann, sympathisch, offenbar beziehungsfähig, gebildet und politisch engagiert. Ich kann ihn mir nicht als Täter vorstellen. Wenn er bei einer Frau hätte übernachten wollen, hätte er eine gefunden. Carine hat ihm auch angeboten, bei ihr zu übernachten. Er wollte lieber allein in seinem Zelt im Wald schlafen. Das alles scheint mir nicht plausibel, das passt doch hinten und vorn nicht zusammen«, sagte Lagarde.

Valérie war der gleichen Ansicht. Sie stand auf, ging zur Pinnwand und ergänzte das Täterprofil um die Attribute:

- Knoblauchgeruch (Mireille le Clerc)
- ungewöhnlich hohe Stimme (Brigitte Duval)

»Danke, Valérie«, sagte Lagarde. »Haben wir noch etwas?«

»Ja«, erwiderte sie. »Ich habe noch weitere Informationen.«

»Lass hören!«

»Wie ihr wisst, habe ich die DNA von dem Jungbauern Pierre Ferret mit den Spuren vergleichen lassen, die bei Claire Lamare sichergestellt wurden. Sie stimmen nicht überein.«

»Er war es nicht«, stellte Samy fest.

»Nein, definitiv nicht.«

»Seit dem Übergriff auf das dreizehnjährige Mädchen ist er nicht mehr auffällig geworden. Vielleicht hat die Haftstrafe ihn zur Vernunft gebracht.«

»Wollen wir es hoffen.«

»Dann habe ich noch etwas herausgefunden.«

Ihre Kollegen sahen sie interessiert an.

»Was denn?«, fragte Etienne.

»Als Claire Lamare getötet wurde, verbüßte Serge Montebourg gerade wegen Betrugs eine fünfmonatige Haftstrafe in Saint-Lô. Er kann den Mord nicht begangen haben.«

Lagarde nickte. »Das überrascht mich nicht. Er ist ein Kleinganove, die ticken ganz anders. Gute Arbeit, Valérie.«

»Danke. Und nun noch etwas Interessantes: Der DNA-Vergleich Claire Lamare und Brigitte Duval liegt ebenfalls vor. Die Spuren sind identisch, jeder Zweifel ist ausgeschlossen.«

»Das heißt, dass Serge Montebourg für den Überfall auf Brigitte Duval ebenfalls nicht verantwortlich war?«, folgerte Samy.

»Exakt.«

»Also wissen wir damit, dass ein und derselbe Täter Brigitte Duval vergewaltigt und Claire Lamare getötet hat«, murmelte Lagarde. »Dann haben wir wohl recht damit, dass es einen Zusammenhang zwischen den Taten gibt. Es ist wahrscheinlich, dass der Täter auch für die Angriffe auf Mireille le Clerc und Marianne Fleury verantwortlich ist.«

»Dann suchen wir einen Serientäter, der jederzeit wieder aktiv werden kann?«, fragte Etienne resigniert.

»Ja, wir müssen ihn finden, bevor er wieder zuschlägt.« Er blickte in die Runde. »Gibt es noch weitere Punkte?« Niemand sagte etwas. »In Ordnung, dann sollten wir uns auf den Weg machen. Der Haftrichter schätzt es gar nicht, wenn man zu spät kommt.«

Der Haftprüfungstermin fand wie üblich im Polizeipräsidium von Cherbourg statt, wo auch das Untersuchungsgefängnis untergebracht war. Das Besprechungszimmer befand sich im Erdgeschoss.

Als sie dort eintrafen, war es fünf vor halb zwölf. Der Haftrichter Michel Delaporte und die Staatsanwältin Denise Mélennec saßen in ihren schwarzen Roben hinter einem Tisch, beide hatten eine Akte vor sich liegen. Lagarde kannte sie, da er schon öfter mit ihnen zu tun gehabt hatte. Der hagere Delaporte galt als knallhart und unerbittlich. Die um einiges jüngere Staatsanwältin stand ihm in nichts nach. Schon lange geisterte das Gerücht durch das Präsidium, dass die beiden verheirateten Juristen ein Verhältnis miteinander hätten.

Neben ihnen hatte der Protokollant Platz genommen und baute gerade sein Diktiergerät auf. Ihnen gegenüber saß Serge Montebourg, der einen mürrischen, unausgeschlafenen Eindruck machte. Er trug dieselbe Kleidung wie am Vortag, und seine Haare wirkten noch ungepflegter. Auf Handschellen hatte man verzichtet, jedoch standen zwei Polizisten hinter ihm und ließen ihn nicht aus den Augen.

Neben ihm saß eine junge blonde Frau, ebenfalls mit einer Robe bekleidet, die Lagarde noch nie gesehen hatte. Konzentriert blätterte sie in einer Akte. Cleroc und das Ermittlerteam nahmen an einem langen Tisch Platz, der im rechten Winkel zu den anderen stand. Montebourg warf Lagarde einen bösen Blick zu, den dieser jedoch ignorierte.

Bei der Vorstellungsrunde erfuhr Lagarde, dass die blonde Frau die Pflichtverteidigerin von Montebourg war und Madeleine Bigard hieß. Anschließend eröffnete Delaporte die Verhandlung. Bigard riss sofort das Wort an sich.

»Mein Mandant ist unschuldig. Die Vorwürfe von Monsieur le Commissaire Lagarde sind haltlos, deshalb fordere ich die sofortige Freilassung. Für die Nacht im

Untersuchungsgefängnis werden wir Schmerzensgeld, Schadensersatz und Erstattung des Verdienstausfalls verlangen.«

Der Richter sah sie verblüfft an. Normalerweise wagte es niemand, den geregelten Ablauf zu stören, es war schließlich sein Sitzungssaal, und er war hier der Chef.

»Solche Erstattungen für Verdienstausfall sind unüblich«, belehrte die Staatsanwältin sie.

Delaporte runzelte unwillig die Augenbrauen. »Monsieur le Commissaire Lagarde, können Sie bitte etwas zur Aufklärung des Sachverhaltes beitragen?«

Lagarde stand auf. »Selbstverständlich, Euer Ehren. Unser Team hat die Ermittlungen im Mordfall Claire Lamare wieder aufgenommen, Sie haben bestimmt davon gehört. Die Klärung des Falles ist von großem öffentlichen Interesse. Im Rahmen unserer Nachforschungen sind wir auf ein Klappmesser gestoßen, das in der Nähe des Tatorts gefunden wurde. Darauf befinden sich die Fingerabdrücke von Serge Montebourg.«

»Das besagt gar nichts«, unterbrach ihn die Pflichtverteidigerin.

»Sie kommen später zu Wort«, wies der Richter sie zurecht. »Fahren Sie fort, Monsieur le Commissaire.«

»Als meine Kollegin Valérie Anger und ich Monsieur Montebourg in der Gärtnerei Tournesol befragten, griff er mich an und unternahm einen Fluchtversuch. Er konnte kein Alibi für den Tatzeitpunkt vorweisen und war äußerst unkooperativ. Deshalb habe ich ihn verhaftet.«

Bigard war empört. »Wir bestreiten das. Er hat Sie nicht angegriffen, er hat Sie nur aus Versehen geschubst, als er auf die Toilette wollte.«

»Ruhe jetzt!«, verlangte der Richter.

Lagarde fuhr fort. »Wir haben in der Zwischenzeit recherchiert und festgestellt, dass Monsieur Montebourg nicht der Mörder von Claire Lamare sein kann, da er zum Zeitpunkt der Tat einsaß.«

Auf dem Gesicht von Bigard erschien ein zufriedenes Lächeln, und sie erhob sich. »Mein Mandant ist unschuldig, daher gehen wir jetzt. Die ganze Angelegenheit wird ein Nachspiel haben, darauf können Sie sich verlassen.«

»Sie können erst gehen, wenn ich die Sitzung geschlossen habe«, donnerte der Haftrichter. Dann wandte er sich an die Staatsanwältin, und sie steckten die Köpfe zusammen. Als sie sich besprochen hatten, verkündete Delaporte: »Der Haftbefehl wird aufgehoben. Die Tat, die Serge Montebourg zur Last gelegt wird, hat er nachweislich nicht begangen.« Er machte Anstalten, die Sitzung zu schließen, und Mélennec begann ihre Sachen zu packen.

Lagarde meldete sich noch mal zu Wort. »Ich habe noch eine wichtige Sache vorzubringen, Euer Ehren. Sie betrifft Serge Montebourg.«

Überrascht sah der Richter ihn an. »Was gibt es noch, Monsieur le Commissaire? Mir sind keine weiteren strafrechtlichen Vorwürfe gegen Monsieur Montebourg bekannt.«

»Entschuldigen Sie, Euer Ehren, aber gestern haben

sich im Laufe weiterer Nachforschungen neue Aspekte ergeben, die strafrechtlich relevant sein könnten und die ich erläutern möchte.«

»Also gut, fahren Sie fort. Aber fassen Sie sich kurz.«

»Einspruch«, rief die Strafverteidigerin. »Davon ist mir nichts bekannt. Ich beantrage einen neuen Sitzungstermin, und ich verlange, dass mein Mandant bis dahin auf freien Fuß gesetzt wird.«

Delaporte schob seine Brille auf die hohe Stirn und blickte sie verärgert an. »Das ist Verschleuderung von Steuergeldern! Wir klären die Sache jetzt, wenn wir schon hier versammelt sind. Monsieur le Commissaire, bitte.«

»Monsieur Montebourg wohnt mit seiner Tante Virginie Montebourg zusammen, zumindest gab er das uns gegenüber an. Laut einer glaubwürdigen Zeugenaussage ist Madame Montebourg jedoch seit vier Jahren verschwunden, spurlos über Nacht. Meine Kollegin Anger hat sich die Räume, in denen sie angeblich wohnt, angesehen. Es deutete nichts darauf hin, dass dort jemand lebt.«

Delaporte sah ihn beunruhigt an. »Was ist denn das jetzt für eine Geschichte? Das müssen wir sofort klären.« Unwirsch wandte er sich an Montebourg. »Wo ist Ihre Tante?«

»Keine Ahnung, ich bin doch nicht ihr Kindermädchen.«

»Mein Mandant verweigert die Aussage«, rief Bigard eilig dazwischen. Als Montebourg etwas sagen wollte, fuhr sie ihn an: »Seien Sie still!«

Lagarde ergriff das Wort. »Ich beantrage einen richterlichen Beschluss für die Durchsuchung des Anwesens der Gärtnerei *Tournesol*. Es besteht ein begründeter Verdacht, dass Virginie Montebourg seit vier Jahren tot ist und sich ihre sterblichen Überreste irgendwo auf dem Grundstück befinden. Wir müssen so schnell wie möglich handeln. Wenn sich irgendwann herausstellen sollte, dass ich mit meiner Vermutung recht hatte und dennoch nichts unternommen wurde, würde das ein verheerendes Licht auf die Polizei und die Justiz werfen.«

»Ich möchte mich kurz mit der Staatsanwältin beraten. Geben Sie uns fünf Minuten, und verlassen Sie bitte so lange den Raum.«

Als sie den Raum wieder betraten, verkündete Delaporte: »Sie bekommen den Beschluss, Monsieur le Commissaire Lagarde. In einer halben Stunde können Sie ihn in meinem Büro abholen. Serge Montebourg bleibt bis auf weiteres in Untersuchungshaft. Bitte informieren Sie mich so schnell wie möglich über das Ergebnis der Durchsuchung. Die Sitzung ist hiermit geschlossen.«

Bigard protestierte vergeblich. Der Richter und die Staatsanwältin beachteten sie nicht mehr und verließen das Besprechungszimmer. Die Polizisten führten Montebourg ab, der sich kalkweiß in sein Schicksal fügte.

Lagarde ging mit seinem Team ins Büro von Cleroc, wo sie das weitere Vorgehen besprachen. Cleroc würde einen Suchtrupp mit einem Spürhund zusammenstellen und zur Gärtnerei fahren, begleiten würden ihn Lagarde und Samy. Valérie und Etienne sollten in der Zwischenzeit das dritte Opfer befragen.

Marianne Fleury wohnte in Urville-Bocage, einem Dorf südlich von Valognes. Am Ortseingang bog Valérie links auf einen Schotterweg ab und erreichte nach wenigen hundert Metern das Haus mit der Nummer vierzehn, ein wunderschönes altnormannisches Steinhaus mit königsblauen Türen und Sprossenfenstern. Auf dem Vorplatz erhob sich eine gewaltige Linde. Hinter einem Jägerzaun befanden sich Pferdeställe, und auf der Anhöhe gab es mehrere Koppeln, auf denen einige Pferde grasten.

Valérie klopfte an die Tür, und kurz darauf öffnete eine junge Frau in Reiterhosen und Stiefeln. Aus ihrem ovalen Gesicht blickten dunkle Augen Valérie verwundert an. Ein distanziertes Lächeln umspielte ihre rot geschminkten Lippen. Sie strich sich eine lange dunkle Haarsträhne hinter das Ohr. Valérie zeigte ihr ihren Dienstausweis und stellte Etienne vor.

»Bonjour, Madame Fleury, dürfen wir reinkommen? Wir möchten Sie gerne sprechen.«

»Ich gebe gleich eine Reitstunde, worum geht es denn?«

»Wir haben die Ermittlungen in einem Mordfall wieder aufgenommen. Vielleicht können Sie sich an den Fall Claire Lamare erinnern. Sie wurde vor vier Jahren bei Saint-Jean überfallen und getötet.«

»Daran kann ich mich sehr gut erinnern.«

»Im Rahmen dieser Nachforschungen überprüfen wir ähnliche Fälle in der Hoffnung, dass uns das weiterbringt.«

»Kommen Sie doch bitte rein, am besten setzen wir uns in den Salon. Ich rufe nur schnell eine Pferdepflegerin an, damit sie die Reitstunde für mich übernimmt.«

Nach dem kurzen Telefonat setzte sie sich zu den beiden. Valérie begann mit der Befragung.

»Sie wurden am Abend des 11. November 2013 hier in der Nähe überfallen. Würden Sie uns bitte genau schildern, was damals passiert ist?«

»Entschuldigen Sie bitte, ich hätte mich vorstellen müssen. Hier liegt ein Missverständnis vor. Ich bin nicht Marianne, mein Name ist Maxine, ihre Zwillingsschwester.«

»Ach so!« Valérie war ein wenig aus dem Konzept geraten. »Könnten wir dann bitte mit Marianne Fleury sprechen?«

»So einfach ist das nicht. Meine Schwester ist nicht hier. Seit dem Überfall lebt sie in einem psychiatrischen Pflegeheim. Sie leidet unter einer posttraumatischen Belastungsstörung.«

»Können Sie uns bitte die Adresse geben? Wir müssen wirklich dringend mit ihr sprechen.«

»Sie können sie besuchen, wenn Sie möchten. Die Einrichtung ist ganz in der Nähe. Aber seit der Zeit nach dem Überfall redet sie kein Wort mehr.« Maxine wirkte niedergeschlagen, als sie von ihrer Schwester erzählte.

»Das tut mir sehr leid.«

»Danke. Ich kann Ihnen ja erzählen, was damals geschehen ist. Zumindest alles, was ich von dem Überfall weiß.«

»Das könnte auch weiterhelfen.«

»Marianne war damals eine fröhliche junge Frau mit vielseitigen Interessen, und sie war sehr sportlich. Sie ist geritten, war mehrmals in der Woche joggen, am liebsten am Abend. Gar nicht weit weg von hier befindet sich ein größeres Waldgebiet, dort lief sie am liebsten. Sie benutzte eine Stirnlampe, um sich in der Dunkelheit zurechtzufinden. Am elften November wurde sie von einem Mann überfallen. Er wollte sie vergewaltigen und drohte ihr mit dem Tod, falls sie schreien würde. Marianne wehrte sich, sie war durchtrainiert und kräftig. Sie stieß ihm ihr Knie in den Unterleib, setzte ihn kurzzeitig außer Gefecht und konnte flüchten. Da sie Angst hatte, dass er sie verfolgen würde, versteckte sie sich in einer Höhle, in der wir als Kinder gespielt hatten. Sie ist kaum zu finden, wenn man nichts von ihr weiß. Dort blieb sie die ganze Nacht bis zum Morgen, weil sie sich in der Dunkelheit nicht mehr heraustraute.« Nervös spielte Maxine mit ihrem Ohrring. »Am nächsten Morgen habe ich sie gefunden. Sie kauerte auf der feuchten Erde, zitterte und klammerte sich an mir fest. Es war ganz entsetzlich.«

»Hat sie Ihnen den Mann beschrieben?«, fragte Etienne.

»Nein, sie stand unter Schock. Sie hat mir nur erzählt, was passiert ist. Ihr Zustand verschlechterte sich mehr und mehr, und irgendwann hörte sie auf zu sprechen. Ich habe einen Heimplatz für sie gesucht, damit sie intensive therapeutische Hilfe bekommt, und gehofft, dass es ihr im Laufe der Zeit besser gehen würde, aber das ist bisher leider nicht der Fall. Dabei ist es eine sehr gute Einrichtung, ein privates Heim. Es kostet ein Vermögen, und ich arbeite Tag und Nacht, damit ich es bezahlen kann.«

Sie starrte gedankenverloren durch das Fenster auf eine Pferdekoppel. Dort saß ein kleines Mädchen auf einem Pony und umklammerte die Zügel. »Bisher hat keine Therapie angeschlagen, und ich überlege, ob ich sie nach Hause holen soll. Vielleicht verbessert sich ihr Zustand, wenn sie wieder mit ihren geliebten Pferden zusammen ist.«

»Ihre Schwester konnte überhaupt keine Angaben zu dem Mann machen?«, hakte Etienne nach.

»Wie Sie sicher wissen, wurde nach dem Mord an Claire Lamare Jean-Gustave Binet festgenommen. Es kam zu einer Gegenüberstellung auf der Wache in Valognes. Ich habe meine Schwester begleitet. Hinter einem Spiegel standen fünf Männer. Marianne hat Binet sofort erkannt. Sie hat auf ihn gezeigt und angefangen zu kreischen, dann ist sie zusammengebrochen.« In ihre Augen trat ein zorniges Funkeln. »Die Identifizierung wurde vor Gericht nicht zugelassen, weil sich meine Schwester angeblich in einem psychischen Ausnahmezustand befand.«

»Binet wurde freigesprochen«, sagte Valérie.

»Ja, ich weiß.«

»Wir würden Ihre Schwester wirklich gerne besuchen, wenn Sie nichts dagegen haben. Müssen wir uns anmelden?«

»Nein, sie kann jederzeit Besuch empfangen, schließlich handelt es sich um ein Heim und kein Gefängnis. Ich möchte Sie aber begleiten. Wenn plötzlich fremde Menschen auftauchen, könnte sie das beunruhigen.«

»Ja, gerne. Wenn Sie das machen würden?«

»Das ist kein Problem, ich wollte nach der Reitstunde ohnehin hinfahren und mit ihr spazieren gehen. Es tut ihr gut, wenn wir durch den Park laufen, dabei lächelt sie sogar manchmal. Ich packe nur rasch ein paar Kleidungsstücke für sie ein, dann können wir aufbrechen.«

»Merci, Madame Fleury.«

Maxine Fleury stieg in ihren Jeep und fuhr im Schritttempo auf die Hauptstraße. Valérie und Etienne folgten im Dienstwagen. Nach einigen Kilometern durch eine Heckenlandschaft, einen dichten Laubwald und eine malerische Ortschaft überquerten sie eine Steinbrücke, unter der ein flaschengrüner Fluss hindurchströmte. Schließlich kamen sie bei der Einrichtung an, in der Marianne lebte. Die Fensterläden des zweistöckigen Gebäudes waren zum Teil geschlossen, vielleicht hielten manche Patienten einen Mittagsschlaf. Neben dem Eingang war an der Fassade ein Messingschild angebracht. Darauf stand:

Insgesamt machte das Heim auf Valérie einen eher abweisenden Eindruck, es strahlte eine Kälte aus, die sie beinahe frösteln ließ.

Gemeinsam gingen sie über eine Steintreppe zum Hauptportal und traten in die Eingangshalle. Maxine begrüßte den Mann, der hinter dem Empfangstresen saß.

»Bonjour Emile, wir besuchen meine Schwester.«

»Bonjour! Marianne ist in ihrem Zimmer.«

Sie gingen in den ersten Stock, liefen durch einen langen Flur und blieben schließlich vor einer Tür stehen. Maxine klopfte und trat ein.

»Bonjour, Marianne, ich bin es, Maxine.«

Eine Frau saß in einem Sessel am Fenster und reagierte nicht. Mit starrem Blick sah sie hinaus auf die Baumwipfel, die sich im Wind wiegten. Sie traten näher, und Maxine stellte ihrer Schwester die Besucher vor. Valérie versuchte, Blickkontakt mit Marianne aufzunehmen, es gelang ihr jedoch nicht. Etienne gab sich Mühe, sich sein Erschrecken über den körperlichen Zustand der Frau nicht anmerken zu lassen. Sie war nur noch eine magere Version ihrer Zwillingsschwester, der Körper abgemagert, die Haut fahl, die Augen glanzlos. Nur die Haare, die geflochten und zu einem Kranz gesteckt waren, glänzten mahagonibraun.

»Komm, Marianne«, sagte Maxine mit fröhlicher Stimme. »Zeigen wir doch deinem Besuch den schönen Park und das Wildgehege.«

Bei dem Wort »Wildgehege« huschte ein Lächeln über das Gesicht der Frau. Sofort stand sie auf und ließ sich von ihrer Schwester in eine Strickjacke helfen. Dann verließen sie das Zimmer und gingen über die Hintertreppe zu einer Pforte, durch die sie in den Park gelangten. Auf der gepflegten Rasenfläche standen verstreut weiß lackierte Sitzgruppen, auf denen jedoch niemand saß, obwohl es ein warmer Herbstnachmittag war. Maxine hatte sich bei ihrer Schwester untergehakt und führte sie. Mariannes Gesicht schien erstarrt wie eine Maske, ihre Schritte wirkten ungelenk. Ihre Augen fixierten irgendeinen Punkt in der Ferne.

Über einen Kiesweg gelangten sie zum Wildgehege, in dem sich in getrennten Parzellen Hängebauchschweine, Ziegen, Schafe und Ponys aufhielten. In der Mitte schwammen Enten und Blesshühner auf einem kleinen Teich. An einem überdachten Stand wurden für einen Euro Tüten mit Tierfutter angeboten. Als Maxine ihrer Schwester eine Münze in die Hand drückte, kam Leben in sie. Sie warf den Euro in den Schlitz der Kasse, griff sich eine Tüte und folgte mit raschen Schritten dem Weg, der zum Gehege der Hängebauchschweine führte. Sie folgten ihr. Als sie Marianne eingeholt hatten, stand sie bereits am Gatter und fütterte die Schweine, die ihr aus der Hand fraßen. Dabei erhellte ein Strahlen ihr Gesicht.

»Wenn sie bei den Tieren ist, ist sie glücklich«, flüsterte Maxine.

Unvermittelt griff Marianne nach Valéries Hand und schüttete einige Futterkörner in ihre Handfläche. Gemeinsam fütterten sie die Schweine. Maxine wandte sich erstaunt an Valérie. »Das hat sie noch nie gemacht. Meine Schwester mag Sie!«

Als die Tüte zur Hälfte leer war, drehten sie eine Runde um den Weiher und stellten sich auf einen Steg. Schon kam ein Forellenschwarm, die schillernden Leiber dicht zusammengedrängt, und machte sich über das restliche Tierfutter her. Als kein Krümel mehr übrig war, zog Marianne ihre Schwester weiter und deutete in eine bestimmte Richtung.

»Meine Schwester möchte zum Erfahrungsfeld der Sinne, das ist einer ihrer Lieblingsplätze. Haben Sie noch ein bisschen Zeit?«

»Ja, natürlich«, erwiderte Valérie, die traurig darüber war, was der Überfall aus dieser jungen Frau gemacht hatte. Sie wollte ihr gerne noch ein wenig Gesellschaft leisten. Bei einer Ermittlung war es wichtig, ein Gespür für die Opfer zu bekommen. Auch Etienne war betroffen und fühlte Wut über den Täter in sich aufsteigen.

Das Erfahrungsfeld der Sinne, das die Gärtner der Einrichtung liebevoll auf einer Wiese aufgebaut hatten, bestand aus verschiedenen, mit Holzbrettern umschalten Feldern, die sich aneinanderreihten und mit unterschiedlichen Materialien aus der Natur gefüllt waren:

Sand, Stroh, Kieselsteine, Baumrinden, Moos und Fichtennadeln. Barfuß und mit geschlossenen Augen sollte man den Belag ertasten und ihn auf diese Weise erraten. Rasch zog Marianne Schuhe und Strümpfe aus und begann langsam den Pfad abzulaufen, ohne die Hand ihrer Schwester loszulassen. Sie drehte kurz den Kopf und machte Valérie ein Zeichen, ihre freie Hand zu nehmen. Valérie umschloss sie sanft. Zu zweit führten sie die traumatisierte Frau Schritt für Schritt über den Parcours.

Nachdem Marianne Strümpfe und Schuhe wieder angezogen hatte, setzten sie den Rundweg fort, der nun über eine Brücke führte. Ein Bach strudelte unter ihr hindurch. Der Boden der Brücke bestand aus runden Holzbohlen, die mit Gliederketten am Geländer befestigt waren und sich beim Überqueren vor- und zurückschwangen.

In einem Nebengebäude gab es ein Café mit einer Terrasse, die von Kastanien beschattet war. Einige Tische waren noch frei. »Wollen wir noch einen Kaffee trinken?«, fragte Maxine. »Der Kuchen ist sehr lecker, sie backen ihn selbst.«

Als die Bedienung alle versorgt hatte, unterhielten sie sich. Nur Marianne schien abwesend und streichelte eine Katze, die sich auf ihrem Schoß zusammengerollt hatte.

»Sind Sie und Ihre Schwester in Urville-Bocage aufgewachsen?«, erkundigte sich Etienne.

»Nein. Marianne und ich haben mit unseren Eltern in Valognes gelebt. Als wir acht Jahre alt waren, sind sie bei einer Skitour in den französischen Alpen verunglückt.

Eine Lawine hat sie verschüttet. Nach dem Unglück haben uns unsere Großeltern in ihrem Bauernhof in Urville aufgenommen und uns liebevoll großgezogen. Leider wurden sie auch nicht alt. Marianne und ich hatten gerade damit begonnen, einen Reiterhof aufzubauen, als es passierte.«

Sie lächelte und versuchte erfolglos, ihre Schwester in das Gespräch miteinzubeziehen. Marianne betrachtete gedankenverloren ein kleines Wasserrad, das vom Bach angetrieben wurde.

»Der Hof läuft gut«, erzählte Maxine weiter. »Die Leute kommen aus der Stadt zu uns und wollen reiten lernen. Ich biete jetzt auch Kost und Logis an. Es sind hauptsächlich Mädchen und Frauen, die von diesem Angebot begeistert sind.« Sie trank einen Schluck Kaffee und wandte sich an Etienne. »Schmeckt Ihnen der Kuchen?«

»Hervorragend. Ich glaube, es ist eine der besten Schokoladentartes, die ich jemals gegessen habe. Da sind sogar Rumrosinen drin.«

Besorgt musterte Maxine ihre Schwester. »Ich glaube, Marianne ist müde, lassen Sie uns bitte zurückgehen, wenn wir fertig sind.«

Nachdem sie Marianne zurückbegleitet hatten, klopfte es an der Tür. Eine Ärztin in einem blütenweißen Kittel kam ins Zimmer, grüßte freundlich und wandte sich an Maxine. »Haben Sie ein paar Minuten Zeit für mich?«

»Ja, selbstverständlich.«

»Ich möchte gerne eine wichtige Angelegenheit mit Ihnen besprechen. Gehen wir doch in mein Büro. Es wird wirklich nicht lange dauern. Ihr Besuch könnte Marianne doch so lange Gesellschaft leisten?«

»Gerne«, versicherte Valérie und zeigte auf einen kleinen Tisch, auf dem Zeichenpapier und Buntstifte lagen. »Darf ich mit ihr malen?«

»Ja, sicher«, sagte die Ärztin. »Das macht ihr Freude, am liebsten malt sie Tiere und Pflanzen.«

»Vielleicht kann sie etwas über den Überfall damals zeichnen. Darf ich es versuchen, oder spricht aus ärztlicher Sicht etwas dagegen? Ich möchte sie keinesfalls aufregen.«

»Das haben wir schon einige Male ausprobiert, leider ohne Erfolg. Aber nur zu, ich habe nichts dagegen. Es ist wichtig, dass sich Marianne mit den traumatischen Geschehnissen auseinandersetzt, bisher verdrängte sie sie nur. Bis gleich.«

Sie und Maxine verließen das Zimmer.

»Kommen Sie, Marianne«, forderte Valérie sie auf. »Setzen wir uns an den Tisch und zeichnen wir. Haben Sie Lust?«

Zögerlich setzte sich die Frau zu ihr an den Tisch, legte ein Blatt Papier vor sich und griff nach einem schwarzen Stift. Valérie machte Etienne ein Zeichen, sich im Hintergrund zu halten. Er verstand, setzte sich in den Sessel und griff nach einer Zeitschrift.

Valérie nahm jetzt ebenfalls einen dunklen Stift und sprach Marianne sanft an. »Wie hat der Mann ausgesehen, Marianne? Ich fange an und versuche es.« Sie begann ein rundes Gesicht zu zeichnen. »War das Gesicht so? War es rund, oder war es schmäler?«

Marianne musterte sie verunsichert. Dann nahm sie ihr plötzlich das Blatt weg und begann hastig zu zeichnen. Präzise setzte sie Strich um Strich, schraffierte, verwischte mit dem Zeigefinger die Farbe und formte so das Gesicht eines Mannes. Valérie sah ihr fasziniert zu. Heraus kam das kantige Gesicht eines Mannes mit dichten Augenbrauen, kleinen Augen, einer breiten Nase, schmalen Lippen, einer niedrigen Stirn und kurzen Haaren. Marianne legte den Stift weg und wirkte erschöpft.

»So sah der Mann aus? Darf ich das Bild mitnehmen?«, fragte Valérie.

Marianne nickte kurz, wandte den Kopf ab und starrte aus dem Fenster.

»*Merci bien*, Marianne.«

Dann ging die Tür auf, und Maxine kam herein. Sie trat an den Tisch und bemerkte die Zeichnung. »Hat meine Schwester das gemalt?«

»Ja, ich habe angefangen, und sie hat mitgemacht.«

Maxine legte den Kopf schief und betrachtete das Bild. »Der Mann hat eine gewisse Ähnlichkeit mit Jean-Gustave Binet, finden Sie nicht?«

Valérie schüttelte den Kopf. »Nein, nicht wirklich.«

Etienne wollte die Zeichnung jetzt auch sehen. »Ein recht unauffälliges Gesicht.«

Maxine zuckte die Schultern. »Wie Sie meinen. Die

Ärztin hat mit mir über eine neue Therapie für Marianne gesprochen. Sie hat eine Hypnose vorgeschlagen. Das Heim hat einen geschulten Therapeuten an der Hand. Das Ziel ist, sie unter fachkundiger Anleitung mit der bedrohlichen Situation zu konfrontieren, und nicht in Form von unkontrollierten Flashbacks, die sie jedes Mal aus der Bahn werfen. Darüber muss ich erst nachdenken, ich weiß nicht so recht. Mir kam Hypnose bisher immer wie Hokuspokus vor.«

»Wir lassen Sie jetzt in Ruhe und machen uns auf den Weg. Danke, dass Sie uns mit zu Ihrer Schwester genommen haben. Meine Visitenkarte lege ich auf den Tisch, falls Ihnen noch etwas einfällt.« Sie wandte sich an Marianne und reichte ihr die Hand. »Ich wünsche Ihnen alles Gute und vor allem gute Besserung.«

Marianne ergriff ihre Hand, dann sah sie wieder aus dem Fenster.

»Ich bleibe noch ein bisschen bei ihr«, sagte Maxine. »Später muss ich mich um die Pferde kümmern. Au revoir.«

Als sie vom Vorplatz des Heimes fuhren, meinte Etienne: »Es ist erschütternd, was der Überfall aus ihr gemacht hat. Hoffentlich wird sie wieder gesund.«

»Ja, das hoffe ich auch.«

Cleroc hatte in erstaunlich kurzer Zeit einen Suchtrupp zusammengestellt, der aus acht Polizisten, einer Hundeführerin und einem Trupp der Spurensicherung bestand. Die Polizisten machten sich in einem Mannschaftswagen auf den Weg, die Techniker mit ihrem Spezialeinsatzfahrzeug. Lagarde und Samy folgten ihnen. Cleroc und Delphine Moreau nahmen einen Dienstwagen und bildeten das Ende des kleinen Konvois. Nach ungefähr einer dreiviertel Stunde erreichten sie die Gärtnerei *Tournesol* und parkten auf dem staubigen Hof.

Das Wohnhaus lag verlassen in der matten Oktobersonne. Drei Kollegen der örtlichen Gendarmerie warteten bereits auf sie. Sie hatten von Cleroc den Auftrag erhalten, bei einer einheimischen Firma einen Bagger mit Fahrer zu organisieren. Die schwere Maschine stand bereits vor der Garage der Gärtnerei, am Steuer saß ein Mann und wartete auf seinen Einsatz.

Die beiden Kommissare und Samy hatten den Ablauf dieses Einsatzes schon in Cherbourg besprochen, und Cleroc würde den Einsatz leiten.

»Es besteht der dringende Verdacht, dass Serge Montebourg, der hier wohnhaft ist und sich zurzeit in Untersuchungshaft befindet, seine verstorbene Tante Virginie Montebourg vor vier Jahren hier irgendwo vergraben hat. Wir haben einen Hinweis bekommen, dass die verdächtige Person damals den Garten umgegraben und einen kanadischen Ahorn gepflanzt hat.« Ernst blickte er in die Runde. »Im Umkreis des Baumes graben wir zuerst.«

Hinter einem Holzschuppen im verwilderten Garten erhob sich auf einer Wiese ein etwa vier Meter hoher Kugelahorn.

Cleroc gab der Hundeführerin Linette ein Zeichen, und die Frau setzte sich in Bewegung. An der Leine führte sie einen schwarzen Riesenschnauzer. Die Hündin schnupperte aufmerksam, die Nase auf den Boden gerichtet, und zerrte an der Leine. In der Nähe des Baumstammes nahm sie Witterung auf und begann aufgeregt zu bellen. Dann setzte sie sich und sah Linette winselnd an.

»Coco hat etwas gefunden«, erklärte Linette. »Sie ist ein ausgebildeter Leichenspürhund, und wir können davon ausgehen, dass hier unter der Erde ein Kadaver liegt. Ob es sich um einen Menschen oder ein Tier handelt, kann ich nicht sagen.«

»Okay«, antwortete Cleroc. »Die Einsatzgruppe gräbt zunächst behutsam einen Ring um den Baum. Ihr müsst aufpassen, dass Ihr nichts zerstört oder verletzt, was da auch immer unter der Erde liegt.«

Sofort machten sich die Polizisten an die Arbeit und trugen mit Spaten eine Erdschicht nach der anderen ab. Dabei legten sie die Wurzeln des Baumes frei und fanden zunächst nichts Auffälliges.

Als der Graben tief genug war, kam der Baggerführer zum Einsatz. Er rollte mit seiner Baumaschine bis kurz vor den Ahorn, sprang aus der Kabine und befestigte ein Seil an der Baggerschaufel. Danach kletterte er wieder auf seinen Sitz, fuhr den Arm mit der Schaufel nach oben und steuerte das Gefährt so, dass das Seil genau über dem Baum hing und fast bis zum Boden reichte. Zwei Gendarmen schlangen es um den Baum und verzurrten es fest.

Als das erledigt war, steuerte der Fahrer den Schaufelarm weiter hinauf und begann den Ahorn aus dem Erdboden zu heben. Fast geräuschlos glitt das Wurzelwerk aus dem Boden. Als es über dem Loch schwebte, lenkte er den Arm auf die Seite, setze den Baum ab und löste das Seil.

Die Kommissare, Delphine und Samy traten an die Aushöhlung und sahen angespannt hinein.

»Da unten liegt etwas«, stellte Samy mit gepresster Stimme fest. »Es sieht aus wie ein Brett aus hellem Holz. Wir müssen es ausgraben, aber bitte ganz vorsichtig.«

Zwei Polizisten kletterten in das Loch und begannen mit kleineren Schaufeln das Brett freizulegen. Die Oberfläche entpuppte sich schließlich als ein rechteckiges Holzbrett aus Kiefer mit einer Größe von ungefähr zwei Meter auf achtzig Zentimeter. Als ein Polizist versuchte, den Gegenstand aus der Erde zu lösen, stutzte er und grub mit den Händen weiter. »Das ist kein Brett«, rief er aufgeregt. »Ich glaube, es ist eine Kiste.«

»Seht euch die Form an«, forderte Delphine sie auf, die mit ihrem rubinroten Kostüm, der pinkfarbenen Bluse und den hochhackigen Schuhen völlig fehl am Platz wirkte. »Das ist nicht einfach eine Kiste, das ist ein Sarg.«

Kopfschüttelnd zündete sie sich eine Gitanes an.

»Grabt die Kiste aus!«, gab Cleroc den Befehl. Als sie freilag, wurde sie mit zwei breiten Spanngurten umwickelt, und der Baggerführer hob sie Zentimeter für Zentimeter heraus. Vorsichtig stellte er sie auf der Wiese ab. Jetzt konnte man sehen, dass das Behältnis eine Höhe von schätzungsweise sechzig Zentimetern aufwies und einen schmalen Deckel hatte, der mit Nägeln auf der Kiste befestigt war.

Techniker der Spurensicherung stemmten ihn auf und legten ihn beiseite. Der Anblick, der sich ihnen bot, brachte sie kurz aus der Fassung. Im Sarg lag ein menschliches Skelett, umgeben von verrotteten hellen Stofffetzen und einem von Würmern zerfressenen Buch, auf dem ein unvollständiges goldenes Kreuz zu sehen war. Darüber kreuzten sich bleiche Fingerknochen.

»Er hat die alte Dame tatsächlich hier begraben.« Lagarde war schockiert. »Sie trug offenbar helle Kleidung, und er hat ihr eine Bibel mit in den Sarg gelegt. Der Fund muss untersucht werden, aber ich gehe davon aus, dass es sich um Virginie Montebourg handelt.«

Delphine ging in die Hocke und betrachtete die Knochen. »Für die Untersuchung brauchen wir einen forensischen Anthropologen. Vielleicht können wir feststellen, woran sie gestorben ist. Das wird aber schwierig, weil wir nur das Skelett zur Verfügung haben. Anhand der Stellung der Beckenknochen und der Kieferpartie gehe ich davon aus, dass es sich um eine Frau handelt. Sie war höchstens einen Meter fünfundfünfzig groß. Die Fingerknochen sind gekrümmt, so wie es bei einer schweren Rheumaerkrankung vorkommt. Das deutet auf eine ältere Frau hin. Lassen wir den Sarg in das Rechtsmedizinische Institut bringen, hier können wir nichts mehr tun.«

»Einverstanden«, sagte Cleroc. »Ich informiere den Leichenbestatter, und wir warten hier auf ihn. Die Spurensicherung kann den Fundort des Leichnams absichern und dann anfangen, das Loch und die Umgebung zu untersuchen, vielleicht finden wir noch etwas. Die Polizisten können die Kollegen bei der Suche unterstützen. Das Terrain ist ziemlich groß und unübersichtlich. Die anwesenden Gendarmen aus Bricquebec bitte ich um Amtshilfe.«

Cleroc ging zu dem Baggerführer, der noch immer einen erschütterten Eindruck machte, und reichte ihm die Hand. »Gute Arbeit, vielen Dank. Schicken Sie die Rechnung an die örtliche Gendarmerie. Sie wird sie an uns weiterleiten. Ich verlasse mich darauf, dass Sie Stillschweigen bewahren über das, was Sie gesehen oder gehört haben.«

»Sie können sich auf mich verlassen.« Der Mann zögerte. »Wurde sie wirklich ermordet?«

»Das wissen wir noch nicht.«

Während die Techniker der Spurensicherung zunächst den Fundort mit rot-weißen Absperrbändern sicherten, entschied der Einsatzleiter des Suchtrupps, die Nebengebäude zu durchsuchen, und teilte sie in Zweiergruppen auf. Die Polizisten Alain und Laurent nahmen sich das erste der beiden flachen Nebengebäude vor, in dem sich eine Werkstatt befand. Auf der Werkbank, die eine Wand komplett einnahm, lagen verschiedene Werkzeuge unordentlich durcheinander. Verschiedene Zangen, Schraubenschlüssel, eine Säge und Hammer in unterschiedlichen

Größen. Die Polizisten betrachteten sie genau, und Alain entdeckte auf einem Hammerkopf getrocknete dunkle Flecken. »Das könnte Blut sein«, vermutete er.

Sein Kollege nickte. »Tüten wir ihn ein und übergeben ihn der Spurensicherung.«

Nach dem Einsatz rief Lagarde Valérie an.

»Salut, Valérie. Wo seid ihr jetzt?«

»Wir haben Marianne Fleury besucht, sie wohnt in einer psychiatrischen Einrichtung in der Nähe von Urville. Gerade sind wir losgefahren.«

»Wir sollten uns treffen und uns beraten, wie wir weiter vorgehen wollen. Zwischen Urville und Bricquebec gibt es ein Café an dem kleinen See *Bertrand*, dort können wir uns treffen.«

»In Ordnung, bis gleich.«

Valérie und Etienne erreichten den See nach wenigen Minuten und warteten auf Lagarde und Samy. In der Zwischenzeit sahen sie sich um. Der *L'Étang Bertrand* war ein flaches, sichelförmiges Gewässer, das von Schilf und altem Baumbestand umgeben war. Die Sonne ging gerade unter. Spaziergänger waren unterwegs, und eine Gruppe Jugendlicher grillte am Ufer. Aus einem Ghettoblaster erklang Salsamusik. Auf dem Wasser waren Tretboote und kleine Jollen unterwegs.

»An diesem See war ich noch nie«, sagte Valérie. »Das ist wirklich ein idyllisches Plätzchen.«

Etienne legte ihr kurz die Hand auf die Schulter und

sah sie lächelnd an. »Chapeau, wie du es geschafft hast, Marianne dazu zu bringen, mir dir zu zeichnen. Ich habe es nicht für möglich gehalten, dass sie es tut. Das war wirklich beeindruckend.«

Valérie strahlte. »Danke, vielleicht hilft uns das Bild wirklich weiter.«

»Da bin ich mir sicher. Jetzt müssen wir den Kerl bloß noch finden.«

Als Samy und Lagarde eintrafen, suchten sie sich einen freien Platz auf der Terrasse und bestellten Kaffee und eine Schale mit gesalzenen Pistazien. Dann erzählte Valérie von der Begegnung mit Marianne Fleury und deren Zwillingsschwester.

»Sie spricht nicht mehr?«, fragte Samy betroffen.

»Nein, kein Wort.«

»Ich hoffe wirklich, dass wir den Täter bald finden.«

»Gehst du davon aus, dass es sich um denselben Mann handelt, der auch Claire Lamare und Brigitte Duval überfallen hat?«

»Eigentlich schon. Meine Intuition sagt mir, dass die Fälle zusammengehören.«

»Den Eindruck habe ich auch.«

Valérie zeigte den Kollegen Mariannes Zeichnung. Samy und Lagarde betrachteten sie eingehend. »Maxine Fleury behauptete, sie sehe Jean-Gustave Binet ähnlich.«

»Das finde ich etwas weit hergeholt«, meinte Lagarde. »Das kann ich mir nicht einmal mit viel Phantasie vorstellen.«

Samy nickte. »Die Zeichnung ist gut, aber doch etwas vage. Bisher ist bei unseren Nachforschungen niemand aufgetaucht, der genauso aussieht.«

»Das ist leider wahr«, bedauerte Etienne. »Aber das kann sich noch ändern.«

Samy und Lagarde berichteten von ihrem Einsatz in der Gärtnerei *Tournesol*.

»Ihr habt tatsächlich einen Sarg gefunden?« Etienne konnte es nicht fassen. »Ist es Virginie Montebourg?«

»Wer soll es denn sonst sein?«, antwortete Samy. »Aber warten wir die Vernehmung von ihrem Neffen ab. Ludovic wird ihn sicher in die Mangel nehmen.«

Plötzlich machte sich das Tablet von Valérie bemerkbar. Sie legte es auf den Tisch. »Ein Skype-Anruf aus Marokko«, sagte sie aufgeregt. »Das ist bestimmt Gérard du Plessis.«

Schon erschien ein junger Mann auf dem Bildschirm, der freundlich in die Kamera lächelte. Das attraktive, braungebrannte Gesicht wurde von meerblauen Augen mit langen schwarzen Wimpern dominiert, die Blickkontakt mit Valérie suchten.

»Bonjour, ich bin Gérard du Plessis«, stellte er sich vor. »Ich habe von einer gewissen Valérie Anger eine Mail bekommen mit der Aufforderung, mich dringend bei ihr zu melden.«

»Das bin ich, vielen Dank, dass Sie sich mit uns in Verbindung setzen. Die Angelegenheit ist wirklich sehr wichtig.«

»Entschuldigen Sie, dass ich mich erst jetzt bei Ihnen melde. Ich hatte einen kleinen Unfall beim Wellenreiten.« Er deutete auf einen Kopfverband, der seine dicken, blonden Rasta-Locken zähmte.

»Geht es Ihnen wieder gut?«

»Aber sicher. Sie haben geschrieben, dass es um Claire Lamare geht.«

»Ja, meine Kollegen und ich haben die Ermittlungen in dem Fall wieder aufgenommen. Wir versuchen, mit allen Personen zu sprechen, die damals mit ihr in engerem Kontakt standen. Um den Täter zu finden, brauchen wir so viele Informationen wie möglich.«

»Natürlich helfe ich Ihnen, wenn ich kann.«

»Sie waren ihr Klavierlehrer, nicht wahr?«

»Ja, das stimmt.« Ein trauriges Lächeln umspielte seine Lippen. »Aber ich war nicht nur das. Wir haben uns geliebt. Sie war eine bezaubernde, schöne Frau, humorvoll, sensibel, und eine begnadete Klavierspielerin. Mit ihr wollte ich eine Familie gründen.« Niedergeschlagen blickte er in die Kamera. »Wir hatten große Pläne, die wir nicht mehr verwirklichen konnten. Wir wollten uns zusammen ein Leben in Marokko aufbauen, in Essaouira. Wir haben gespart und wollten dort eine Surf- und Tauchschule eröffnen. Leider sind wir uns nicht einig geworden, wie wir vorgehen sollten. Ich wollte gleich auswandern. Hätten wir es nur gemacht, dann wäre sie noch am Leben. Aber sie wollte erst ihr Baccalauréat machen, studieren und dann nachkommen. In den Semesterferien wollte sie mich besuchen.« Er biss sich auf die Lippe. »Aber so weit kam es nicht mehr. Irgendein perverses Schwein hat sie getötet und unsere Träume zerstört.«

»Nach ihrem Tod haben Sie sich entschlossen, allein auszuwandern?«

»Ja, ich konnte mein Leben in Frankreich nicht mehr ertragen ohne sie. Alles hat mich an sie erinnert, ich bin fast verrückt geworden vor Kummer. Deshalb bin ich abgehauen. Meine Ersparnisse reichten nur für eine Teilhaberschaft an einer Surfschule. Aber ich bin ganz zufrieden hier. Die Kurse für die Touristen lenken mich ab. Ich weiß nicht, ob ich jemals zurückkommen werde.«

»Claires Eltern wussten von Ihrer Beziehung nichts?«

»Nein, sie wollte das nicht. Ihre Eltern hätten bestimmt nichts dagegen gehabt. So wie sie von ihnen erzählt hat, müssen sie sehr nett sein. Aber sie wollte ihr Geheimnis noch eine Weile bewahren. Das habe ich respektiert.«

»Wir wollen gerne von Ihnen wissen, ob Sie sich an etwas erinnern, das uns weiterhelfen könnte. Das kann eine Kleinigkeit sein, die Ihnen womöglich unbedeutend erscheint.«

»Ich habe lange darüber nachgedacht, und jetzt im Krankenhaus ist mir etwas eingefallen, aber ich weiß nicht, ob das wichtig ist?«

»Erzählen Sie bitte.«

»Claire hat manchmal mit Schulkameraden die Disco von Saint-Jean besucht.«

»Ja, das wissen wir.«

»Ich habe sie nie begleitet, ich bin nicht so der Disco-Typ, und die Musik finde ich schrecklich. Ungefähr zwei Monate vor ihrem Tod hat sie von einem Vorfall erzählt, der sie beunruhigt hat. Als sie eines Abends nach Hause ging, stand bei einem der Häuser, an denen sie vorbeikam, ein Mann am Fenster und hat sie beobachtet. Sie hat gesagt, er habe ihr Angst gemacht und dass er unheimlich auf sie wirkte. Ich habe ihr daraufhin angeboten, sie von der Disco abzuholen. Aber das wollte sie nicht. Sie hat mir versichert, dass sie jederzeit Gilles, Carine oder einen Bekannten zu Hilfe holen könne. Ich habe ihre Entscheidung akzeptiert.«

»Hat sie beschrieben, wie der Mann aussah?«

»Nein, das konnte sie nicht. Sie sagte nur, sein Blick sei bedrohlich gewesen, und er hätte sie angestarrt.«

»Können Sie uns sagen, um welches Haus es sich handelte?«

»Nein, ich weiß nur, dass es irgendwo auf dem Weg von der Disco zum Ortsausgang war.«

»In Ordnung. Ist Ihnen noch etwas eingefallen?«

»Nein.«

»Dann möchte ich mich bei Ihnen bedanken, dass Sie sich bei uns gemeldet haben. Es könnte ein wichtiger Hinweis sein. Wir werden dieses Haus suchen.«

»Sagen Sie mir bitte Bescheid, wenn Sie den Täter gefunden haben? Es ist sehr wichtig für mich.«

»Ich verspreche es Ihnen.«

»Danke. Wenn Sie mal zufällig in der Nähe von Essaouira sind, kommen Sie doch auf einen Minztee bei mir vorbei. Darüber würde ich mich sehr freuen. Ich kann Ihnen das Wellenreiten beibringen, wenn Sie wollen.«

»Ein bisschen kann ich es schon.«

»Dann werde ich einen Profi aus Ihnen machen.«

»Abgemacht. Gute Besserung, Monsieur du Plessis.«

Sie sahen sich an. »Was machen wir jetzt?«, fragte Valérie.

Samy grinste. »Wir suchen dieses Haus, was sonst?«

Als sie Saint-Jean-de-la-Rivière erreichten, senkte sich die Dämmerung über das Cotentin. Sie parkten vor der Disco. Etwa fünfzig Meter entfernt in östlicher Richtung lag der Marktplatz, den Jean-Gustave Binet erwähnt hatte, im Schein der Straßenlaternen. Die Brasserie war hell erleuchtet, einige Gäste saßen an Bistrotischen in der Gasse und tranken einen Aperitif. Dahinter erhob sich dunkel der Kirchturm.

Langsam folgten sie der Straße nach Westen. Linkerhand sahen sie einen Apfelbaumgarten, einen Acker mit einer Scheune sowie einen Fischweiher. Auf der rechten Seite lagen zwei Bauernhöfe, ein kleiner Lebensmittelladen und ein Fachwerkhaus. Im Hof des ersten landwirtschaftlichen Betriebes standen eine Frau mit Kittelschürze und Kopftuch und ein Mann in einem blauen Arbeitsoverall. Sie waren damit beschäftigt, Holz unter einem Vordach aufzustapeln. Die beiden waren um die achtzig Jahre alt.

Die vier gingen in den Hof, grüßten freundlich, und Lagarde zeigte seinen Dienstausweis. Die Bauern sahen sie überrascht an. Dann legte die Frau das letzte Scheit auf den Stapel und wandte sich ihnen zu. »Wir sind Roland und Elise Focard«, stellte sie sich und ihren Mann vor. »Was können wir für Sie tun?«

»Entschuldigen Sie bitte die Störung«, sagte Lagarde. »Wir suchen im Rahmen von polizeilichen Ermittlungen einen Mann mittleren Alters, dunkle Haare, kräftiger Körperbau, mittelgroß. Wissen Sie, ob hier in der Straße jemand wohnt, auf den diese Beschreibung passt?«

Das Ehepaar tauschte einen erstaunten Blick. Der Mann rieb sich das bärtige Kinn. »Lassen Sie mich mal überlegen. Hier wohnen nur Elise und ich. Unsere Kinder sind in die Stadt gezogen.«

Resolut übernahm Elise Focard das Wort. »Der Bauernhof nebenan steht seit Jahren leer. Die Besitzer sind verstorben, und bisher hatte niemand Interesse, das Anwesen zu kaufen.« Sie dachte nach. »Der Lebensmittelladen daneben gehört Clothilde. Sie ist ungefähr in unserem Alter und wird ihn zum Jahresende hin schließen. Die Arthritis plagt sie sehr, und sie schafft die viele Arbeit nicht mehr. Sie wohnt allein über ihrem Laden und überlegt, ob sie sich einen Treppenlift anschaffen soll.«

»Das interessiert die Polizei doch nicht«, belehrte ihr Mann sie. »Sie suchen einen jüngeren Mann und keine alte Frau. Im Fachwerkhaus am Ende der Straße lebt seit mindestens fünf Jahren eine Studenten-WG. Sie haben

uns damals nach ihrem Einzug zu ihrer Einweihungs-
party eingeladen, das fanden wir sehr nett. Es sind vier
junge Leute, zwei Männer und zwei Frauen, alle so Mitte
zwanzig. Ein Paar hat ein bezauberndes kleines Mädchen.
Der eine Mann ist blond, der andere hat einen roten Pferdeschwanz.« Mit einem rotkarierten Tuch wischte er sich
Schweißtropfen von der Stirn. »Sie sind Künstler und haben in der Scheune neben dem Fachwerkhaus eine Ga-
lerie eingerichtet. Da kann man Töpferware, Schmuck,
Holzkunstwerk und Gemälde kaufen.«

Etienne betrachtete das Fichtenwäldchen am Ortsausgang und deutete darauf. »Ist dort das Dorf zu Ende, oder
gibt es noch mehr Häuser?«

»Nein, dort ist es zu Ende.«

Seine Frau korrigierte ihn sofort. »Hinter dem Wald ist
doch das medizinische Labor.«

»Ach, das habe ich vergessen, das ist ja auch kein Wohnhaus.«

Valérie und Lagarde tauschten einen überraschten
Blick.

»Da gibt es ein medizinisches Labor?«, hakte er nach.

»Ja«, bestätigte Elise. »Ein Forschungszentrum für Immunologie.«

»Wird dort auch abends noch gearbeitet, so gegen zweiundzwanzig Uhr?«

Sie schüttelte entschieden den Kopf. »Nein, spätestens um achtzehn Uhr verlässt das letzte Personal das
Labor. Das weiß ich, weil manche von denen bei Clot-

hilde einkaufen oder im Dorfbistro einen Aperitif trinken.«

»Dann hält sich am Abend und in der Nacht niemand mehr dort auf?«

»Oh doch, das Labor wird von einem Sicherheitsdienst bewacht, die ganze Nacht. Wissen Sie, da geht es auch um Virenforschung, das hat mir der Schlachter erzählt. Das ist eine sehr gefährliche Sache. Wenn da jemand eindringt und die Viren stiehlt, kann er die ganze Normandie ausrotten.«

»Jetzt übertreibst du aber, Elise«, brummte ihr Mann. »Was ist denn das für ein Unsinn?«

»Ich übertreibe nicht, ich habe es doch vom Schlachter erfahren, er muss es wissen, das ist ein intelligenter Mann. Du interessierst dich ja nur für deine Hühner und Schweine.«

»Na, hör mal, für Boules interessiere ich mich auch.«

Lagarde unterbrach die beiden. »Wissen Sie den Namen des Sicherheitsdienstes?«

»Leider nein«, bedauerte Elise.

»Aber warten Sie!«, Roland war jetzt ganz bei der Sache. »Auf den weißen Kleinbussen der Firma, die manchmal hier vorbeifahren, ist ein Symbol auf der hinteren Tür. Das fällt einem richtig ins Auge.«

»Meinen Sie eine Art Logo?«

»Ja, genau.«

»Können Sie es beschreiben?«

»Selbstverständlich, ich bin doch nicht senil.«

»Wie sieht es aus?«

»Es ist eine Burg auf einem Berg, das Symbol ist schwarz mit einem goldenen Rand.«

Lagarde nickte. »Das ist sehr interessant. Haben Sie vielen Dank. Wie weit ist es zu dem Labor?«

»Nur ein paar Minuten, geradeaus und dann durch das Wäldchen.«

»Kommt man dort vorbei, wenn man zu dem Feldweg an den Gleisen will?«

»Ja, einen anderen Weg gibt es nicht.«

»Danke, ich wünsche Ihnen einen schönen Abend.«

Als sie den Hof verließen, sah das Ehepaar ihnen nach.

»Das war ein netter Kommissar«, stellte Elise fest. »So habe ich mir diese Leute gar nicht vorgestellt. Die Polizisten im Fernsehen sind ganz anderes, so unhöflich und brutal.«

Ihr Mann schüttelte unwirsch den Kopf. »Lass uns das Holz fertig aufstapeln, für heute Nacht ist Regen angekündigt.«

Als die vier wieder auf der Straße standen, bemerkte Valérie nachdenklich: »Hier gibt es also auch ein medizinisches Labor, das ist wirklich interessant.«

Samy verstand nicht. »Wie meinst du das?«

»Ich glaube, davon haben wir dir und Etienne noch nicht erzählt, es schien nicht wichtig zu sein. Mireille le Clerc hat in unserem Gespräch ebenfalls ein medizinisches Labor erwähnt. Sie ist auf dem Weg zur Jagdhütte ihres Freundes an einem Labor vorbeigekommen. Kurz darauf wurde sie überfallen.«

»Sehen wir es uns an.«

Im Schein der Straßenbeleuchtung gingen sie die Gasse entlang. Der zweite Bauernhof wirkte düster und verlassen, das Schild des Immobilienmaklers lag im verwilderten Garten auf der Erde, und im ersten Stock war eine Scheibe eingeschlagen. Die Klappläden des Lebensmittelladens waren fest verschlossen, neben der Tür stapelten sich leere Kisten. Darüber brannte in einem Zimmer Licht, und hinter der Fensterscheibe war schemenhaft eine Gestalt zu erkennen. Der Garten der Wohngemeinschaft war mit Fackeln erleuchtet, und es roch einladend nach gegrilltem Fleisch. Laute Musik, Stimmen und Gelächter waren zu vernehmen. Unter einer Gartenleuchte saß ein Kleinkind in einem rosa Schlafanzug im Sandkasten, starrte auf eine zerstörte Sandburg und schrie wie am Spieß. Niemand schien davon Notiz zu nehmen.

Am Ortsausgang führte ein Weg in das Wäldchen, dem sie etwa zweihundert Meter vorbei an Dorngestrüpp und dichtem Buschwerk folgten. Über den Wipfeln stand die weiße Sichel des Mondes, und ein Nachtvogel schrie. Schließlich gelangten sie an einen hohen Metallzaun.

»Der Zaun ist elektrisch gesichert und mit Wärmebildkameras und Bewegungssensoren ausgestattet«, stellte Etienne mit geschultem Blick fest. »Außerdem wird das Gelände videoüberwacht.«

Hinter dem Zaun erhob sich ein einstöckiges, rechteckiges Gebäude, dessen Fenster dunkel waren. Das ganze Terrain wurde von starken Strahlern ausgeleuchtet, der Parkplatz war leer. Auf der anderen Seite des Grundstücks befand sich die Zufahrt. Das hohe Tor war geschlossen. »Hier ist niemand«, sagte er.

»Vielleicht kommt der Sicherheitsdienst erst später«, vermutete Samy. Er deutete auf den ersten Stock. »Von dort aus kann man diesen Pfad gut einsehen. Alles ist taghell erleuchtet. Stellt euch vor, da oben steht der Täter am Fenster und sieht Claire Lamare vorbeigehen, vielleicht hat er sie schon häufiger beobachtet, und an jenem Abend ist die Gelegenheit günstig. Er folgt ihr unbemerkt, und am Steinkreuz fällt er über sie her.«

»Du meinst, es war ein Angestellter der Sicherheitsfirma?«, fragte Lagarde.

»Wir müssen Erkundigungen über dieses Unternehmen einziehen.«

»Ich kümmere mich darum«, versprach Valérie.

»Hier erreichen wir heute nichts mehr, lasst uns erst mal recherchieren und dann wiederkommen. Aber jetzt gehen wir essen«, schlug Etienne vor. »Habt ihr keinen Hunger?«

»Doch«, meinte Samy. »Am Marktplatz haben wir doch diese Brasserie gesehen.«

Lagarde grinste. »Ihr habt mich überredet, gehen wir essen. Morgen sehen wir weiter. Es war ein langer Tag.«

Vor dem Bistro auf dem Gehsteig fanden sie einen freien Tisch. Nachdem ein Kellner die Speisekarte gebracht hatte, diskutierten sie über die Weinauswahl und darüber, ob sie als Hauptgericht Kaninchen in Senfsauce oder Ente mit Sauerkirschen essen sollten.

Währenddessen näherte sich im Schritttempo ein weißer Kleinbus. An einem Zebrastreifen hielt er an und wartete, bis eine Frau mit einem Kinderwagen die Straße überquert hatte. Am Steuer saßen eine Frau und daneben ein Mann, der nur undeutlich zu erkennen war. Das Fahrzeug fuhr langsam vorbei, und man konnte unter dem Logo den Namen der Sicherheitsfirma deutlich erkennen. Sie hieß *Montségur* nach der wohl bekanntesten Katharerburg, die sich in den Ausläufern der Pyrenäen erhob.

ZEHNTER TAG

MONTSÉGUR

Sie saßen gerade bei der morgendlichen Besprechung, als Cleroc anrief. Lagarde nahm das Telefonat entgegen.

»Bonjour, Ludovic.«

»Bonjour, Philippe. Ich möchte euch informieren, was sich in Sachen Gärtnerei *Tournesol* ergeben hat.«

»Ich stelle den Lautsprecher an.«

»Die Suche der Spurensicherung brachte leider keine neuen Erkenntnisse. Der Hammer aus der Werkstatt wird im Labor noch auf Spuren untersucht. Serge Montebourg hat zugegeben, dass es sich bei dem Fund um seine Tante Virginie handelt. Er versichert, dass sie eines natürlichen Todes gestorben sei. Danach kam ihm die Idee, dass er ihren Tod verheimlichen und sie im Garten vergraben könnte.«

»Lass mich raten, er hat ihre Rente einfach weiterkassiert?«

»Genau. Keinem sei etwas aufgefallen, nur eine Nachbarin und der Pfarrer hätten sich ein paarmal nach ihr erkundigt. Montebourg hat jeden Monat siebenhundert Euro vom Konto seiner Tante abgehoben, er hatte eine Vollmacht.«

»Vier Jahre lang hat niemand etwas bemerkt, nicht zu fassen.«

»Ja. Ich habe ihn nach den Flecken auf dem Hammer gefragt. Er sagt, es sei sein Blut, er habe sich beim Arbeiten an der Werkbank verletzt. Er bleibt in Haft, bis die Untersuchungen abgeschlossen sind.«

»Danke für die Info, Ludovic.«

Als das Gespräch beendet war, machte Valérie ihrer Empörung Luft. »Er hat die alte Dame einfach im Garten vergraben und von ihrer Rente gelebt?«

»Dazu kamen noch die Einkünfte durch seine Gaunereien«, ergänzte Samy. »Solche Fälle kommen häufiger vor, als man denkt. Vor einigen Jahren hat ein Hausmeister einer großen Wohnanlage in Lyon vier alte Menschen getötet, in Gefriertruhen versteckt und ihre Rente weiterbezogen. Das hat lange Zeit niemand bemerkt.«

Valérie schüttelte angewidert den Kopf. »Was für ein monströses Geschäftsmodell.« Dann trank sie einen Schluck Kaffee und wandte sich dem weißen Karton zu, den sie bei ihrer Ankunft an der Wand befestigt hatte. »Wir haben endlich ein Muster«, erklärte sie. »Bisher hat uns die Frage beschäftigt, warum der Täter ausgerechnet an diesen Orten zugeschlagen hat? An welchen Kriterien hat er sich orientiert? War die Auswahl willkürlich oder gab es einen bestimmten Grund, warum er dort war?« Mit einem Filzstift begann sie ermittlungsrelevante Ergebnisse auf das Blatt zu schreiben:

Marianne Fleury
Überfall am 11. November 2013
Urville-Bocage
Standort eines Unternehmens, das Arzneimittelforschung
mit Tierversuchen betreibt

Claire Lamare
getötet am 28. September 2014
zwischen Saint-Jean und Saint-Georges
Standort eines Forschungszentrums für Immunologie

Mireille le Clerc
Überfall am 06. Juni 2016
bei Briquebec
Standort eines Unternehmens, das Computersoftware
speziell für das Militär entwickelt

Brigitte Duval
Vergewaltigung am 07. September 2017
bei Portbail
Standort einer Kinderwunschklinik

»Diese vier Einrichtungen werden von ein und derselben Sicherheitsfirma bewacht«, erklärte sie. »Es gibt Übergriffe durch Tierschützer, Proteste von Gegnern der Virenforschung, Industriespionage und Anfeindungen von Leuten, die sich für eine natürliche Befruchtung einsetzen. Dieses Security-Unternehmen ist *Montségur*. Die

Firma existiert seit acht Jahren, und das Personal bewacht noch weitere Objekte im Cotentin, und zwar in Valognes, Sainte-Mère-Église und Lessay. Diese Informationen habe ich von der Homepage dieses Unternehmens. Sie werben damit, dass es zu keinen gravierenden Vorfällen mehr kam, seit sie diese Objekte betreuen.«

»Unser Täter ist dort angestellt«, sagte Etienne.

»Wo ist der Firmensitz?«, wollte Lagarde wissen.

»In Saint-Georges.«

»Okay, dann rufe ich jetzt Richter Delaporte an. Wir brauchen einen Durchsuchungsbeschluss. Großartige Arbeit, Valérie. Danke.«

Nach dem Telefonat mit dem Richter verkündete er: »Der Beschluss kommt gleich per Fax. Dann sehen wir uns diese Firma an. Ich werde die Gendarmerie von Saint-Georges um Amtshilfe bitten.«

Der Hauptsitz der Sicherheitsfirma *Montségur* lag an der Hauptstraße von Saint-Georges-de-la-Rivière und war in einem unscheinbaren Granitsteingebäude untergebracht. Drei Kollegen der örtlichen Gendarmerie warteten bereits vor dem Haus auf sie. Im Erdgeschoss befand sich die Touristeninformation, im ersten Stock lagen die Geschäftsräume des Unternehmens. Neben der Eingangstür war ein edles Messingschild an der Fassade angebracht, auf dem das Logo abgebildet war, darunter stand: *Security Firma Montségur, Inhaberin Ariane Corbusier.*

Über eine Treppe stiegen sie in den ersten Stock. Die Tür zu den Büroräumen stand offen. Eine Klingel gab es nicht. Lagarde klopfte, und sie gingen über einen bordeauxroten Teppichboden durch den Flur, bis sie zu einem Büro kamen.

Dort saß ein Mann mit weichen Gesichtszügen und mausbraunen, schütteren Haaren hinter einem Schreibtisch und lächelte sie höflich an. Dabei rückte er seine königsblaue Krawatte zurecht. Ein Schild an seinem Revers wies ihn als Jean-Pierre Renaud, Assistent der Geschäftsleitung, aus. »Bonjour, Madame et Messieurs, was kann ich für Sie tun?«

Lagarde stellte sie vor und zeigte seinen Dienstausweis. »Wir möchten gerne mit der Inhaberin Madame Corbusier sprechen.«

»Haben Sie einen Termin?«

»Nein, aber einen Durchsuchungsbeschluss.« Er zeigte ihm das Dokument.

Der Mann warf einen Blick darauf und stand abrupt auf. Er war fast zwei Meter groß und sehr dünn, so dass er den schicken Designeranzug kaum auszufüllen vermochte. »Ich verstehe nicht ... Was wollen Sie hier durchsuchen? Welchen Anlass gibt es überhaupt?«

»Wir möchten mit Madame Corbusier sprechen.«

»Selbstverständlich, kommen Sie bitte mit.«

Er führte sie durch einen weiteren Flur, an dessen Wänden abstrakte Malerei hing, und klopfte an eine Mahagonitür.

Die Chefin des Unternehmens stand neben ihrem Schreibtisch und blätterte in einer Akte. Das schwarz-weiß gemusterte Kostüm betonte ihre hochgewachsene Gestalt mit den üppigen Formen. Die lockigen blonden Haare fielen auf die Schulterpolster. Sie hob den Kopf und blickte aus großen blauen Augen überrascht auf.

»Was wird das hier, Jean-Pierre?«, fragte sie mit bemüht ruhiger Stimme.

»Die Herrschaften sind von der Polizei.«

»Das sehe ich.«

Lagarde ergriff das Wort. Als sie von dem Durchsuchungsbeschluss hörte, wirkte sie keineswegs erschrocken, sondern eher verblüfft. »Das ist eine seriöse Firma, Monsieur le Commissaire, was werfen Sie mir vor?«

»Ihnen werfe ich gar nichts vor. Wir ermitteln in einem Kapitaldelikt, mehr darf ich dazu nicht sagen. Wir brauchen die Personalakten aller ihrer männlichen Mitarbeiter.«

»Wie bitte?« Ihre Wangen färbten sich rot, und die feinen Augenbrauen zogen sich in die Höhe.

Jean-Pierre trat zu ihr und legte ihr besänftigend die Hand auf den Arm. »Bitte reg dich nicht auf, Ariane. Es wird sich alles klären. Wir haben nichts zu verbergen.«

Sie atmete tief durch und legte die Hände an die Nasenspitze. »Also gut. Sollte ich besser meinen Anwalt hinzuziehen, Monsieur le Commissaire?«

»Das können Sie selbstverständlich tun, Madame Corbusier, aber wie schon gesagt, wir ermitteln in einem Kapitalverbrechen, und es ist Gefahr im Verzug. Ihrem Anwalt wird es deshalb nicht gelingen, eine aufschiebende Wirkung zu erzielen. Aber wir warten gerne auf ihn.«

Sie musterte ihn nachdenklich. »Ich glaube, das ist nicht nötig. Welches Vorgehen schlagen Sie vor?«

»Die Gendarmen der örtlichen Wache nehmen die Personalakten mit, sie werden kopiert, und Sie bekommen sie unversehrt so schnell wie möglich zurück. Spätestens morgen. Die Daten werden ausschließlich für die Ermittlungen benutzt. Sind Sie einverstanden?«

»Habe ich eine Wahl?«

Er lächelte sie freundlich an. »Eigentlich nicht. Wo sind die Akten?«

»Da drüben in dem Rollschrank.«

»Sind sie vollständig?«

»Ja.«

Er gab den Gendarmen ein Zeichen. »Fangen Sie bitte an.« Die Kollegen stapelten die Personalakten in mitgebrachte Kunststoffkisten.

Dann wandte er sich an die Chefin. »Wir möchten gerne mit Ihnen sprechen, da wir einige Informationen benötigen.«

»Gut, dann gehen wir am besten in das Besprechungszimmer. Jean-Pierre, bist du so lieb und bringst uns Kaffee und Wasser?«

»Gerne, Ariane.«

»Ich möchte, dass du bei der Besprechung dabei bist.«

»Selbstverständlich.«

Schließlich saßen alle um einen ovalen Tisch in dem hohen, hellen Raum, der elegant eingerichtet war. Außergewöhnlich war eine gerahmte Fotografie der Geschäftsführerin, die über einer Glasvitrine hing. Sie zeigte Ariane Corbusier, wie sie, auf einem Podest stehend, in die Kamera strahlte. Die Haare reichten ihr bis zur Taille, sie trug einen winzigen gelben Bikini und hatte eine grün glitzernde Schärpe quer über dem muskulösen, von Öl glänzenden Oberkörper. Auf dem Band stand: *1. Platz beim Bodybuilding Wettbewerb der Basse-Normandie.*

Madame Corbusier bemerkte Lagardes Blick und lächelte. »Das ist schon zehn Jahre her. Ich habe damals erfolgreich an etlichen Wettbewerben teilgenommen und einige gewonnen. Damals war ich ein richtiges Kraftpaket. Ich habe gut verdient, sehr gut sogar. Aber eines Tages habe ich mir gesagt, dass es nicht immer so weitergehen kann. Irgendwann hätte ich in dieser körperorientierten Branche keine Chance mehr. Daraufhin habe ich mich vor acht Jahren selbständig gemacht und diese Firma gegründet. Ich bin Alleininhaberin, und sie läuft sehr gut. Es gibt Firmen, die einem erhöhten Sicherheitsrisiko unterliegen und bewacht werden müssen, diese Marktlücke hier im Cotentin habe ich erkannt und genutzt.« Sie trank einen Schluck Kaffee. »Aktuell betreuen wir dreizehn Unternehmen. Wir sind ausgebucht, und ich denke inzwischen über eine Expansion nach.«

»Wie viele Mitarbeiter sind bei Ihnen angestellt?«, fragte Lagarde.

»Derzeit sind es einundsiebzig. Sie arbeiten in Voll- oder Teilzeit, einige wenige haben Minijobs. Meine Mitarbeiter sind sozialversicherungspflichtig beschäftigt, es gibt keine Subunternehmer oder Scheinselbständigkeit. Alles läuft absolut korrekt und legal, das können Sie gerne überprüfen. Ich zahle übertariflich, sie haben fünfunddreißig Urlaubstage im Jahr, und es gibt eine Weihnachtsgratifikation sowie eine Schichtzulage und zusätzlich bezahlten Mutterschutz. Für ihre hochqualifizierte, mitunter gefährliche Arbeit bezahle ich sie entsprechend. Zweimal im Jahr machen wir einen Betriebsausflug, um die Teamfähigkeit zu fördern. Aufgrund dieser Vorzüge ist die Fluktuation meiner Mitarbeiter minimal. Sie arbeiten gerne bei mir.« Sie machte eine kurze Pause, dann fuhr sie fort. »Ich habe einen Steuerberater und zahle pünktlich meine Steuern, und das ist nicht wenig, das können Sie mir glauben.«

»Das glaube ich Ihnen, und seien Sie versichert, darum geht es auch nicht.«

Sie entspannte sich ein wenig.

»Werden Ihre Mitarbeiter bei ihren Schichten immer im selben Unternehmen eingesetzt?«

»Nein, sie werden überall eingesetzt. Das ist wichtig, damit sie sich überall auskennen, wenn sie zum Beispiel eine Urlaubs- oder Krankenvertretung machen.«

»Ist es immer dieselbe Schicht?«

»Nein, das wechselt. Sie können trotz der Dienstpläne untereinander tauschen. Wenn beispielsweise jemand seinen Geburtstag feiern will, kann er mit einem Kollegen die Schicht tauschen. Wir sind da flexibel, ich erwarte nur, dass eine Schicht zuverlässig mit zwei Personen absolviert wird. Das klappt gut.«

»Also machen immer zwei Personen eine Schicht?«

»Genau.«

»Kann es vorkommen, dass ein Mitarbeiter eine Schicht allein macht?«

»Das ist ausgeschlossen, weil es viel zu gefährlich ist. Passieren kann immer etwas. Vor einem Jahr wollten militante Tierschützer in eine Firma für Arzneimittelforschung einbrechen und die Tiere befreien. Das war eine heikle Situation. In so einem Fall muss man mindestens zu zweit sein.«

»Tragen Ihre Angestellten Waffen?«

»Ja, jeder ist als zertifizierter Security ausgebildet und mit einem Revolver, Typ Taurus M 605, ausgestattet. Sie trainieren regelmäßig in einem Schießstand. Selbstverständlich haben alle einen Waffenschein und dürfen den Revolver ausschließlich bei Gefahr für Leib und Leben benutzen. Wir haben wegen der Brisanz der Objekte eine Sondergenehmigung.«

»Gut, Madame Corbusier, vielen Dank. Mehr Fragen habe ich im Moment nicht. Ansonsten würde ich mich melden.«

»Jean-Pierre bringt Sie noch zur Tür. Ich verlasse mich darauf, dass ich meine Personalakten morgen wiederbekomme.«

»Selbstverständlich. Danke für Ihr Entgegenkommen, Madame.«

»Wenn Ihre Ermittlungen abgeschlossen sind, würden Sie mir dann Bescheid sagen, worum es ging? Es würde mich sehr interessieren.«

»Das werde ich tun.«

Als sie durch den Flur zum Ausgang gingen, kamen ihnen ein Mann und eine Frau entgegen. Sie trugen schwarze Sweatshirts, Hosen und Stiefel sowie ein Holster. Auf der Weste prangte das Logo der Firma. Der Mann hatte dunkle Haare und einen Schnauzbart, war stämmig und mittelgroß. Die beiden grüßten höflich und gingen weiter. Valérie stutzte. Die Stimme des Mannes war auffällig hoch gewesen. Etienne drehte sich um und starrte dem Mann hinterher. Er hatte es auch bemerkt.

»Wer waren die beiden?«, fragte sie den Assistenten.

»Das waren Mitarbeiter von uns. Suzette Maillot und Marcel Dugains, beide sind sehr zuverlässig. Warum fragen Sie?«

»Ach nur so, aus Interesse.«

Die Gendarmen von Saint-Georges hatten vor dem Gebäude gewartet und luden jetzt die beiden Kisten mit den Akten in den Kofferraum von Valéries Dienstwagen.

Nach einer guten Stunde erreichten sie Lagardes Haus und brachten die Unterlagen in den Salon. Montségur hatte einundsiebzig Mitarbeiter, davon waren siebenundzwanzig Frauen. Die restlichen vierundvierzig Akten reihte Samy ordentlich auf dem Boden auf. Etienne klappte sie auf, so dass die erste Seite mit den wichtigsten Angaben zur Person zu sehen war: Passfoto, Name, Geburtsdatum, Kontaktdaten und Eintrittsdatum. Valérie sortierte die Akten von den Angestellten aus, die nach dem 11. November 2013 die Arbeit aufgenommen hatten, es waren acht. So blieben noch sechsunddreißig Mappen übrig. Sie hatten sich darauf geeinigt, dass sie das Alter der Beschäftigten unberücksichtigt lassen würden, da sie die ausgewählte Gruppe keinesfalls durch weitere Kriterien einschränken wollten. Passfotos waren häufig von minderwertiger Qualität, und Menschen veränderten sich. Außerdem waren alle Angaben zum Täter mehr oder weniger unpräzise.

Valérie deutete auf das Bild eines Mannes. »Das ist Marcel Dugains, der Mann, den wir vorhin auf dem Flur getroffen haben. Er ist sechsundvierzig Jahre alt, ledig und wohnt in Saint-Sauveur-le-Vicomte.«

Sie griff nach der Zeichnung von Marianne Fleury. »Eine gewisse Ähnlichkeit besteht, aber sicher kann man es nicht sagen.«

Lagarde deutete auf weitere Fotografien. »Es gibt einige Männer, die die Person auf der Zeichnung sein könnten. Aber alle anderen kommen dennoch auch in Frage. Marianne Fleury hat sich garantiert sehr bemüht, aber wir dürfen nicht voraussetzen, dass sie das Aussehen ihres Angreifers genau getroffen hat.«

»Also hilft uns die Zeichnung nicht wirklich weiter.«

»Leider nein, wir müssen einen anderen Weg finden.«

Er griff zum Telefon und hatte zum zweiten Mal an diesen Tag Glück. Er erreichte Richter Delaporte sofort persönlich. Kurz schilderte er den Sachverhalt und brachte sein Anliegen vor.

»Ich möchte eine Speichelprobe für alle männlichen Angestellten der Sicherheitsfirma, die für die Straftaten in Frage kommen, veranlassen. Es sind sechsunddreißig. Wir haben die DNA-Analyse von Spuren, die sich an zwei Opfern befanden, und können so einen Abgleich machen.«

Für einen Moment war es still am anderen Ende. Dann polterte der Richter los. »Wir sind hier nicht im Südsudan, Lagarde, sondern in einem Rechtsstaat. Es ist ausgeschlossen, dass wir sechsunddreißig männliche Angestellte einer Firma unter Generalverdacht nehmen.«

Lagarde versuchte es anders und berichtete über den Wachmann Marcel Dugains, der einige Attribute aufwies, die sie aus Zeugenaussagen und Spuren zusammengetragen hatten.

Jetzt hatte Delaporte endgültig genug. »Hören Sie mir genau zu, Lagarde. Ich rieche auch manchmal nach Knoblauch und habe Schuhgröße vierundvierzig. Es gibt viele Männer mit einer hohen Stimme, und die Zeichnung einer psychisch kranken Frau akzeptiere ich nicht als Beweismittel. Lassen Sie sich etwas anderes einfallen, und hören Sie auf, mir wegen irgendwelcher Spekulationen hinterherzutelefonieren. Ich habe noch anderes zu tun, als mir so einen Unsinn anzuhören.« Empört beendete er das Telefonat.

Nach der rüden Abfuhr beschlossen sie, erst einmal eine Tasse Kaffee auf der Terrasse zu trinken. Alexandre leistete ihnen in sicherer Entfernung Gesellschaft und genoss seine Katzenmilch. Lagarde war tief in Gedanken versunken, dann begann eine Idee in seinem Kopf Gestalt anzunehmen. »Erinnert ihr euch an die spektakuläre Lösung des Falles vor zwanzig Jahren in Paris, als eine wohlhabende alte Dame nach der anderen spurlos verschwand?«, fragte er Samy und Etienne.

Samy begriff als Erster und begann zu grinsen. »Das ist eine geniale Idee.«

Nun verstand auch Etienne, worum es ging. »Großartig! Jetzt brauchen wir nur noch Geld und herausragende Beziehungen.«

Lagarde stand auf. »Ich rufe die Lamares an und vereinbare noch heute einen Termin, am besten sofort. Wir dürfen keine Zeit verlieren.«

Valérie sah verständnislos zwischen den Männern hin und her. »Wovon redet ihr eigentlich?«

»Wir erzählen dir die Geschichte auf der Fahrt nach Villot«, versprach Etienne ihr.

ELFTER TAG

DER TOURISTENZUG

Sie waren schon den ganzen Tag mit den Vorbereitungen für die große Aktion beschäftigt. Bei ihrem gestrigen Gespräch mit Ernestine und Alphonse Lamare hatte sich das Ehepaar bereiterklärt, sie tatkräftig bei der Umsetzung ihres Vorhabens zu unterstützen.

Claires Vater hatte es geschafft, die Eisenbahngesellschaft SNCF mit Hilfe der Intervention eines Referenten des Innenministers dazu zu bewegen, den Touristenzug aus dem Depot zu holen und ihn die Strecke zwischen Barneville-Carteret und Portbail außerplanmäßig fahren zu lassen. Das Staatsunternehmen wollte dafür mehr als vierzehntausend Euro haben, doch Lamare hatte ohne zu zögern zugestimmt.

Der Lokführer Bernard Leblanc erklärte sich bereit, den Zug zu fahren, ohne Geld dafür zu verlangen. Er wollte helfen, den Mörder zu finden. Auch der Hauptzeuge Vincent Guyon stimmte sofort zu, das Experiment zu wagen, und auch er verzichtete auf Bezahlung.

Richter Delaporte hatte an dem Abend keine Zeit, da er zum Geburtstag seiner Schwiegermutter musste. Er ließ sich jedoch von der Idee überzeugen und bat die Staatsanwältin Denise Mélennec darum, ihn zu vertreten. Sie sagte sofort zu, da sie der Ansicht war, dass bei der Überführung des Mörders von Claire Lamare auch unkonventionelle Methoden statthaft waren. Der Mann musste gestoppt werden, da weitere Menschenleben in Gefahr waren und er jederzeit wieder zuschlagen konnte.

Schwierig gestalteten sich die Verhandlungen mit der Hypnosetherapeutin Liliane Dugardin, die für die psychiatrische Einrichtung *Sonnenhof* arbeitete. Sie war zunächst schwer von der Erfolgsaussicht dieser Aktion zu überzeugen. Erst als Samy ihr erzählte, was damals in Paris gelungen war, war ihr Ehrgeiz geweckt. Außerdem bot Alphonse Lamare ihr ein Honorar von zehntausend Euro an.

Eine weitere Herausforderung war es, die Hauptrollen zu besetzen. Mit Hilfe von Cleroc fanden sie schließlich eine blonde Polizeianwärterin namens Marie-Louise, die Claire Lamare ein wenig ähnlich sah und sich bereiterklärte, deren Rolle zu übernehmen. Kurz bevor sie zum Tatort fahren wollten, um die Schlüsselszene zu proben, machte sie einen Rückzieher mit der Begründung, sie traue sich das Unterfangen doch nicht zu.

Samy und Valérie suchten eine Vermittlungsagentur für Künstler in Cherbourg auf und schilderten ihr Anliegen. Gemeinsam mit der engagierten Chefin der Agentur blätterten sie die Mappe mit den Schauspielerinnen durch und fanden eine Frau, die eine verblüffende Ähnlichkeit mit Claire Lamare aufwies, nur ihre Haare waren dunkel. Die Chefin erreichte sie auf ihrem Mobiltelefon und erklärte ihr, worum es ging. Die junge Frau, Jeanette Darrousin, war von der Herausforderung begeistert und sagte sofort zu. Über die erstaunliche Höhe des Honorars freute sie sich.

Jeanette und die Polizisten gingen in Cherbourg einkaufen. Zunächst besorgten sie eine blonde Perücke und dann, nach den Vorgaben von Ernestine Lamare, eine blaue Jeans, eine helle Bluse mit Spitzeneinsatz und Korksandalen.

Den männlichen Part sollte der Polizist François aus Cherbourg übernehmen. Er würde schwarze Kleidung und Stiefel tragen. Der Polizist war sehr stolz, dass ihm diese Aufgabe übertragen worden war.

Etienne und Lagarde probten mit Jeanette und François die entscheidende Szene vor Ort so oft, bis sie mit der Choreografie absolut zufrieden waren.

Ein sternenklarer Nachthimmel spannte sich über das Cotentin, als sich der grüne Touristenzug mit den gelben Streifen am Bahnhof von Barneville-Carteret pünktlich um einundzwanzig Uhr fünfzig in Bewegung setzte. Der Lokführer Bernard Leblanc trug dieselbe königsblaue Uniform wie vor vier Jahren und steuerte die Bahn hochkonzentriert. Er war nervös und hoffte, dass nicht wieder eine Wildschweinrotte über die Gleise rennen und so womöglich den Ablauf stören würde.

Im dritten Waggon saßen sich Valérie, Samy, Lagarde und die Staatsanwältin Mélennec auf zwei Bänken gegenüber. Auf der anderen Seite, mit Blick auf den Feldweg neben den Gleisen, hatten Vincent Guyon und Liliane Dugardin Platz genommen. Die Hypnosetherapeutin mit den flammend roten Haaren sprach ruhig mit dem Hauptzeugen und erklärte ihm, was auf ihn zukommen würde.

»Sie brauchen keine Angst zu haben«, versicherte sie. »Ich werde Sie jetzt in Trance versetzen. In diesem Zustand sind Sie keineswegs bewusstlos, sondern bekommen alles mit. Sie gleiten in einen tiefentspannten Wachzustand. In Ordnung?«

Guyon nickte. »In Ordnung.«

»Sie erreichen einen Zustand höchster Konzentration und richten Ihre Aufmerksamkeit auf wenige Inhalte«, erklärte sie. »Wir machen eine Rückführung, um die Erinnerung an den Überfall auf Claire Lamare abzurufen und das verschüttete Geschehen aus dem Unterbewusstsein hervorzuholen. Es geht dabei um die genaue Beschreibung des Angreifers, das wissen Sie.«

»Ja.«

»Sind Sie bereit?«

»Ja.«

Sie begann eine ornamentierte silberne Taschenuhr an einer Gliederkette pendeln zu lassen. »Folgen Sie mit den Augen der Uhr. Sie spüren, wie Sie schläfrig werden, Sie sind absolut entspannt. Geht es Ihnen gut?«

»Ja.«

»Sehr schön. Jetzt spüren Sie, wie Ihre Arme und Beine immer schwerer werden. Ich nehme jetzt Ihren rechten

Arm und hebe ihn an, wenn ich loslasse, bleibt er in dieser Position. Sie schaffen es trotz größter Anstrengung nicht, ihn nach unten zu bewegen.«

Der Arm von Guyon zeigte im rechten Winkel auf den gegenüberliegenden Sitz. Zufrieden lächelnd nickte sie den Polizisten und der Staatsanwältin zu. »Monsieur Guyon befindet sich in Trance.«

Etienne war in Begleitung von Jeanette und François mit dem Renault Express auf dem Feldweg bis zu dem Steinkreuz gefahren. Das Fahrzeug hatte er hinter einer Hecke versteckt, um das Gesamtbild der Szene nicht zu stören. Dann wandte er sich an die Schauspieler. »Der Ablauf ist klar, nicht wahr?«

Sie nickten.

»Absolut«, versicherte Jeanette.

»Okay, dann verberge ich mich hinter den Bäumen und gebe das Kommando, wenn es so weit ist. Ganz wichtig ist, dass ihr im Kegel der Scheinwerfer miteinander ringt.«

»Alles klar«, sagte François.

Als Etienne sich zurückzog, näherten sich stetig die Lichter des Zuges. Jeanette und François warteten im Schein des Mondes auf ihren Einsatz und übten ein letztes Mal den Überfall.

Zu diesem Zeitpunkt war die Eisenbahn noch vier- bis fünfhundert Meter entfernt, als plötzlich der Schäfer Dubonnet mit erhobenem Stab den Feldweg entlangstürmte und sich dem Paar näherte. »Du Schwein bringst keine

Frau mehr um, jetzt bekommst du es mit mir zu tun!«, rief er aufgebracht.

Augenblicklich brach Etienne aus dem Gebüsch hervor, packte ihn von hinten und hielt ihm den Mund zu. Der Schäfer war so erschrocken, dass er seinen Stab fallen ließ. Energisch zerrte Etienne ihn zwischen die Sträucher, dann flüsterte er ihm ins Ohr. »Polizei, wir stellen den Überfall nach. Beinahe hätten Sie alles vermasselt. Wenn ich die Hand wegnehme, sind Sie dann still?«

Der Schäfer nickte, und Etienne ließ los. Als sich ihre Blicke trafen, meinte Dubonnet: »Wir kennen uns doch?«

»Ja, sagen Sie bitte kein Wort mehr.«

Die beiden Männer verharrten in ihrer Deckung, bis der erste Lichtstrahl des Zuges das Steinkreuz streifte. Etienne gab den Befehl. »Jetzt.«

Lagarde machte Madame Dugardin ein Zeichen. Mit ruhiger Stimme wies sie Guyon an. »Öffnen Sie die Augen und sehen Sie aus dem Fenster, beobachten Sie genau die Szene auf dem Weg.«

Der Mann öffnete die Augen und blinzelte irritiert, dann starrte er auf den Platz vor dem Steinkreuz, der für wenige Sekunden in gelbes Licht getaucht wurde. Eine Frau und ein Mann rangen miteinander. Die Frau blickte verzweifelt zum Zug, ihr Oberteil war zerrissen. Dann war die Szene vorbei, und der Weg lag wieder im Dunkeln. Die Hypnosetherapeutin schnippte mit den Fingern. »Wachen Sie bitte auf, Monsieur Guyon.«

Erstaunt sah er sie an.

»Fühlen Sie sich gut?«, fragte sie.

»Ja.«

»Haben Sie das Gesicht des Mannes von damals vor sich gesehen?«

»Ganz deutlich.«

»Sie würden es wiedererkennen?«

»Ja.«

»Dann bitte ich Sie jetzt gemeinsam mit der Gendarmin, in Ruhe die Passbilder auf den ausgelegten Dokumenten anzusehen und zu prüfen, ob dieser Mann darunter ist.«

Er erhob sich noch ein wenig unsicher und wurde dann von Valérie zu den Personalakten begleitet, die sie auf Tischen und Bänken ausgebreitet hatten. Konzentriert betrachtete er ein Passbild nach dem anderen. Im Abteil hätte man eine Stecknadel fallen hören können. Schließlich deutete er auf das Bild von Marcel Dugains. »Dieser Mann war es.«

»Sind Sie sicher?«, wollte Valérie wissen.

»Hundertprozentig. Als ich in Trance war und den Überfall gesehen habe, ist mir sein Aussehen wieder eingefallen. Das ist der Angreifer.«

»Danke, Monsieur Guyon.«

Lagarde wandte sich an die Staatsanwältin, die offenbar von der Hypnosesitzung beeindruckt war. »Sind Sie damit einverstanden, dass wir Dugains ohne Beschluss festnehmen? Er wohnt in Saint-Sauveur. Wir würden jetzt sofort hinfahren und mit ihm sprechen. Oder wollen Sie erst mit Richter Delaporte Rücksprache halten?«

Empört funkelte sie ihn an. »Diese Entscheidung kann ich allein treffen. Es ist Gefahr im Verzug. Verhaften Sie ihn. Den Haftbefehl stelle ich rückwirkend aus.«

»Merci bien, Frau Staatsanwältin.«

Es war kurz vor Mitternacht, als die Ermittler vor dem Haus eintrafen, in dem Marcel Dugains wohnte. Es war ein einstöckiges, weißes Gebäude, das in einem Garten in der Dunkelheit lag. Auf dem Klingelschild standen drei Namen, der von Dugains war der unterste. Die Gartenpforte war unverschlossen, und sie betraten lautlos das Grundstück, umrundeten auf einem Plattenweg das Haus und kamen über eine Treppe zur Eingangstür. Ein Blick auf die Namensschilder verriet ihnen, dass Dugains im Souterrain wohnen musste. Lagarde deutete mit einer Kopfbewegung auf eine Treppe, die ins Untergeschoss führte. Sie schlichen die Stufen hinunter und standen vor der Tür zu Dugains' Einliegerwohnung.

»Valérie und Etienne«, flüsterte Lagarde, »ihr sichert das Haus auf der Süd- und Westseite. Er könnte versuchen, aus einem der Fenster zu flüchten. Samy und ich gehen rein.«

Sie zogen ihre Waffen und entsicherten sie. Gerade als Valérie und Etienne die Stufen hinaufgingen und Lagarde Anstalten machte, die Tür aufzubrechen, ging die Außenbeleuchtung an, und die Haustür im Erdgeschoss wurde aufgerissen. Eine Frau im Nachthemd mit Lockenwicklern im Haar erschien auf den Stufen und sah aufgebracht zu ihnen herunter. Sie hielt einen Dobermann am Halsband, der laut knurrte und bellte.

»Die Polizei ist unterwegs«, rief sie. »Wenn Sie sich von der Stelle rühren, lasse ich meinen Hund auf Sie los.«

Lagarde hob beschwichtigend die Hände. »Wir sind von der Polizei, Madame.« Er holte seinen Dienstausweis aus der Jackentasche und hielt ihn hoch. Mit zusammengekniffenen Augen warf sie einen Blick darauf.

»Entschuldigen Sie bitte«, sagte er. »Wir wollten Sie nicht erschrecken, aber wir müssen dringend mit Marcel Dugains sprechen.«

»Mit Marcel? Das verstehe ich nicht, was will denn die Polizei von ihm? Er ist der netteste Untermieter, den ich jemals hatte. Da muss ein Missverständnis vorliegen.«

Darauf ging er nicht ein. »Gehen Sie bitte in Ihre Wohnung zurück, wir werden jetzt mit Ihrem Untermieter reden.«

Die Frau sah ihn verunsichert an, der Hund fletschte die Zähne und knurrte.

»Aber Marcel ist nicht da.«

»Wissen Sie, wo er sich aufhält?«

»Nein, er hat gestern am späten Nachmittag mit einer Reisetasche das Haus verlassen und ist mit seinem Wagen weggefahren. Er hat nur gesagt, dass er für ein paar Tage verreisen würde.«

»Was für einen Wagen fährt er?«

»Einen kleinen weißen Citroën.«

»Haben Sie einen Schlüssel für seine Wohnung?«

»Ja, warum?«

»Ich will nachsehen, ob er wirklich weg ist.«

Sie verschwand kurz im Haus, nahm den Hund mit hinein, und warf ihm dann den Schlüssel zu. Lagarde und Samy sperrten auf und drehten eine Runde durch die Wohnung. Sie war leer.

Als sie wieder im Garten standen, kamen zwei Gendarmen mit gezogenen Waffen um die Ecke. »Stehen bleiben und Hände hoch! Hier wurde ein Einbruch gemeldet«, sagte der eine. Nach einigem Hin und Her konnte Lagarde die Situation schließlich klären, und sie verabschiedeten sich.

Im Auto fragte er: »Wo könnte er sein?«

»Vielleicht weiß es seine Kollegin, Suzette Maillot«, meinte Valérie.

»Wir brauchen ihre Telefonnummer.«

»Es gibt einen Festnetzanschluss auf diesen Namen in Bricquebec und einen in Marcouf«, sagte sie nach einer kurzen Recherche, wählte die erste Nummer und reichte Lagarde das Gerät. Nach mehreren Klingeltönen erklang eine verschlafene Frauenstimme. »Suzette Maillot.«

Lagarde entschuldigte sich für die späte Störung, fragte, ob sie für die Firma Montségur tätig sei und erklärte ihr sein Anliegen. Um seine Glaubwürdigkeit zu untermauern, berichtete er von ihrer gestrigen Begegnung in der Sicherheitsfirma.

»Sie haben die Personalakten beschlagnahmt«, erinnerte sie sich.

»Genau. Wir müssen dringend mit Marcel Dugains reden. Wenn Sie wissen, wo er sich aufhält, müssen Sie es uns sagen.«

Am anderen Ende herrschte Stille.

»Madame Maillot?«

Sie seufzte. »An dem Abend, als Claire Lamare getötet wurde, war Marcel wie so oft in der Dorfkneipe, um ein Bier zu trinken. Ich habe die Schicht allein übernommen. Das haben wir oft so gemacht. Wir dachten, das wäre in Ordnung, es passiert ja sowieso nie etwas. Als er verspätet zurückkehrte, war er anders als sonst, ganz sonderbar und völlig durcheinander. Seine Kleidung war verschmutzt, und er erzählte mir, ein streunender Hund habe ihn angefallen. Ich habe ihm damals geglaubt, ich wollte ihm glauben. Wir waren schon lange Zeit Kollegen, und ich vertraute ihm. Aber ein ungutes Gefühl ist zurückgeblieben. Er war es, nicht wahr? Ich dachte, er geht ein Bier trinken, und stattdessen tötet er das Mädchen. Ich fasse es nicht.«

»Wo könnte er sein, Madame Maillot?«

»Er hat eine Hütte in der Bucht von Écalgrain am Cap de la Hague. Sie liegt in der Nähe des alten Leuchtfeuers oberhalb der Steilküste. Ich war da schon mal, als er dort seinen Geburtstag gefeiert hat.«

»Merci, Madame Maillot. Reden Sie bitte mit niemandem über unser Gespräch.«

Sie brauchten über die schmalen, gewundenen Landstraßen fast zwei Stunden bis zur *Nez de Jobourg*, einer zerklüfteten, mit Heidekraut und Dünenrosen überwucherten Felsnadel, die in den Ärmelkanal ragte. Als sie durch den Weiler Jobourg mit den eng aneinander gedrängten Granitsteinhäusern fuhren, brannte nur noch im Dorfbistro Licht. Die Palmen, die sich vor der grauen Fassade erhoben, wurden vom Wind geschüttelt. Nördlich des Ortes erstreckte sich die Bucht von Écalgrain. Sie stellten ihr Auto an der Uferstraße ab. Es war Flut, und das alte Leuchtfeuer lag wellenumtost auf einem Felsen im Mondlicht. Wolken zogen über den nachtblauen Himmel.

Sie folgten der schmalen Straße, bis sie einen Weg fanden, der offenbar in Richtung der Steilküste verlief. Auf einer Sandpiste vor einer senkrechten Felswand parkte ein kleiner weißer Citroën. Von dort aus ging es nur noch zu Fuß weiter. Ein Trampelpfad schlängelte sich durch Gesteinsbrocken, Ginsterbüsche und knorrige Zwergkiefern, die nach Nadeln und Harz dufteten, und führte sie auf ein kleines Plateau. Unterhalb von ihnen, am Saum der Felswand, rauschte der Ozean. Von Westen her wehte ein strammer Wind. Auf der Hochebene stand zwischen Nadelbäumen ein Blockhaus, aus dessen Fenstern ein Lichtschein drang. Vorsichtig spähte Samy hinein und schüttelte den Kopf. Auf ein Zeichen von Lagarde hin teilten sie sich auf und umrundeten geduckt und ohne ein Geräusch zu verursachen, die Hütte. Der Eingang, der auf der Meerseite lag, war verschlossen. Kurz zogen sie sich in den Schutz der Bäume zurück, um sich zu beraten. »Wir treten einfach die Tür ein und nehmen ihn fest«, schlug Samy flüsternd vor.

»Wir wissen ja gar nicht, ob er sich im Haus aufhält«, warf Etienne ein.

»Ich habe nur ein leeres Zimmer und eine Gaslampe auf einem Tisch gesehen.«

»Gibt es noch mehr Räume?«

»Ja, mindestens einen, da ist eine Durchgangstür.«

»Vielleicht hält er sich dort auf.«

»Okay, Etienne und ich stürmen das Blockhaus, Valérie und Philippe bleiben hier, falls er durch ein Fenster zu fliehen versucht. Einverstanden?«

Auf ein Handzeichen hin trat Samy mit voller Wucht gegen das Schloss der Holztür, die ächzend aufsprang und gegen die Wand knallte. Die beiden Männer rannten in den Raum mit der Laterne und weiter durch die unverschlossene Tür in das Nebenzimmer. In der Hütte war niemand.

Als Lagarde in seinem Rücken ein Geräusch zwischen den Bäumen vernahm, fuhr er herum, zog seine Pistole und stand Marcel Dugains gegenüber. Der Mann hielt eine Waffe in seiner linken Hand.

»Hände hoch, beide die Waffe fallen lassen. Sonst werde ich euch abknallen und als Fischfutter ins Meer werfen«, zischte er mit hoher Stimme. Seine Augen funkelten dunkel vor Wut. Lagarde legte vorsichtig die Waffe vor sich auf den Boden, während Valerie ihr Holster öffnete und es ihm gleichtat. Sie hoben langsam die Hände.

Mit ruhiger Stimme sprach Lagarde ihn an. »Machen Sie die Sache doch nicht noch schlimmer. Damit kommen Sie niemals durch. Unsere Kollegen sind darüber informiert, wo wir sind, sie werden gleich hier sein. Ergeben Sie sich. Sie haben keine Chance.«

Als Etienne draußen Stimmen hörte, sah er durch ein Fenster und überblickte sofort die Situation.

In dem Moment peitschen zwei Schüsse durch die Nacht. Sie verfehlten Valerie und Lagarde nur ganz knapp.

»Das waren Warnschüsse«, brüllte Dugains.

»Ich hätte euch jederzeit treffen können. Ihr macht jetzt genau das, was ich euch sage. Ihr folgt dem Pfad bis zum Strand und geht zum Wasser, damit ich euch von hier aus sehen kann.«

Schnell und leise öffnete Etienne das Fenster, zielte und schoss Dugains die Pistole aus der Hand. Der Mann schrie vor Schmerzen auf. Die Waffe flog in hohem Bogen durch die Luft und landete vor Valéries Füßen. Geistesgegenwärtig bückte sie sich und nahm sie an sich. Blitzschnell drehte Dugains sich um und verschwand im Wald.

Die Polizisten griffen nach ihren Waffen und folgten ihm. Sie rannten über einen Klippenpfad, und als Lagarde den fliehenden Mann nach einem kurzen Sprint fast erreicht hatte, warf er sich auf ihn. Dugains wehrte sich vehement und versuchte, ihn über die Klippen zu stoßen. Ineinander verkeilt rollten sie den abschüssigen Hang hinunter, und ehe Samy zupacken konnte, stürzen sie in die Tiefe. Entsetzt blickte Samy auf das brodelnde Meer, in dem die beiden soeben versanken.

Kurzentschlossen schnürte er mit zittrigen Händen seine Stiefel auf, zog sie von den Füßen, balancierte auf einem schmalen Vorsprung und sprang. Er tauchte in das eiskalte Wasser ein, kam gleich darauf wieder hoch und kraulte auf die beiden Männer zu. In der Zwischenzeit bahnten sich Valérie und Etienne einen Weg über eine mit Macchia überwachsene Böschung hinunter zum Ufer, um die Kollegen zu unterstützen.

Dugains drückte Lagardes Kopf unter Wasser und hielt ihn wie in einem Schraubstock fest. Lagarde versuchte, ihn abzuschütteln. Als das nicht funktionierte und ihm langsam die Luft ausging, presste er den Daumen auf den Solarplexus von Dugains. Der Mann versuchte, dem Druck auszuweichen, es gelang ihm jedoch nicht, so sehr er sich auch wand, und er wurde innerhalb von Sekunden bewusstlos. In der Zwischenzeit hatte Samy seinen Freund erreicht. »Alles in Ordnung, Philippe?«, schrie er über das Tosen des Meeres hinweg.

»Ja!«, antwortete er atemlos. »Bringen wir ihn ans Ufer.«

Das Ehepaar Lamare hatte das Ermittlerteam zum Abendessen in ihre Villa eingeladen, um sich bei ihnen zu bedanken. Die Männer trugen Anzug und Krawatte, Valérie ein moosgrünes Kleid, das ihre Augen betonte. Auch Ernestine und Alphonse Lamare hatten sich dem Anlass entsprechend elegant gekleidet. Der Tisch im Wintergarten war festlich gedeckt und mit Blumen geschmückt. In einem fünfarmigen silbernen Ständer brannten weiße Kerzen. Monsieur Lamare goss Champagner in Kristallflöten und wandte sich an die Gäste. »Meine Frau und ich möchten gerne mit Ihnen auf Ihren Erfolg anstoßen. Santé!«

Sie stießen an und tranken.

»Sie haben großartige Arbeit geleistet«, versicherte Ernestine Lamare.

Lagarde lächelte. »*Merci bien.*«

»Und jetzt bitte ich zu Tisch.« Madame Lamare hatte es sich nicht nehmen lassen, selbst zu kochen, und dabei hatte sie sich selbst übertroffen. Auf jedem Platz stand ein Menükärtchen:

Entenbrust auf buntem Berglinsen- und Blattsalat

Geschmortes Lamm mit Rosmarinkartoffeln und
karamellisiertem Gemüse

Käseauswahl aus der Normandie

Mini-Éclairs mit Mango-Orangenmousse

Grand Cru aus Bordeaux

Während des Essens unterhielten sie sich angeregt und vermieden das Thema, das das Ehepaar Lamare so sehr belastete.

Als sie bei Mokka und Calvados angelangt waren, kam Monsieur Lamare auf geschäftliche Angelegenheiten zu sprechen und wandte sich an Lagarde.

»Ich hatte Sie am Telefon gebeten, eine Auflistung Ihrer gesamten Ausgaben mitzubringen, damit ich weiß, was ich Ihnen schuldig bin. Selbstverständlich werde ich die Summe gleich morgen früh bei meiner Bank anweisen.«

»Es gibt keine Rechnung.«

»Ich verstehe nicht?«

»Meine Kollegin und ich werden vom französischen Staat bezahlt. Monsieur Pioline und Monsieur Bergerac waren sozusagen ehrenamtlich tätig.«

»Das kann ich nicht annehmen, Sie hatten doch Unkosten. Ihre Freunde sind extra hierhergeflogen und hatten Auslagen, was ist mit Kost und Logis?«

»Wir möchten kein Geld«, versicherte Samy. »Wir wollten den Täter finden und ihn hinter Gitter bringen, das ist uns gelungen.«

Das Ehepaar wechselte einen ratlosen Blick. Ernestine Lamare versuchte es anders. »Vielleicht wünschen Sie sich etwas? Oder Sie haben eine Idee, wie man jemanden glücklich machen könnte? Ich rede von einer beträchtlichen Summe. Mein Mann und ich wissen, was wir Ihnen zu verdanken haben.«

Lagarde hatte eine Idee. »Eine beträchtliche Summe?«

»Aber ja!«

»Ich habe eine kleine Freundin, sie heißt Amélie und geht in die dritte Klasse. Kürzlich beim Grillen hat sie mir erzählt, dass die Turnhalle ihrer Schule wegen Einsturzgefahr gesperrt wurde. Der Turnunterricht fällt schon seit Wochen aus, und die Gemeinde hat kein Geld für die Renovierung.«

Monsieur Lamare freute sich sichtlich. »Das ist ein wunderbarer Vorschlag, Monsieur le Commissaire. Meine Frau und ich werden der Schule eine neue Sporthalle finanzieren.«

Madame Lamare lächelte. »Wenn die Gemeinde einverstanden ist, werden wir sie *Claire-Lamare-Sporthalle* nennen.«

VIER WOCHEN SPÄTER

Auf massiven Druck des Innenministers wurde das Beweisaufnahmeverfahren gegen Marcel Dugains zügig abgeschlossen und Klage erhoben, während er in Untersuchungshaft saß. Die Beweislast war erdrückend, die Spuren, die an Claire Lamare und Brigitte Duval gesichert worden waren, stimmten mit seiner DNA überein. Der Schutzengel aus Rosenquarz, der Claire gehört hatte, wurde bei der Durchsuchung der Blockhütte in Écalgrain gefunden. Er war auf eine goldene Kette gefädelt, die an einem Spiegel im Schlafzimmer hing. Da er nichts mehr zu verlieren hatte, gestand er auch den Überfall auf Marianne Fleury und Mireille le Clerc. Nach dem Klappmesser gefragt, erzählte er, dass er es vor einigen Jahren in einer Kneipe in Bricquebec von einem gewissen Serge für einen Spottpreis gekauft habe. Offenbar war es ihm in der Nähe des Tatortes aus der Tasche gefallen.

Die Verhandlung fand im Gericht von Cherbourg statt, und die Richterin verurteilte ihn nach drei Verhandlungstagen zu einer lebenslangen Haftstrafe. Die von der Staatsanwaltschaft geforderte anschließende Sicherungsverwahrung musste noch durch ein psychiatrisches Gutachten beurteilt werden. Als das Urteil verkündet wurde, begann Ernestine Lamare zu weinen, und ihr Mann, der kalkweiß im Gesicht war, legte tröstend den Arm um sie.

Marcel Dugains wurde in Handschellen von zwei Polizisten aus dem Gerichtssaal geführt. Sie sollten ihn durch den Hinterausgang zu einem Streifenwagen führen, der ihn in das Gefängnis zurückbringen würde.

Valérie, Cleroc und Lagarde folgten ihnen. Samy und Etienne waren kurz nach der Verhaftung abgereist. Als sie vor die Tür traten, wartete eine größere Gruppe von Reportern mit Mikrofonen und Kameras auf sie, und sie bahnten sich einen Weg durch die Menge. Ein Stück abseits stand eine dunkelhaarige Frau mit rotgeschminkten Lippen, bekleidet mit einem Trenchcoat und einer Baskenmütze, auf der Treppe vor einem Denkmal und starrte den verurteilten Mann an. An ihrem Revers hing ein Presseausweis.

Ihre Augen und die von Valérie trafen sich für einen kurzen Moment. Valérie stutzte, als die Frau in ihre Manteltasche griff.

»*Mon Dieu!*«, rief sie entsetzt und rannte los. Maxine Fleury zog vor laufenden Kameras eine Pistole aus der Tasche, richtete sie auf Marcel Dugains und feuerte auf ihn. Augenblicklich brach er zusammen. Schon stürzten sich mehrere Polizisten auf sie, hielten sie fest und nahmen ihr die Waffe ab.

Valérie, gefolgt von Lagarde, stand ihr gegenüber und starrte sie an. »Warum haben Sie das gemacht?«

»Man muss etwas tun, damit alles wieder ins Gleichgewicht kommt.«

Sie wurde abgeführt. Für Marcel Dugains kam jede Hilfe zu spät, die Kugel hatte sein Herz getroffen.

EPILOG

Das Blut, das am Hammer in der Werkstatt von Serge Montebourg entdeckt worden war, stammte von ihm selbst.

Delphine Moreau und der forensische Anthropologe, den sie hinzugezogen hatte, konnten an dem Skelett von Virginie Montebourg keine Anzeichen von Gewaltanwendung feststellen und gingen deshalb davon aus, dass sie eines natürlichen Todes gestorben war. Daraufhin wurde Serge Montebourg aus der Haft entlassen. Ihn erwartete jedoch eine Anzeige wegen Rentenbetrugs und der Beerdigung eines Menschen in einem nicht dafür ausgewiesenen Terrain.

In Hinblick auf die Tötung von Marcel Dugains durch Maxine Fleury einigten sich die zuständigen Juristen aufgrund des psychischen Ausnahmezustandes auf ein mildes Urteil. Sie wurde wegen Totschlags zu vier Jahren Haft verurteilt und würde bei guter Führung spätestens nach drei Jahren entlassen werden.

Es konnte nie geklärt werden, wer Jean-Gustave Binet verfolgt, bedroht und sein Gartenhaus in Brand gesteckt hatte. Nur Lagarde ahnte, dass Maxine Fleury dafür verantwortlich war. Sie war fest davon überzeugt gewesen, dass er der Angreifer ihrer Schwester war, und hatte ihn beobachtet, um ihn auf frischer Tat zu ertappen. Sie hatte gehofft, ihn durch den Terror so sehr zu verunsichern, bis er ein Geständnis ablegen würde.

Valérie saß auf einem Felsen am Strand von Barfleur, neben ihr stand ihr Pferd und fraß Strandhafer. Sie blickte auf den ruhigen tiefblauen Ozean und dachte über die ereignisreichen letzten Wochen nach, als ihr Mobiltelefon klingelte. Sie nahm den Anruf entgegen, und am anderen Ende erklang eine sympathische helle Stimme, die sie noch nie gehört hatte.

»Hier spricht Marianne Fleury.«

Valérie war völlig überrascht. »Marianne! Sie sprechen wieder?«

»Ja.«

»Das ist ja wunderbar.«

»Zuerst fiel es mir schwer, aber nach einigen Tagen ging es immer besser. Ich wollte es Sie unbedingt wissen lassen, weil sie im Sonnenhof so nett zu mir waren. Ich dachte, Sie freuen sich.«

»Ich freue mich sehr. Was haben Sie jetzt vor, Marianne?«

»Ich werde die Einrichtung verlassen und wieder nach Hause ziehen. Ich will mich um den Reiterhof kümmern und Maxine besuchen, so oft es geht. Wenn sie entlassen wird, werden wir wieder zusammen leben, so wie früher vor dem Überfall. Drücken Sie mir die Daumen, dass ich es schaffen werde.«

»Sie werden es schaffen, davon bin ich fest überzeugt.«

»Danke. Wenn Sie in der Nähe sind, kommen Sie doch auf einen Kaffee vorbei, ich würde mich sehr freuen.«

»Das mache ich gerne.«

MARIA DRIES

DER
KOMMISSAR
UND DIE TOTEN
VON DER LOIRE

PHILIPPE LAGARDE
ERMITTELT

atb

DIE RITTERSPIELE VON CHAMBORD

Das Schloss Chambord, erbaut aus weißem Kalk-tuffstein, wirkte geradezu atemberaubend, wenn es hinter der Biegung einer Waldstraße plötzlich auf-tauchte. Es entstand auf Wunsch König Franz' I., der im Park Hirsche und Wildschweine jagte und prunk-volle Feste gab. Die ersten Pläne dafür hatte angeb-lich Leonardo da Vinci entworfen.

Die Terrassen des Schlosses waren einzigartig, da sie aufwendig mit Kuppeln, Giebeln, Luken, Spitz-bögen, Glockentürmchen und zahlreichen Kaminen verziert waren.

In den Stallungen, die für zweihundert Pferde er-baut worden waren, und der dazugehörigen Arena organisierte man in der Sommersaison regelmäßig verschiedene Veranstaltungen für die Besucher des Schlosses, beispielsweise Ritterturniere oder Raub-vogelvorführungen.

Gerade fanden dort Ritterspiele statt. Zwei Reiter galoppierten in Harnisch und Helm aufeinander zu, attackierten sich mit Lanzen und versuchten, sich ge-genseitig vom Pferd zu stoßen. Als der Verlierer nach zähem Kampf auf den sandigen Boden stürzte und der Sieger seine Lanze stolz in den Himmel stieß, sprangen die Zuschauer von den Holzbänken der Tribüne auf und klatschten begeistert, dazu schmetterten Fanfaren.

Jean-Pascal Garot, ein hochgewachsener schlanker Mann mit markanten Gesichtszügen, schwarzen Haaren und aufmerksamen dunklen Augen, stand missmutig mit verschränkten Armen hinter der Absperrung und dachte darüber nach, ob er sich nicht eine andere Beschäftigung suchen solle. Er liebte die Arbeit mit den Pferden, aber diese ständigen Shows langweilten ihn, und er konnte nicht verstehen, warum man aus allem ein Event machen musste. Die Besucher konnten sich doch an der Schönheit des Schlosses und der Blumengärten erfreuen.

Nach der Raubvogelvorführung wurden als Höhepunkt und Schluss des Unterhaltungsprogramms zwei Reiterkunststücke aufgeführt, die die Touristen liebten und sie immer zu frenetischen Beifallsbekundungen hinrissen. Eine Frau in Samtkleid und Haube trabte im Damensitz auf einem rabenschwarzen Pferd über eine Rasenfläche, links und rechts auf ihren Schultern saßen zwei große Rabenvögel, die aufgeregt flatterten. In der ausgestreckten behandschuhten Hand hielt sie eine goldglänzende südafrikanische Kobra mit quadratischem Kopf, die sich aufgerichtet hatte und gereizt züngelte. Kinder kreischten vor wonnigem Grausen auf.

Als die mutige Reiterin unter tosendem Beifall den Platz verlassen hatte, folgte das letzte Kunststück. Eine Reiterin mit schwarzem Rock und Zylinder saß auf einem weißen Pferd, das über einen festlich gedeckten Tisch sprang, während die Frau dabei nach einem Glas Champagner griff, das ihr ein livrierter Lakai auf einem Tablett servierte. Kaum war sie auf der Wiese gelandet, wendete sie ihr Pferd und setzte erneut über das Hindernis, ohne dass ein Tropfen aus dem halbvollen Glas in ihrer Hand verschüttet wurde. Danach wandte sie sich zur Haupttribüne, verbeugte sich mit einem charmanten Lächeln und trank den Champagner in einem Zug aus. Die Zuschauermenge tobte, während die Dame vom Platz trabte.

Der Trainer der Artisten, ein Hüne mit flammend roten Haaren, der bei den Vorführungen immer einen schwarzen Anzug, ein weißes Hemd und eine silberne Krawatte trug, lehnte an der Seitenwand der Tribüne und lächelte zufrieden. Heute hatten die Kunststücke auf Anhieb geklappt, das war nicht immer der Fall. Sie hatten ein Kunststück schon bis zu dreimal wiederholen müssen, wobei sich die Spannung im Publikum dabei mehr und mehr aufbaute und die Begeisterung bei Gelingen schier überschäumend war. Kaum einer der Zuschauer ahnte, wie viel Nerven, Disziplin, Training und vor allem Professionalität dafür notwendig waren.

Jean-Pascal atmete erleichtert auf, als das Spektakel

endlich vorbei war, jetzt konnte er sich bald um die Pferde kümmern. Er schlenderte zu dem Unterstand, wo Helfer den Tieren die nachtblauen, mit Goldornamenten verzierten Decken und die Sättel abnahmen, ihnen mit lobenden Worten die feuchten Hälse tätschelten und sie schließlich über einen Trampelpfad zu einer Koppel führten. Jean-Pascal folgte ihnen. Das weitläufige Gehege befand sich in einem Wäldchen abseits der Wege, auf denen die Besucher spazieren gingen, dort war es still und friedlich. Thomas, ein kräftig gebauter junger Mann mit hellbraunen Locken und einem sanften Gemüt, verließ das Gatter als Letzter und verschloss sorgfältig das Tor, dabei winkte er Jean-Pascal kurz zu.

»Kommst du später auf ein Bier zur alten Brücke?« Dort, unter einer alten Linde mit spektakulärem Blick auf das Schloss, trafen sie sich häufig nach der Arbeit mit Kollegen.

Jean-Pascal winkte zurück. »Gern, aber es wird noch eine Weile dauern, bis ich so weit bin.«

»Bei mir auch, ich muss die Arena noch in Ordnung bringen und die Rasenfläche mähen. Dann bis später.«

»Bis später.«

Thomas entfernte sich rasch und verschwand zwischen einer Gruppe von Birken. Als Jean-Pascal allein mit den Pferden war, begann er die Tröge mit Wasser und Heu zu füllen. Nach den Vorführungen waren die

Tiere immer aufgeregt und unruhig, der Aufenthalt in ihrer vertrauten Koppel, das Fressen und die sanften Worte ihres Pflegers beruhigten sie. Später würde er sie in ihre Boxen in die Stallungen bringen, sie striegeln und die Hufe säubern.

Lächelnd sah er zu, wie sie sich stärkten, einander anstupsten und sich entspannten. Die Nachmittagssonne stand inzwischen schon tief am Horizont und wärmte trotzdem noch seine bloßen Arme, es duftete nach frisch gemähtem Gras, durch die Bäume fuhr ein lauer Wind. Es war still, nur aus dem Café neben der Kapelle erklang leises Lachen. Als er auf der obersten Strebe des Zaunes saß und auf einem Grashalm herumkaute, hätte sich fast eine friedliche Stimmung über ihn gesenkt, doch plötzlich tauchte eine Erinnerung auf, die seine gute Laune trübte. Rasch schob er sie beiseite und versuchte, sich auf seine Arbeit zu konzentrieren. Er sprang vom Zaun und wollte zu einem der Tröge gehen, um Heu nachzufüllen.

Plötzlich fuhr ein brennender Schmerz durch seine Brust, mit einem Stöhnen krümmte er sich und stürzte zu Boden. Ihm wurde schwarz vor Augen, Sternchen blitzten auf, und er verlor jegliches Orientierungsgefühl. Die Pferde wieherten unruhig, zogen sich an den Zaun zurück und drängten sich aneinander.

Als ein Stein Odin, den Leithengst, am Kopf traf und sein Auge um Haaresbreite verfehlte, brach die

Hölle aus. Er bäumte sich auf und blähte die Nüstern, sein Wiehern klang wie verzweifeltes Schreien. Daraufhin wurden auch die anderen Pferde panisch, erhoben sich ebenfalls und galoppierten unkontrolliert los. Odin drehte sich um die eigene Achse, schlug mit den Hinterläufen aus und verfehlte Jean-Pascals Kopf um Haaresbreite, kurz tänzelte er, dann erhob er sich erneut, ließ seinen massigen Leib wieder fallen und traf dabei mit den Vorderläufen den Oberkörper des Pflegers. Außer sich vor Angst preschte er auf den Zaun zu und sprang darüber, wie vorhin über den gedeckten Tisch in der Arena. Dabei blieb er mit dem rechten Hinterlauf an einer Strebe hängen, die krachend abriss, geriet ins Straucheln, fing sich wieder und galoppierte mit wehender Mähne und aufgerissenen Augen auf den Wald zu, der ihn bald darauf verschluckte.

Einige Zeit später saßen Thomas und einige seiner Kollegen im Schatten der Linde an einem Wasserlauf, tranken im Bach gekühltes Bier aus der Flasche und unterhielten sich gutgelaunt. Die Schau war wieder super gelaufen, sie hatten ihre Arbeit gut gemacht, und ihr Chef René, der Stallmeister, hatte sich sogar zu einem Lob hinreißen lassen. Lyla, eine Pferdepflegerin, die reiten konnte wie John Wayne, hatte Schuhe und Strümpfe ausgezogen und planschte mit ihren Füßen im Wasser. Ihre pinkfarben lackierten

Zehennägel glänzten. Das Piratenkopftuch, das sie um ihre dicken schwarzen Haare geschlungen hatte, ließ die Ohrläppchen frei, in denen winzige goldene Kreolen steckten.

»Ich habe Hunger«, sagte sie. »Was haltet ihr davon, wenn wir Steaks kaufen und bei mir im Garten grillen? Meine Tomatenpflanzen gedeihen prächtig, ich kann daraus einen leckeren Salat machen.«

Sie wohnte in einem Eisenbahnwaggon, der auf einer Wiese am Waldrand in der Nähe der Ortschaft Muides-sur-Loire stand.

»Prima Idee«, fand Thomas. »Ich frage mich nur, wo Jean-Pascal bleibt? Er müsste mit seiner Arbeit doch inzwischen fertig sein, bestimmt will er mit uns grillen.«

»Schau doch mal nach, wo er steckt«, schlug Lyla vor.

Thomas erhob sich und klopfte sich die Hosenbeine ab. »Ich bin gleich wieder da.« Er wusste, dass er seinen Kollegen nicht auf dem Handy erreichen konnte. René hatte angeordnet, dass die Geräte bei der Arbeit mit den Pferden immer ausgeschaltet sein mussten, da die Tiere durch die Klingeltöne erschreckt werden konnten.

»Lass dir Zeit«, grinste Gérard. »In der Zwischenzeit trinken wir noch ein Bier.« Er fischte eine Flasche aus dem moosgrünen Bachbett und betrachtete dabei die Füße von Lyla. Sie waren so klein und zart.

Thomas überquerte die steinerne Brücke und wich einer Gruppe japanischer Touristen aus, die elegant gekleidet waren. Die Männer trugen schwarze Anzüge, die Frauen bonbonrosafarbene Kleider und derart hochhackige Schuhe, dass sich der Pferdepfleger fragte, wie man darin laufen konnte, ohne sich den Knöchel zu brechen. Ein Mann hielt eine Kamera mit einem gewaltigen Objektiv vor sich, rief etwas und fotografierte schließlich ein Brautpaar, das glücklich in die Linse strahlte. Im Hintergrund erhob sich majestätisch Chambord. Die Schlösser der Loire standen neben dem Eiffelturm ganz oben auf der Liste von Frankreichs atemberaubenden Motiven.

Thomas umrundete das Schloss und ging zu den Stallungen. Dort stellte er fest, dass die Boxen der Tiere, die Jean-Pascal betreute, leer waren. War er noch immer mit ihnen im Freilauf? Sie müssten doch schon längst hier sein. Er sah sich um und entdeckte einen Jungen, der den Boden fegte.

»Hast du Jean-Pascal gesehen?«, fragte er ihn.

Der Junge sah kurz auf. »Nein, keine Ahnung, wo er ist.«

Thomas verließ die Stallungen und machte sich auf den Weg zur Koppel. Als er durch das Birkenwäldchen lief, empfand er die Stille aus irgendeinem Grund als bedrohlich, ein ungutes Gefühl beschlich ihn, irgendetwas war nicht in Ordnung. Er hörte zwar das Rauschen der zartgrünen Blätter, aber die Vögel waren verstummt. Die Pferde standen am hinteren Zaun und rührten sich nicht, ihre Muskeln unter der Haut waren angespannt. Sofort stellte er fest, dass Odin fehlte. Wo war der stolze Hengst? Jean-Pascal konnte er nirgends entdecken, dabei war es ausgeschlossen, dass er die Pferde sich selbst überlassen hatte.

Mit zitternden Händen öffnete er das Tor und ging zögerlich über den sandigen Boden. Paloma wieherte nervös, und Diego fixierte ihn mit flackernden Augen. Langsam hob er seine Arme und zeigte ihnen die Handflächen. »Ganz ruhig, ich bin es doch nur.«

Als er die Beine sah, die hinter einem Wassertrog hervorragten, fuhr er erschrocken zusammen und rannte zu der Stelle. Sofort erkannte er die Stiefel von Jean-Pascal. Er lag auf dem Rücken, die leblosen Augen starrten in den Himmel, sein Oberkörper war blutüberströmt. In seiner Brust steckte ein Pfeil. Thomas' Gehirn registrierte, dass dessen Befiederung rot war, rot wie das Blut auf dem Körper seines Kollegen. Er starrte entsetzt auf den Toten und fühlte Übelkeit in sich aufsteigen. Langsam, Schritt für Schritt, bewegte er sich rückwärts auf das Tor zu und ließ dabei die Tiere nicht aus den Augen.